마주침

아나운서 유정아의
클래식 에세이

마주침

CLASSIC ESSAY

문학동네

서양 고전음악을 듣는 것은 내가 서양 사람이 되는 것이 아니라 내 안에 고전을 품는 일이다. 남의 것을 취하는 것이 아니라 나, 우리, 사람의 것을 내 안에 들이는 일이다.

우리는 비록 거친 세상에 살지만 한없이 곱고 귀해질 수 있다. 음악가가 자기 안의 신성과 당대를 품에 안고 극치를 향해 내놓은 작품들을 들으며 내 안의 고귀함을 발견할 수 있다.

우리가 클래식이라는 음악을 들으며 취할 것은 바로 그런 것이다. 내 안의 귀함을 발견하는 것.

그래서 우리는 어느 순간 그것을 들을 때 그토록 창연해지는 것이리라.

음악 퍼즐을 상상으로 푸는 즐거움

1760년대 런던 하이든의 작품이 카를 프리드리히 아벨과 요한 크리스티안 바흐의 자선음악회를 통해 런던 시민들에게 첫선을 보인다. 이즈음 소년 모차르트가 아버지의 손에 이끌려 런던에 왔다가 첼시에 머물며 아벨의 곡을 공부 삼아 필경하였고 이 곡은 그래서 모차르트의 곡으로 잘못 출판되기도 한다. 그로부터 30년쯤 후 에스테르하지 가에서 물러나 런던으로 연주여행을 온 60대의 하이든은 자신을 에워싼 한 무리의 여인들(일종의 팬클럽)에 흠칫 놀란다. '좀더 젊었을 때 일찍 올걸.'

1840년대 베를린 아침음악회를 개최하던 파니 멘델스존은 동생 펠릭스의 주선으로 자신의 음악회에 출연하던 요하나 킨켈의 치명적 사랑에 부러움을 느낀다. 가족과의 이탈리아 여행으로 자신을 달래고, 그러나 베네치아의 11월과 같은 생의 허망함을 내다보고는 마흔을 넘기자마자 이내 세상을 떠난다. 그 10년쯤 후 킨켈도 런던에서 쓸쓸한 11월의 어느 날 생을 마감한다.

2007년 성남 순혈의 게르만인 크리스티안 틸레만은 서울의 한 위성도시인 성남에서 리하르트 슈트라우스와 브람스를 지휘한다. 학창 시절 세계사를 배웠지만 다 잊고 최근 몇 년의 독서로 독일을 얕게 이해하고 있는 한국의 한 관객이 제우스 같은 힘이 느껴지는 그의 뒷모습에 게슈타포의 옷을 입혔다가, 벗기고 있는 중이다.

시대가, 과거가 이렇게 내 앞에 다가든다. 내가 쓴 음악 이야기는 사람의 이야기이다. 신에게 바치든 귀족의 구미에 맞추든 대중에게 음반을 팔기 위해서든 혹은 절로 우러나는 선율을 쏟아내든, 결국 사람이 음악을 만들기 때문이다. 그들도 우리처럼 아프고 후회하고 실망하고 질투하고 때로 획책하고, 그리고 사랑하였다.

지난 2005년 12월, 10년 만에 KBS 클래식 FM 방송을 맡게 되었다. 세월이 흘러 다시 돌아온 누이처럼 거울 앞이 아닌 마이크 앞에 다시 선 나는 매일 아침 들어서는 〈FM 가정음악〉의 스튜디오가 '오전 9시의 성소聖所' 같다고 느낀다. 매일 아침 스튜디오에 들어와 첫 곡을 걸고 시그널이 흐르면 첫 인사를 건네며 지금 이곳이 참으로 소중하다고 실감한다. 잡다한 모든 것을 뒤로하고 깨끗한 마음으로 이곳에서 정성껏 공들여 세상에 음악을 전한다면 내 죄를 사해받을 것도 같다. 더 공을 들이고 싶어 지난해 4월부터 직접 써오던 한 코너의 원고를 보완해 이렇게 책으로 묶게 되었다.

온전한 나만의 앎이 어디 있으랴. 내 앎은 타인의 앎에 기인한다. 한 음악 이야기에 등장하는 많은 음악인의 일생이 다른 음악 이야기에 등장하며 퍼즐을 이루고 있었다. 우연히 내게 다가온 그 퍼즐 조각들을 꽃잎처럼 맞추어나가는 작업은 참으로 즐거운 것이었다. 책을 쓰는 데 참고가 되고 상상의 근간이 되었던 앞선 사람들의 앎에 참으로 감사한다. 여기서 못다 맞춘 음악인의 인생 퍼즐은 또 누군가 발견하여 재구성될 것이다.

삶/죽음, 순간/영원, 계승/혁신, 희망/절망, 비범/평범, 사랑/우정 혹은 이별로 구분하여 썼지만, 이 대조적으로 보이는 단어들은 쓰면서 보니 결국엔 반대가 아닌, 서로 스며 있는 비슷한 말이었다(삶 있고 죽음 있으며, 순간 모여 영원 되고, 계승 속에 혁신 있으니. 또, 절망해봐야 희망을 알고, 평범한 가운데 비범함 우러나오며, 사랑 전후 주변에 우정과 이별 있으니). 음악을 둘러싼 사람들의 다기한 삶의 모습들을 보면서, 가벼움 속에 시대를 관통하는 진지함이, 무거움 속에 지독한 유머가 서려 있음도 알게 되었다. 책을 시작 하면서는 애써 구별하려 했던 것들이 끝에 가서는 과연 구별지을 만한 것인지 회의하게 되었다. 치열하게 열망하는 것과 섣불리 감히 열망하지 않는 것, 사랑을 좇는 것과 예전의 사랑을 지키는 것과 그저 사랑하지 않는 것, 앞만 보고 질주하는 것과 주위를 살 피며 느리게 걷는 것, 당대를 열심히 좇아 성취를 노리는 것과 영 원한 성숙을 추구하는 것 등등. 음악이란, 예술이란, 그렇게 우리 의 부질없는 구별들을 지워나가는 데에 그 본질이 있다는 생각이 든다.

우리는 난데없이 태어나 누구든 늘 처음이다. 처음이어서 어 지럼증이 날 때도 있다. 3백 년 전의 비발디도 그러했던 것 같다. 그는 자신이 기초를 확립한 콘체르토의 1악장에서 자신이 살던 18세기 베네치아의 그 어지러운 삶의 모습을 묘사한다. 그리고 2악장 아다지오에선 그것의 덧없음을 슬퍼하며 영혼과 영원을 이야기한다. 그러다 3악장을 듣고 있노라면, 그저 그 슬픔에 머 물기만 하면 자신의 작품도 인생도 마무리할 수 없음을 깨닫고 는 부지런히 격정의 알레그로로 나아가고 있다는 생각이 든다. 삶이라는 소동 뒤로 얼핏 지나는 슬픈 향수의 알레그로가 아니라, 그것을 딛고 부단히 삶의 노를 저어가는 눈물겨운 알레그로. 구별을 넘어선 그 무엇. 생활해야 한다는 것. 음악의 이야기를 완성하는 것은 온전히 우리의 상상력의 몫이다. 이 책이 독자 여러분의 그러한 상상의 촉매가 되길 바란다.

매일 아침 우리의 원고를 위해 마치 입을 벌리고 기다리는 새끼에게 먹이를 물어다주는 어미 새처럼 갓 나온 음반이나 따끈따끈한 원고거리들을 제공해준 선배 임주빈 프로듀서와 오랜만에 귀한 진행의 기회를 준 KBS 클래식 FM에 감사드린다. 까다로운 음반명과 음악인의 이름들 하나하나를 정교하게 가다듬어준 오경철씨를 포함한 문학동네 편집부 여러분과 이렇게 아름다운 책으로 꾸며준 디자이너 윤종윤씨와 함께 일했던 것은 참으로 행운이었다. 문학동네와 인연을 맺어주었던 신수정 선생님과 염현숙 편집국장에게도 인사를 빼놓을 수 없다. 귀한 사진 자료들을 제공해준 (주)유니버설 뮤직, EMI, 소니, 크레디아, 성남아트센터, 아울로스 뮤직, KBS, 스톤 재즈, 도서출판 마티 등의 도움이 없었다면 책이 훨씬 허술했을 것이다. 그러고 보면 세상에 홀로 할 수 있는 일이란 잠자는 것 외엔 아무것도 없는 것 같다.

2008년 3월

유정아

책머리에 · 007

1부 삶과 죽음

로스트로포비치가 건넌 이념의 바다 · 019
글렌 굴드의 기이한 삶과 죽음 후의 축복 · 027
파바로티와 하얀 손수건 · 037
파파 하이든의 파노라마 · 047
30대에 내다본 죽음과 60대에 돌아본 삶의 환희—라흐마니노프 · 054
〈명태〉가 우리에게 남기고 간 웃음—변훈 · 060

2부 순간과 영원

예술은 정치를 초월하는 것인가 · 069
빈 슈타츠오퍼의 영욕 · 082
음악은 누구의 것인가 · 090
인생의 사계 속에 어디쯤 · 097
비발디의 재발견 · 103
켈틱 우먼 · 114
편곡으로 재탄생한 모차르트와 베토벤 · 118
두 작곡가의 〈사계〉 중 여름과 가을의 끝자락—8월과 11월 · 125

3부 계승과 혁신

나에게 가장 반(反)하는 것이 나를 따르는 것이다 · 135
18세기 옛것과 20세기 현대의 어울림 · 141
크리스티안 틸레만의 독일 지휘계보의 계승 · 147
계승의 끝, 혁신의 예감 · 158
악마의 꿈 · 163
마스네와 드뷔시 · 166
우리 땅의 유쾌한 혁신, 콰르텟 X와 스톤 재즈 · 178
쿠바에 간 바흐와 옷을 벗은 모차르트 · 186
요요 마가 던지는 요요의 묵직한 손맛 · 193

4부 희망과 절망

러셀 왓슨과 폴 포츠의 절망과 희망 · 203
문명의 충돌이 아닌 문명의 조화—웨스트-이스턴 디반 · 211
희망과 절망의 교차가 삶 자체—쇼스타코비치 · 218
통일열차 달릴 때 손풍금 울리려나—리남신 · 225
가난에서 예술로 · 230
질병에서 건져올린 희망—파가니니, 바람이 되다 · 236

5부 비범과 평범

걸출함 속에 끼어 있던 성실한 남자와
걸출함 그 자체였던 남자—라프와 리스트 · 245

때를 만나도 때가 안 끼는 사람, 때와 상관이 없는 사람—브루크너와 라모 · 252

바그너와 바그네리안 · 260

테너의 아리아와 테너가 부르는 아리아, 소프라노가 부르는 아리아 · 267

키신의 단조 · 279

혁명가이자 아내였던 그녀—요하나 킨켈 · 285

6부 사랑과 우정, 혹은 이별

가문 A와 가문 B의 대를 이은 우정—바흐와 아벨 · 299

브람스의 사랑과 우정 · 305

동성 간에 꼭 우정이어야 하는 법 있나요 · 313

번스타인의 반경 넓은 사랑 · 321

디토—동감과 환기의 음악 · 327

두 현악기의 우정 · 330

바람과 바람 · 337

잊지 못할 목소리에 담은 사랑 · 348

시대를 초월한 두 성악가의 만남—마리아와 체칠리아 · 359

백건우와의 이별여행 · 372

유정아의 베스트 클래식 20 · 383

삶과 죽음

로스트로포비치가 건넌
이념의 바다

한 사람으로부터 경험을 뺀다면 그 사람이 현재의 그 사람일까 생각해본다. 자신의 인생에서 다가오는 역사적, 공간적 경험이란 그래서 우연이며 동시에 운명적이다. 썩어가는 권력에 저항해보지 않은 사람은, 차가운 통제에 반기를 들어보지 않은 사람은, 그래서 조국으로부터 추방당해보지 않은 사람은 그런 경험을 가진 사람과 같기 힘들 것이다. 그 사람의 직업이 예술가일 때 그가 하는 예술 속에 그의 그러한 경험은 녹아나올 것이다.

므스티슬라프 로스트로포비치Mstislav Rostropovich, 1927~2007가 80살의 나이로 타계했다는 소식이 지난해 4월 27일 금요일 러시아로부터 타전되었다. 그리고 일요일엔 모스크바 중심부 구세주 성당에서 각계 인사 2천여 명이 모인 가운데 장례식이 치러지고 러시아의 주요 인물들이 묻힌 노보데비치 사원에 그의 시신이 안장되었다는 소식이 들어왔다. 한 주말 사이에 세기의 첼리스트는 유명을 달리하고 이미 저세상 사람이 되어버렸다. 그가 건너온 한 세월이 함께 땅에 묻혔다.

1927년 아제르바이잔의 바쿠에서 태어난 로스트로포비치는 프로코피예프와 쇼스타코비치에게서 배우며 걸출한 음악인으로 성장했다. 그의 조국을 사회주의 정권으로 통합한 구소련은 레닌상과 스탈린상을 주며 그를 칭송하고 격려했다.

그러나 그가 1970년 공산당 기관지인 『프라우다』에 반체제 작가 솔제니친을 지지한다는 내용의 편지를 보내고 난 이후 조국에서의 예술활동은 힘겨워졌다. 시민권을 박탈당하고, 자발적 망명에 가까운 국외추방 기간 동안 그는 부인인 소프라노 갈리나 비슈네프스카야와 아이들과 조국 땅을 밟지 못한 채 외국에 거주하며 음악활동을 할 수밖에 없었다.

1989년 베를린 장벽이 무너졌을 때 그는 첼로 하나 달랑 들고 그 무너지고 있는 장벽 옆에서 바흐의 무반주 첼로 모음곡을 연주했다. 인간의 숭고한 권리와 자유가 보장되지 않는 체제라면 그것이 지향하는 게 그 무엇이라 하더라도 쓰러져야 마땅하다는 그의 생각을 온몸으로 세계인에게 보여준 자리였다. 그후 고르바

1957년 스승인 쇼스타코비치(왼쪽)와 함께. 이 해에 두 사람은 쇼스타코비치의 첼로 소나타 D단조 op.40을 함께 연주했다.

초프 시절 그는 복권되었고 강경파들이 개혁정책(글라스노스트와 페레스트로이카)에 저항하는 기미가 보이자 고국으로 돌아와 옐친을 도와 국회에서 농성을 하기도 하였다. 음악인으로 음악을 위해 정치를 이용하는 것이 아니라, 음악 외적인 것을 위해 정치적 행위, 게다가 농성까지 한 인물이 그리 흔하랴.

로스트로포비치는 6년 전인 2002년 한 인터뷰에서 자신의 생을 통틀어 가장 잘한 일은 『프라우다』에 '그 편지'를 보낸 일이라고 회고했다.

“음악이 아니라 그 한 장의 편지였습니다. 그 순간부터 나의 양심은 깨끗하고 명확해졌습니다.”

음악인이 자신의 삶을 돌아보며 가장 잘한 일이 음악 바깥의 행위인 경우는 또 그리 흔하랴. 그의 수많은 명연주, 레코딩, 장한나를 포함한 제자 들은 깨끗해진 그의 양심이 길어올린 것들이라 그렇게 빛나는 것이리라.

그는 음악에서도 그의 정치적 양심만큼 깨끗하고 귀한 성과물을 많이 내놓았다. 그중 하나가 바흐의 무반주 첼로 모음곡 전곡 녹음이다. 첼리스트에게 일생의 필업 중 하나인 이 곡의 전곡 녹음을 그는 91년, 64살의 나이에 마지막으로 남겼다.

프랑스의 조그만 마을 베즐레의 9백 년 된 소박한 성당에서 바흐의 무반주 첼로 모음곡 전곡을 녹음하면서, 로스트로포비치는 과거 모스크바에서 2번, 뉴욕에서 5번을 녹음한 자신의 음반을 용서할 수 없었다고 회고한다. 이전의 연주와 다른 성숙한 느낌으로 연주하게 된 정도가 아니라 용서할 수 없었다니 그의 표현은 참 강하기도 하다.

바흐의 무반주 첼로 모음곡에 대한 로스트로포비치의 견해는 다음 한 문장으로 집약된다.

“어느 날 당신은 이 곡들에 대한 모든 것을 알게 되었다고 생각할지도 모르지만 그 다음날 당신은 또다시 새로운 것을 발견하게 될 것이다.”

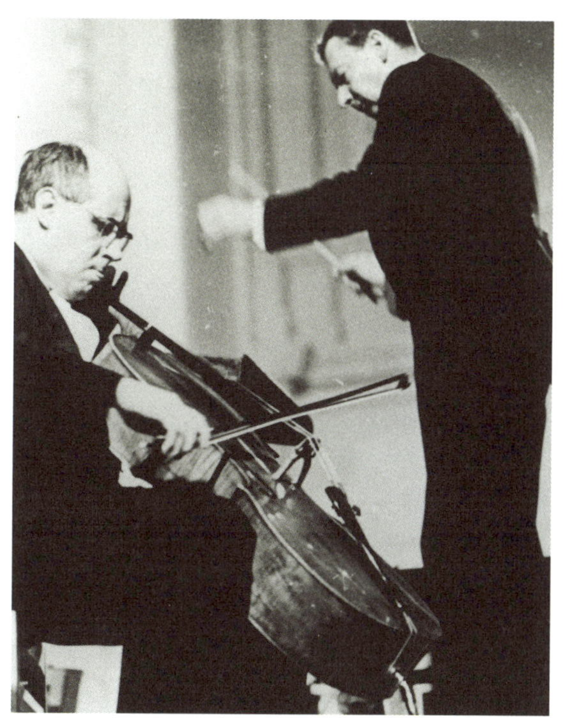

일신우일신日新又日新. 세상에 나온 우리에게 늘 어제와 다르고 내일 또 새로울 것을 말 아닌 멜로디로 요청했던 바흐와 그 요청을 이순의 나이가 넘어 받아들인 첼리스트는 음악 외의 것에서는 무엇을 교신할 수 있었을까. 로스트로포비치가 20세기에 맞닥뜨린 이념 간의 충돌과 그들의 부패, 그로 인한 예술가의 저항을 18세기 궁정과 성당에 있던 바흐는 어떻게 생각했을까.

　　로스트로포비치는 모음곡 중 마지막 6번을 각별히 사랑하였다. 애초에 5현 첼로를 위해 씌어진 6번은 가히 엄청난 기교를 필요로 하는데, 그것을 통과하고 나면 햇빛처럼 눈이 부시다. 햇빛과 승리의 음조인 D장조로 시작되는 이 곡을 로스트로포비치는 '솔로 첼로를 위한 교향곡'이라고 칭하며 이렇게 쓰고 있다.

　　"이 곡의 시작을 들으면 화창한 날이 연상된다. 이 곡을 들을 때마다 나는 항상 종소리가 울려퍼지는 화창한 날 교회에 들어가는 꿈을 꾸어왔다."

　　그가 세상을 떠난 봄날 이 글을 읽으니 마치 그가 자신의 죽음을 내다본 듯 여겨진다. 화창한 봄날 세상을 떠나 교회에 들어간 그의 명복을 빌며, 20세기 이념의 질곡은 옅어졌으되 또다른 충돌과 오만으로 점철된 21세기의 시작이 그 화창한 봄날처럼 맑게 개면 노 연주자 길 떠나는 데 좋은 선물 되리라 생각해본다.

　　〈타인의 삶〉이라는 독일 영화는 동독 시절 국가권력의 압제 속에 힘겹게 살아가는 예술가들의 이야기를 그리고 있다. 어떤 이는 예술의 자유를 억압하는 정권에 강하게 저항하고 어떤 이는 권력과 타협하며, 숨어서든 비틀면서든 예술활동을 계속한다. 더이상 예술을 이어가지 못하는 예술가는 죽음을 택하기도 한다. 타협한 예술가는 살아남아 좋은 세상이 왔을 때 더 좋은 작품활동을 하기도 한다.

1999년의 로스트로포비치. 그의
삶은 인간을 위한 저항과 예술을
함께 보여준 흔치 않은 삶이었다.

로스트로포비치의 삶과 죽음은 우리에게 어쨌든 타인의 삶이
고 죽음이지만, 그의 삶은 인간을 위한 저항과 예술을 함께 보여
준 흔치 않은 삶이기에 우리가 그의 죽음 앞에서 참으로 슬픈 것
인지 모르겠다.

글렌 굴드의
기이한 삶과 죽음 후의 축복

여름에도 두꺼운 외투에 목도리를 뒤집어쓰고 장갑을 낀 채 나타나 수많은 알약을 집어삼키며 직접 가져온 특수의자를 피아노에 바짝 가져다놓은 채 '녹음하는' 피아니스트.

이 피아니스트를 좋아하는 사람들이라면 이쯤만 말해도 누구인지 다들 알 것이다. 바로 글렌 굴드Glenn Gould, 1932~1982이다. 그는 이 세상에서 50년을 살았고 저세상에서 딱 그 절반인 25년을 지냈다. 그의 사후 25주년을 맞아 저세상의 굴드마저도 깜짝 놀라게 할 만한 기념음반이 출시되었다.

굴드는 연주회를 기피하고 녹음실에서 완벽에 가까운 사운드를 만들어내길 좋아했던 피아니스트이다. 라이브 공연에서 청중 굴드가 극한까지 추구한 것은 연주자 자신의 '증발'을 통한 원곡의 재현이었다.

굴드가 극한까지 추구한 것은 연주자 자신의 '증발'을 통한 원곡의 재현이었다.

들과의 호흡을 즐기기로 유명한 프리드리히 굴다와 큰 대조를 이룬다. 이름은 한 끗 차이이면서 너무나 달랐던 굴드와 굴다 중 누가 더 좋은지, 굴드, 굴다, 굴드, 굴다 하며 장미꽃잎을 딸 필요는 없다는 생각이 든다. 다 일리가 있는 논거를 가지고 있기 때문이다. 내가 그들에게 시집갈 것이 아니기 때문에, 둘 다 좋아하면 그만이다.

세상을 떠난 로스트로포비치는 파블로 카잘스와의 첫 대면을 회고하길, 자신이 찾아간 호텔방에서 카잘스는 코앞의 관객을 위해 바흐의 무반주 첼로 모음곡을 연주하였는데, 연주 중간중간 자신의 얼굴을 살폈다고 한다. 관객이 한 사람뿐이더라도 그가 지금 이 음악에 만족하는지를 살펴, 그 느낌을 주고받아가며 대화하듯 연주하려는 대가의 연주 자세에 로스트로포비치는 깊이 감동하였다.

원곡의 악보는 그렇듯 대면한 관객, 그곳의 분위기 등에 호소할 수 있도록 호흡해야 한다는 것이 굴다의 생각이라면(그는 박수 소리가 음악 소리보다 더 큰 경우라도 라이브 음반에 조작을 가하는 것을 극도로 싫어하였다 한다) 굴드는 작곡가가 의도한 원곡의 느낌을 고스란히 살리기 위해 반복녹음을 거친 편집과 소리의 조작을 마다하지 않았다. 굴다가 카잘스와 마찬가지로 연주를 관객과 함께하는 대화라 여겼다면, 굴드는 청중을 향한 완결된 스피치쯤으로 여긴 것이다. 대화란 결국 듣는 이의 반응이나 숨결에 따라서도 달라지는 열린 체계이지만 스피치에서는 화자가 자신의 의도를 무결점으로 관철시키고 싶은 욕심을 부리게 된다. 그러나 스피치 또한 청중과 대면한 말하기이지 혼자만의 글쓰기가 아니어서 자신이 마음먹은 대로 끝나지 않을 때가 대부분이다. 그것을 참지 못한 굴드는 결국 청중과 연주회장을 떠나 홀로 녹음실로 들어왔고 자신의 스피치가 작곡자의 의도를 완벽히 구사하게 될 때까지 연주를 거듭하였다.

굴드가 극한까지 추구한 것은 연주자 자신의 '증발'을 통한 원곡의 재현이었다. 1964년 32살의 나이로 9년간의 콘서트 생활을 청산하고 관객으로부터 도망쳐 스튜디오로 숨어든 이후 세상을 뜰 때까지 그는 죽 이렇게 자신을 지우는 녹음 작업에만 몰두하였다.

굴드의 레코딩은 바흐의 것이 압도적으로 많으며, 스비아토슬라프 리히테르는 그를 가장 위대한 바흐 연주자로 칭할 만큼 굴드는 가히 바흐 전문 연주자라 할 수 있다. 굴드는 바흐의 〈골트베르크 변주곡〉을 두 번 녹음했는데, 1955년 뉴욕의 CBS 스튜디오에서 모노로 한 번, 세상을 뜨기 전해인 1981년 같은 스튜디오에서 야마하 피아노로 또 한번 연주했다. 이것은 그의 생애 마지막 녹음이 되었다.

작년에 나온 기념음반의 주인공은 젠프라는 소프트웨어이다. 젠프는 굴드의 모노 음원을 철저히 분석해 건반 터치나 음량, 페

젊은 날의 글렌 굴드.

달링까지 완전히 데이터화했다(오, 놀라워라). 그 데이터를 바탕으로 야마하가 제작한 자동연주 피아노 디스클라비어가 굴드의 연주를 재현한 것을 녹음한 게 이번에 출시된 음반이다. 이 음반에서 비로소 굴드의 몸은 완벽하게 증발해 있는 것이다.

굴드가 도망치려 한 것은 청중뿐만 아니라 자기 자신으로부터였다. 연주자의 익명성이, 청중보다 음악 원곡에의 몰입과 충실이 그 음악을 지켜내는 것이라는 생각을 가졌던 굴드는 자신의 터치를 상기하는 자동피아노의 연주로 발매된 이번 음반을 흐뭇하게 바라보고 있을지. 죽은 지 사반세기가 지나서야 비로소 맘에 드는 생일 선물을 받았다고, 오늘도 자신의 특수 의자에 앉아 장갑 낀 손으로 알약을 콩처럼 주워삼키며 웃고 있을지 모를 일이다.

영화는 멋진 가을 나무들이 울창한 숲길을 장갑을 끼고 목도리를 두른 굴드가 굽이굽이 운전하고 가는 모습으로 시작된다. 길지 않은 인생길 외로이, 그러나 꿋꿋하게, 자신의 의지를 관철하며 살다 간 한 천재의, 이생에서의 여정을 영화의 도입은 예고해주는 듯하다.

바이올리니스트이면서 많은 음악 다큐영화의 제작자인 브뤼노 봉생송은 이번 굴드의 영화를 만들며 망설였다고 한다. 이미 그에 관한 영화나 TV 프로그램 등 기록들이 많이 나와 있고(〈글렌 굴드에 관한 32개의 이야기Thirty Two Short Films About Glenn Gould〉라는, 32개
의 매력적인 일화 조각들로 구성된 훌륭한 굴드 영화도 있다) 그것들로
할 이야기는 다 한 것이 아닌가 하고. 그러나 아무리 위대한 음악
가라도 죽고 나면 명성이 사그라진다는 상례와 달리 굴드의 전설
은 사후에도 너무나 무성하여 오히려 사람들이 그에 대해 정확히
모르고 있다는 사실, 그리고 피아니스트로서 굴드의 천재 외에
연주 음악사에 대한 그의 기여에 초점을 맞춘 기록물은 없었다는
사실에 주목하여, 이제껏 음악을 들어온 사람들을 넘어선 그 밖
의, 이 시간 이후의 사람들과 굴드의 관계에 초점을 둔 영화를 만
들기로 결심했다는 것이다. 제목도 그래서 '이 시간 너머로
Hereafter'이다.

영화는 굴드의 인터뷰와 맑고 고운 눈망울을 가진 소년 시절
의 사진, 초등학교 교실에서나 쓸 법한 나지막한 그만의 의자에
앉아 마치 건반을 핥아먹을 듯 연주하는 영상 등 생전의 그의 기
록물과 그가 죽고 난 후 그의 음악을 접했던 평범한 사람들의 이
야기가 교차하며 진행된다.

이탈리아 볼로냐에 사는 한 할머니는 토론토 CBC 방송국 앞
벤치 위의 앉아 있는 굴드 동상 앞으로 찾아와 마치 산 사람인 듯
동상을 쓰다듬으며 말한다.

"1993년, 처음 라디오에서 당신의 연주를 듣고는 생각했어요.
큰일 났다. 죽은 사람과 사랑에 빠져서."

또 한 사람의 굴드 러버는 건강이 아주 좋지 않은 러시아의 할머니이다. 뇌졸중으로 두 번이나 쓰러지고 다시 찾은 삶이었지만 아무런 감사도 없이 그저 하루하루를 연명하는, 외부세계와 단절된 삶을 살던 그녀에게 어느 날 외출하던 남편이 전화를 건다. 지금 빨리 라디오를 켜보라고. 그렇게 하여 처음 듣게 된 굴드의 음악. 그녀는 굴드에서 바흐를 거쳐 신과 연결되는 느낌을 받았고, 그로 인해 다시 자신의 삶으로, 세상으로, 걸어나올 수 있었다. 그녀는 말한다.

"굴드는 연주할 때 작곡가가 되지요. 쇼팽을 연주할 때 쇼팽은 없어지고 굴드가 남습니다. 하지만 바흐를 연주할 때는 굴드가 사라지고 바흐만이 고스란히 남습니다."

굴드와 살았던 시간과 공간은 멀디멀지만 과연 진정한 굴드의 팬이다. 굴드가 지향하던 연주자의 증발을 그가 가장 몰두했던 바흐의 곡에서 그대로 느끼고 있으니.

'굴드, 토론토, 캐나다'라고만 겉봉에 쓴 팬레터를 보내고 그의 사후 그가 써놓은 답장을 받아 감격에 겨워하는 일본 굴드 팬들의 모습도 담고 있다.

이처럼 영화 〈이 시간 너머로〉의 주인공은 굴드가 아니라 바로 굴드 이후의 삶을 살고 있는 우리들이다. 한공간에 모여 그가 연주하는 〈골트베르크 변주곡〉을 듣고 있는 남녀노소의 각기 다르지만 진지하고 감동 어린 눈빛들을 카메라는 오래도록 담으며 음악은 바로 우리의 것이라고 이야기해주고 있다.

볼로냐의 할머니는 영화의 끝에서 굴드의 무덤을 찾아가 말한다.

"당신이 내게 준 모든 것에 감사합니다. 당신의 음악을 듣는 것은 내 인생에서 가장 아름다웠던 일입니다."

내가 진행하는 라디오 방송을 듣는 누군가도 어느 날 그런 순간을 맞을 수 있다. 내가 비록 연주자 굴드는 아니지만 그 아름다운 순간을 이 시간 중에 선사하고 싶은 것이 〈FM 가정음악〉 진행자의 마음이다.

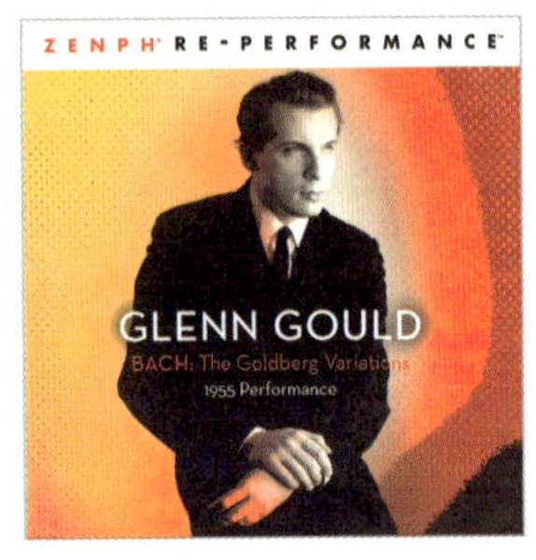

바흐 | 골트베르크 변주곡 Sony | 피아노_글렌 굴드

1955년 모노 음원을 철저히 분석해 건반 터치, 음량, 페달링까지 완전히 데이터화한 앨범. 그 데이터를 바탕으로 야마하 디스클라비어가 굴드의 연주를 재현한 것을 다시 녹음했다. 이 음반에서 비로소 굴드의 몸은 완벽하게 증발해 있다.

파바로티와
하얀 손수건

가을이 시작되고 있던 어느 날 오후 세계적인 테너 루치아노 파바로티Luciano Pavarotti, 1935~2007의 타계 소식이 들려왔다. 사용자 모두가 자유롭게 글을 쓰고 고칠 수 있는 온라인 백과사전인 위키피디아에서 파바로티를 검색하니 누군가가 이미 발 빠르게 고쳐놓았다. 그는 당대의 가장 잘 알려진 테너였노라고, 'is'에서 'was'로. 아무리 속도에 목숨 거는 시대라지만 적잖이 섭섭하다. 그의 온기가 사라지기도 전에 굳이 그를 과거에 묻고 싶었을까.

딸을 보내는 마음이 섭섭해 딸과의 결혼 행진의 발걸음을 더디게 뗀들 딸이 안 떠나는 게 아니듯, 그래, 속도광, 정보광 아니더라도, 파바로티는 이제 현재에서 과거의 인물이 되었다. 입사후 신입 아나운서 시절 런던 하이드파크에서 파바로티 공연 중계 방송을 맡고는 너무나 흥분했던 기억이 떠올랐다. 전날 미리 입수한 테이프를 거듭해 보며 비옷을 입고 앉아 있는 찰스 왕세자와 다이애나비, 그 외 잘 모르는 영국 내각 인사들 이름을 되뇌고, 공원 한구석에 있는 것도 아닌데 좁다란 스튜디오에서조차 파바로티를 중계한다는 자랑스러움에 이 직업 정말 선택하길 잘했단 생각까지 했었는데……

그의 노래를 직접 들을 수 있는 시대에 같이 살고 있는 것이 행운이었던 우리는 이제 늙은 그의 목소리나마 들을 수 없게 되었다. 아무리 '먼 그대'였다 할지라도 좋아하던 누군가와 세상을 달리한다는 것의 슬픔을 느꼈다. 그는 72살 생일을 한 달 앞두고 이승의 우리와 운명을 달리했다.

파바로티는 1935년 10월 12일 이탈리아 북부 모데나의 변두리에서 시가 공장에서 일하던 어머니와 제빵사 아버지 사이에서 태어났다. 그는 '유쾌한 빵집 소년'이었다. 그는 아마추어 가수이기도 했던 아버지의 음반들을 들으며 성장했다. 아버지는 아주 좋은 테너 음색을 가지고 있었으나 무대공포증으로 무대 경력을 가질 수 없었다고 한다. 파바로티가 들었던 테너들은 베냐미노 질리, 조반니 마르티넬리, 티토 스키파, 엔리코 카루소 등이었다. 어린 파바로티는 아버지와 함께 동네 조그만 교회 합창단에서 노래를 시작했다.

리허설중인 파바로티.

처음에 그는 축구선수가 되려 했다. 그는 훗날까지도 축구를 매우 아꼈고 지원했다. 하지만 학교 선생님이 되길 바라는 어머니의 뜻에 따라 초등학교 교사로 사회에 첫발을 디뎠다. 교사생활을 하면서는 취미로 하던 노래에 대한 꿈이 더욱 커져갔다. 30살 전에 성과가 없으면 더이상의 지원은 없다는 부모님과의 약속으로 19살이던 1954년 본격적인 성악 수업을 받기 시작했다. 집안 형편을 잘 알고 있던 음악교사는 무료로 강습을 해주었으나 처음 6년 정도는 작은 마을에서의 무료 리사이틀 외에는 우리의 세기의 테너에게 어떤 성과도 없었다고 한다.

그러다가 1961년 4월 29일 레지오 에밀리아에서 있었던 〈라보엠〉의 로돌포 역으로 오페라 무대에 데뷔했다(1991년 그는 이곳에서 데뷔 30주년 기념 공연을 갖는다). 로돌포는 그후 파바로티의 대표적 배역이 되었다. 아마 어느 지루한 휴일 TV에서 보내주던 〈라보엠〉 공연을 기억하는 사람도 있을 것이다. 〈그대의 찬 손〉을 부르는 거구의 로돌포. 1977년 3월 메트로폴리탄 오페라하우스에서 공연된 〈라보엠〉은 세계에서 가장 높은 시청률을 기록한 오페라 가운데 하나이다.

1965년 조앤 서덜랜드의 주선으로 마이애미 오페라에서 갑자기 병이 난 테너의 대타로 무대에 선 것이 파바로티의 미국 데뷔가 되었다. 그해 바로 라 스칼라 데뷔를 성공적으로 치렀고 그 유명한 하이 C의 리릭 테너의 목소리는 세계인을 사로잡았다. 세기에 한 번 나올까 말까 한 그의 목소리에 관객들은 160번이 넘는 커튼콜로 환대했고, 그는 150킬로그램의 거구로 예의 그 하얀 손수건을 들고 입을 닦으며 응대했다.

1970년대는 파바로티의 전성기의 시작이었는데, 우리나라에 와서도 공연한 바가 있다. 파바로티를 엄청나게 좋아하시는 우리 아버지는 당시 세종문화회관에서 있었던 파바로티 공연이 훗날 언젠가 TV로 중계되자 우리 남매를 불러 귀 기울이게 하셨다. 노래가 끝나고 수많은 박수 소리를 뚫고 어떤 사람이 "브라보"라고 외쳤다. "저 소리가 내 소리다!" 음악을 좋아하셨지만 다른 일을 하신 아버지는 못다 이룬 꿈을 파바로티의 공연에 가서 크게 호응하신 것으로 조금이나마 푸셨으리라.

1980년대에 그는 파바로티 콩쿠르를 만들어 젊은 성악도들을 길러내기 시작했으며 1990년대에는 대표적인 레퍼토리에 푸치니의 〈투란도트〉를 추가하며 〈공주는 잠 못 이루고 Nessun dorma〉를 거의 대중음악 수준으로 온 세상에 널리 알렸다. 1990년 이탈리아에서 개최된 월드컵 결승 전야제, 로마 카라칼라 대욕장 유적지에서 3테너와 함께한 콘서트 이후 당대의 3테너는 자주 모여 우리를 즐겁게 해주었다.

악기가 아닌 자기 몸의 일부인 목소리로 예술을 완성해야 하는 성악가라는 직업, 타고난 목소리에 피나는 연습과 노력, 감기가 걸려도, 나이가 들어가도 금방 쓰지 못하게 되는 몸에 달린 악기를 연마하는 그들의 고통을 생각해본다. 파바로티가 콘서트에 늘 들고 나왔던 하얀 손수건은 그의 아버지로부터 이어받은 무대 공포증을 달래기 위한 의지처, 혹은 지지목 같은 역할을 했을 것이다. 사랑하는 가족도, 팬들의 환호도, 무대에서 제대로 노래를 하기 위한 긴장의 순간에는 의지가 되지 못했을 테니까. 그만큼 무대는 외로운 곳이니까.

파바로티는 너그러운 풍모와 건장한 외모, 그리고 완벽한 목소리의 소유자였다.
Pavarotti International ⓒ Decca

그가 떠나가는 관 또한 외롭기는 마찬가지여서 아무도 함께하지 못하겠지만 그가 늘 의지했던 그 하얀 손수건을 함께 넣어 보내면 어떨까 생각해보았다. 자신이 어린 시절 들었던 최고의 테너들을 넘어서 노래했던, 그야말로 꿈을 이루었던 파바로티와 같은 시대를 살며 그의 노래를 듣고 그의 소식을 직접 들을 수 있었던 것에 다시 한번 감사하며 고인의 명복을 빈다.

사람의 생각은 다 비슷한 것이어서 내 바람대로 그는 무대에서 그를 지켜주었던 하얀 손수건과 함께 떠날 수 있었다. 수많은 팬들의 환송 속에 참으로 영예롭게 초가을 저세상으로의 길을 떠난 파바로티.

한 사람의 인생엔 저마다의 스토리가 있다. 그 스토리는 전형적이기도 하고 남다르기도 하지만 지나고 보면 대개 어떤 범주에 들어간다고 할 수 있다. 지지리 가난한 집안에서 태어나 갖은 고생 끝에 공부를 마치고 성공하거나, 자신이 하려는 일을 극도로 반대하는 부모에 반기를 들어 가출 끝에 그것을 인정받게 되어 마침내 다시 돌아오는 해피엔딩, 혹은 어린 시절부터 '기대 만발' 부모의 보살핌 속에 천재를 꽃피우며 오만한 예술가로 성장하는 이야기. 대부분의 우리 평범한 사람들은 그 스토리의 어디쯤에 자신의 인생을 빗대볼 수 있으려나 가늠해볼 뿐이지만. 그러나 그 마지막은 어느 인생도 피해 가지 못하는 죽음으로 끝난다. 해피엔딩이란 거기까지만 이야기했을 때의 끝이다. 죽음은 그 삶의 스토리를 반추하게 해준다.

가난하게 태어나 동년배 동향 친구인 미렐라 프레니와 같은 유모의 젖을 먹고 자란 파바로티의 스토리는 앞으로 또 얼마나 우리에게 회자될 것인가. 어떤 유의 이야기에도 속할 수 있지만 그의 너그러운 풍모와 건장한 외모와 그 완벽한 목소리, 전쟁고 아들에 대한 진심 어린 도움 들이 그의 이야기를 그만의 것으로 만든다.

세상을 뜬 지 오래지 않아 루치아노 파바로티를 기리는 추모 음반 〈파바로티 포에버〉(Decca)가 출시되었다.

이번 음반은 그간 백 개가 넘는 카탈로그를 남긴 파바로티의 유명 아리아와 칸초네를 모아 두 장의 CD에 41트랙을 담았다.

함께 출시된 DVD는 1988년부터 1995년 사이 뉴욕 메트로폴리탄 오페라하우스(1988), 로마 카라칼라 대욕장(1990), 데뷔 30주년 기념 갈라 콘서트를 열었던 레지오 에밀리아의 발리 극장(1991), 런던 하이드파크(1991), 뉴욕 센트럴파크(1993), 런던 로열 앨버트 홀(1995)에서 있었던 그의 공연 실황 중 하이라이트를 담고 있다. 그의 나이 53살부터 60살 때까지의 모습. 그야말로 축지법에 축시법까지 쓰며 무대를 명멸하는 거구의 도사 모습을 보는 것 같다. 그곳이 어디든 객석을 가로지르는, 공간을 관통하는 소리를 들으니, 시공을 꿰뚫는 마음을 가지지 않고서야 저런 소리를

약간의 불안을 담은
무구한 눈빛의 파바로티.

낼 수 있었겠는가라는 생각이 든다.

로열 앨버트 홀에서 그가 〈맥베스〉 중 〈아, 아버지의 손으로
Ah, La Paterna Mano〉를 부르는 장면에 빠져든다. 그의 그 약간의 불안
을 담은 무구한 눈빛은 무엇인가. 셰익스피어 비극의 주인공의
슬픔과, 그 노래를 부르는 때로부터 20년이 안 되어 이 아름다운
세상에서 사라질 자신에 대한 예감과, 환호하는 청중 앞에서 제
대로 끝까지 노래를 마칠 수 있기를 기원하는 예술가의 불안이
겹쳐진 그의 눈빛. 그렇다. 우리는 그의 그 눈빛이 벌써 그립다.
그 눈빛 때문에 그를 그토록 좋아했었다. '세상이 어떠해도 난 이

눈빛으로 살련다'는, 결연한 의지가 아닌, 슬프게 그저 호소하는
눈빛.

그가 세상을 떠난 지 채 몇 달이 지나지 않아 이루어지고 있는
기념 음반과 영상의 출시는 대단히 상업적이다. 그 상업이 미덕
을 발휘하길 빈다. 그가 집중하던 파바로티 콩쿠르의 기금으로,
전쟁고아들을 돕기 위한 기금으로, 그리고 그를 좋아했던 당대
팬들의 추억의 기금으로 자리한다면, 상업은, 미디어는, 참으로
선할 수 있을 것이다.

파파 하이든의
파노라마

　사람은 죽기 직전 자신의 삶의 여정이 일순간 파노라마처럼 지나간다고 한다. 어렸을 때 눈에 가져다대고 보던 디즈니 만화 수동 영사기처럼 자신의 지난 삶의 모습이 턱턱 돌아가는 소리를 낼 때 슬며시 미소 지으며 생을 마감할 수 있다면 참 행복한 사람이겠다.

　199년 전 5월의 마지막 날은 교향곡의 아버지, 현악 4중주의 아버지 프란츠 요제프 하이든Franz Joseph Haydn, 1732~1809이 77년의 긴 삶을 마감한 날이다. 하이든은 죽기 직전 어떤 편린들이 눈앞에 펼쳐졌을까. 한번 상상해본다. 그는 평소에 재미난 말들을 많이 했는데, 말년에는 어린 시절을 회고하는 말들을 종종 주변에 남기곤 해 우리의 상상을 도와준다.

　헝가리 국경에서 가까운 오스트리아 로라우 마을에서 태어난 하이든. 그는 마차 바퀴 만드는 아버지와 귀족 집에서 요리를 하는 어머니 밑에서 태어났다. 부모 모두 악보도 읽을 줄 모르는 음악의 문외한이었으나 어린 시절 하이든의 가족들은 언제나 이웃들과 어울려 춤추고 노래하곤 했다고 한다.

　그들의 아이가 음악에 재능이 있음을 감지한 부모는 하인부르크에서 합창장을 하고 있는 친척 프랑크에게 여섯 살도 안 된 아들을 보낸다. 그러나 그들도 어린 하이든도 그때는 몰랐을 것이다, 이전의 5년여가 그들이 함께 살았던 시간의 전부가 될 줄은. 프랑크의 집에 머물며 하프시코드와 바이올린 등을 익혔지만, 하이든은 늘 배가 고팠고 남루한 옷차림으로 놀림받았다.

　합창단원으로서 소년 하이든의 음색은 훌륭했던 듯 하인부르크를 방문한 빈의 성 스테판 성당의 음악감독 로이터의 오디션을 통과해 1740년 8살 때 성가대원이 된다. 그후 9년(나중 4년은 동생 미하엘도 함께)을 성가대원으로 활동하였다. 그러나 이때도 배가 고팠던 것은 마찬가지여서, 10대의 하이든은 배불리 먹을 수 있는 유일한 기회인 귀족들 앞에서의 공연을 고대하고 고대했다고 한다. 이런 장면은 옛날 우리 남사당패를 따라다니던 땟국물 자르르 흐르는 소년이 양반집 앞마당에서 한번 신나게 놀아주고 실컷 먹어보는 꿈을 이야기하는 장면과 많이 다르지 않다. 다만 그들의 소리와 우리 소리의 신명이 다를 뿐, 아이들의 배고픈 세계는 다 같은 것이다.

하이든이 활동했던 성 스테판 성가대는 빈 소년 합창단의 전신이다. 오늘날 그토록 곱고 성스러운 목소리로 노래하는 빈 소년 합창단원을 보면서, 아이들이 스케줄 때문에 공부는 제대로 하려나 걱정은 할지언정 배가 고플 거라는 생각은 하지 않는다. 저렇게 예쁜 소리를 내는 아이들에게 밥을 안 먹였을 리는 없다고 생각하는 것이다. 2백여 년 전은 대부분 배가 고팠던 시절이었고 그 곯은 배를 쥐고도 소년들은 고운 소리를 냈었나보다.

하이든은 어린 시절 잘 먹지 못해서인지 키가 작고, 얼굴은 곰보투성이로, 잘생긴 것과는 거리가 멀었는데, 훗날 런던을 방문했을 때 여성들이 자신에게 떼로 모이는 것을 보고 '이 여인들이 설마 나에게 이러는 거?' 하며 흠칫 놀랐다고 어딘가에 쓰고 있다.

18살로 변성기를 넘기고 더이상 성가대의 높은 음역을 맡을 수 없게 되자 그는 집도 절도 없이 거리로 내몰린다. 프리랜서 음악인의 생활이 시작된 것이다. 당시의 프리랜서도 일이 없으면 거의 백수에 가까웠던 건 오늘날과 마찬가지로, 하이든은 참으로 불쌍한 자유직업인이었다. 고마운 친구 스팽글러의 도움으로 잠시 그의 집에 기거하기도 하면서 하이든은 음악교사, 거리의 세레나데 가수, 이탈리아 작곡가 니콜라 포르포라의 시종 등 여러

직업을 전전한다. 영리한 하이든은 포르포라 밑에서 시종 일을 하면서 그로부터 자신에게 부족한 음악이론과 작곡을 배운다. 훗날 하이든은 그에게서 작곡의 진정한 기초를 배웠노라고 말하기도 하였다.

성실한 배움과 수련으로 작곡의 기술을 연마해가던 하이든은 드디어 오페라 〈악마 꼽추Der Krumme Teufel〉(하이든의 첫 오페라로 독일어로 된 징슈필에 속하며, 악보는 사라지고 리브레토만이 남아 있다)를 작곡, 1753년에 무대에 올려 성공한다. 이후 귀족들의 음악 지도와 오케스트라의 음악감독을 거쳐 저 유명한 에스테르하지 가의 음악감독으로 취임(1766)하여 그곳에서 30년 가까운 오랜 세월을 보낸다. 그 가문의 하우스 오피서로서 제복을 입고 그 가문 사람들이 가는 곳이면 어디든 함께 다닌다.

하이든은 자신이 사랑하던 테레제의 언니인 마리아 안나 아로이지아와 결혼했으나 사이도 좋지 않고 아이도 없었다. 당시의 법이 그들을 묶어두었으나 그 둘은 각자의 연인이 있었다고 전해진다. 빈 근처보다 다른 곳에 머무는 때가 많아지면서 하이든은 자주 외로워했다고 한다. 모시던 니콜라우스 왕자의 주치의의 부인이었던 아마추어 음악인 마리아 안나 폰 겐징거와 편지를 주고받으며 그 외로움을 달랬는데, 오늘날 그 서신들에서 하이든의 인간적인 면모를 많이 찾아볼 수 있다.

당시 빈에서 모차르트와는 나이 차를 넘어선 우정을 나누었으나, 잠깐 가르쳤던 베토벤은 마뜩잖아했고 베토벤도 선생으로서의 하이든을 별로 탐탁지 않게 여겼으며 둘은 긴장 관계였다고 전해진다.

1790년 음악을 사랑하던 니콜라우스 왕자가 죽자, 음악을 전혀 좋아하지 않던 그의 아들이 하이든을 내보낸다. 하이든은 연금을 받고 자리를 물러나 런던 등으로 연주여행을 다니며 더욱 부와 명성을 쌓아갔다.

1795년 빈으로 돌아와서는 종교음악을 작곡하기도 하였다. 병으로 더이상 작곡을 할 기력이 없었던 말년에는 가끔 피아노 앞에 앉아 뚱땅거리는 것이 위안거리였는데, 그 뚱땅거리던 멜로디는 오늘날 오스트리아와 독일의 국가가 되었다.

나폴레옹이 통치하던 프랑스가 빈을 침공한 1809년 5월의 마지막 날 하이든은 세상을 떠났다. 대포가 떨어지는 소리에 놀란 하인을 조용히 하라고 안심시킨 것이 이 세상에서 그의 마지막 말이 되었다고 한다.

그의 음악에서도 나타나듯이 하이든은 유머를 아는 사람이었고 자기 악단의 입장을 고용주에게 말할 줄 알며 인간관계에서 조화를 도모할 줄 알았던 따뜻한 성품의 소유자였다. 교향곡과 현악 4중주의 아버지라는, 후세가 지어 붙인 이름 외에 당시 사람들에게 아예 '파파 하이든'이라고 불렸던 그는 다른 이들의 아버지 같은 역할을 했던 모양이다. 오래도록 고향에 돌아가지 못했던 악단원들을 위해 주군 앞에서 음악을 연주해 말을 대신한 설득으로 휴가를 받아주기도 하였다. 자신도 대포 소리에 놀랐을 텐데 하인을 안심시킨 마지막이 그의 이러한 아버지 같은 면모를 알려주는 듯도 하다. 또한 그는 독실한 가톨릭 신자로 늘 장미의 기도를 올리며, 작곡과 연주 전후 신께 영광을 돌렸다. 취미는 낚시와 사냥이었다고 한다.

이렇듯 하이든의 일생을 돌이켜보며 그의 생의 마지막 순간의 파노라마를 상상해본다. 악보도 읽을 줄 몰랐으나 음악을 즐겼던 부모와 동네 사람들과의 노래잔치, 늘 허기져서 춥고 슬펐을 소년 합창단 시절, 말은 프리랜서이나 거리에서 온갖 일을 하며 생계를 이어갔던 20대 초반의 시절, 귀족 가문과의 인연으로 안정적인 악장 일을 하며 작곡과 연주를 이어가던 생의 대부분, 만인의 아버지 역할을 자처했으나 정작 핏줄도 없고 아내와는 사이도 좋지 않고 늘 외로워했던 시절, 이후 런던 등으로 연주여행을 다니며 자신의 인기를 실감했던 순간들.

하이든이 사랑했던 여인으로 떠오른 얼굴은 어떤 이였을지, 그가 가장 좋아했던 자신의 작품은 어떤 것이었을지, 이생에서의 마지막 느낌은 슬픔이었을지, 행복감이었을지, 독실한 가톨릭 신자로서 신과의 조우를 기쁘게 기다렸을지, 그의 서거일에 갑자기 궁금해진다.

30대에 내다본 죽음과
60대에 돌아본 삶의 환희
—라흐마니노프

겨울이 깊어가는 즈음이면 러시아의 작곡가 라흐마니노프 Sergei Rachmaninov, 1873~1943의 작품들이 듣고 싶어진다. 그의 피아노 협주곡도 좋지만 그의 작품 중 그다지 자주 듣게 되지는 않는 두 곡, 교향시 〈사자의 섬The Isle of the Dead〉 op.29와 〈교향적 무곡 Symphonic Dances〉 op.45 또한 겨울과 아주 잘 어울리는 곡들이다.

〈사자의 섬〉과 〈교향적 무곡〉을 처음 들은 건 1999년 겨울이었다. 눈이 내리는 세기말의 겨울밤, 사위가 조용할 때 난 가보지도 않은 러시아의 고풍스런 무대를 앞에 하고 있는 듯한 착각에 빠졌다. 악기 하나하나가 내게 다가와 연주를 하는 듯했다. 색소폰이 왔다가 피아노가 오고 이어서 현악기들이 줄을 지어 나에게

다가와 함께 넘실댔다. 잘 듣는다는 것은 잘 보는 것만큼이나 중요한 일이다.

〈사자의 섬〉은 라흐마니노프의 나이 36살이던 1909년 작곡되었다. 보통 〈죽음의 섬〉이라고들 하지만 정확한 제목은 'The Isle of the Dead, 죽은 자의 섬'이 맞다. 드뷔시의 〈바다〉가 일본 화가 가쓰시카 호쿠사이의 〈가나가와 앞바다의 파도〉를 모티프로 작곡되었고, 무소륵스키의 〈전람회의 그림〉이 또한 그림을 표현한 음악인 건 모두 잘 알고 있을 것이다. 라흐마니노프의 〈사자의 섬〉도 스위스의 상징주의 화가 아르놀트 뵈클린의 그림 〈사자의 섬〉을 보고 영감을 받아 작곡한 작품이다.

20세기 초, 30대로 향하던 라흐마니노프는 첫 교향곡 실패로 인한 신경쇠약의 늪에서 최면요법으로 가까스로 빠져나온 후 피아노 협주곡 2번 op.18을 완성(1901)해 글린카상을 수상하고 볼쇼이 극장 지휘자(1904~1905)로 활동하고 있었다. 1906년부터는 작곡에 전념하기 위해 드레스덴으로 거주지를 옮겼는데, 그는 이 시기 파리로 연주여행을 떠났다가 화가 뵈클린의 이 암울한 그림을 접하게 되었다.

햇빛도 비치지 않는 쓸쓸한 외딴섬이 조용한 바다 위 그림의 한가운데에 도사리고 있고 깎아지른 절벽과 커다란 나무가 우거져 엄숙해 보이는 그곳으로 한 척의 작은 배에 흰옷 입은 저승사자 카론이 향하고 있는 그림. 라흐마니노프는 염세주의자답게 그림이 전하는 죽음과 침묵, 무의 세계에 깊이 공감하였다.

〈사자의 섬〉은 5/8박자의 서글픈 연주로 시작되는데 이는 죽은 자의 영혼을 섬으로 실어 나르는 카론이 젓는 노의 움직임을 상징한다. 이어 첼로가 사자의 섬에 부딪히는 물결을 그렸다. 이 물결의 모티프가 이 곡의 가장 아름다운 부분으로 꼽히는데, 그레고리안 성가 〈진노의 날Dies Irae〉이 희미하게 들려온다. 섬이 가까워지면, 곡이 전개되면서 죽음의 고통과 함께 밝은 주제가 새롭게 나타나기도 한다. 이는 바그너가 그러했듯 죽음 이후의 침묵의 세계라는 것이 부정적인 무無의 세계가 아니라 한편으로는 평화로운 열반의 세계일 수 있음을 암시하는 것일 수 있다.

존 던의 성 소네트 1편인 '나는 죽음을 향해 달려가네, 죽음이 재빠르게 나를 맞이하네, 모든 즐거움이 어제와 같네'라는 이 세상 삶의 허망함의 감정이 반복되는 느낌이 들 수도 있지만, 그 한정된 생명, 끝이 있는 존재의 아련함과 끝을 향해 가는 후련함 같은 것들이 이 곡의 부정할 수 없는 아름다움이다.

그런데 실은 라흐마니노프가 접한 것은 그림 〈사자의 섬〉의 흑백 복사본이었고, 훗날 실제 그림을 보고, 라흐마니노프는 "이걸 봤더라면 작품이 그렇게 나오지 않았을 것"이라는 이야기를 했다고 한다. 아, 흑백 복사본의 눈부신 빛깔이여!

라흐마니노프는 그후 1917년 러시아혁명 직후 미국으로 망명하였다. 〈사자의 섬〉을 작곡한 지 30여 년의 세월이 흘러 67살의 나이를 맞은 1940년, 그는 〈교향적 무곡〉을 발표한다. 그로부터 3년 뒤 암으로 세상을 떠난 라흐마니노프의 백조의 노래가 바로 이 〈교향적 무곡〉이다.

1악장에서는 1896년 23살의 나이에 발표했다가 성공하지 못했던 교향곡 1번의 1부 테마를 사용하고 있다. 1891년 첫 피아노 협주곡을 썼던(1917년 개정) 전도양양한 음악가 라흐마니노프는 글라주노프 지휘로 무대에 올려졌던 첫 교향곡의 처절한 실패에 자신의 손으로 썼던 악보를 다 찢어 없애고 한때 지휘자로 전향할 것을 심각히 고려했었다고 한다. 그러나 그의 사후 레닌그라드음악원에서 관현악 부분이 발견되어 보정 후 1948년 그의 5주기에 실패했던 첫 공연 후 세계에서 두번째, 미국 초연으로 무대에 올려졌다.

이 교향곡 1번의 일부 주제가 변용된 〈교향적 무곡〉의 1악장은 라흐마니노프 특유의 강렬한 색채감으로 화려하고 생동감 있으며 섬세한 감각이 살아 있다. 2악장은 신비스러운 왈츠곡으로 프랑스 작곡가의 곡으로 의심할 만큼 프랑스적 요소가 강하다고 평가된다. 3악장에서는 다시 또 〈사자의 섬〉에서의 〈진노의 날〉 테마가 사용되고 있다. 또한 러시아 성가곡을 사용하여 죽음을 초월한 삶의 진정한 승리를 상징하고 있다.

무엇보다 자신의 마지막 작품이 된 〈교향적 무곡〉의 악보 마지막 부분엔 '신께 감사드린다'고 기록되어 있다 한다. 젊은 날 '죽음'을 작곡하고 생의 마지막 순간에 삶의 압축된 환희라 할 춤곡을 자신이 못내 아쉬웠던 어린 날의 테마에 실어 작곡한 라흐마니노프의 두 곡을 들으며 우리들 삶의 패러독스를 생각해본다.

인생에서 귀 기울여 잘 들어보려 얼마만큼 애써봤던가. 귀 기울여 들어볼 일이다. 젊은 염세주의 작곡가가 미래에 다가올 죽음을 주제로 작곡한 교향시와 삶을 완결해가는 만년에 삶의 기쁨을 상징하는 춤곡 형식으로 작곡한 〈교향적 무곡〉에는 각각 어떤 역설이 녹아 있는지. 삶과 죽음이 교차하는 이 세상을 잘 보고 잘 듣고, 그럼으로써 잘 느끼며 살아볼 일이다.

젊은 날 생각해보는 죽음이여, 나이 들어 생각해보는 세상 삶의 환희여. 그것이 다 신의 섭리가 아닐까. 그래서 이 괴로움의 바다일 수도 있는 아름다운 세상에 자신을 보내준 신께 라흐마니노프도 감사드렸던 것이 아닐까.

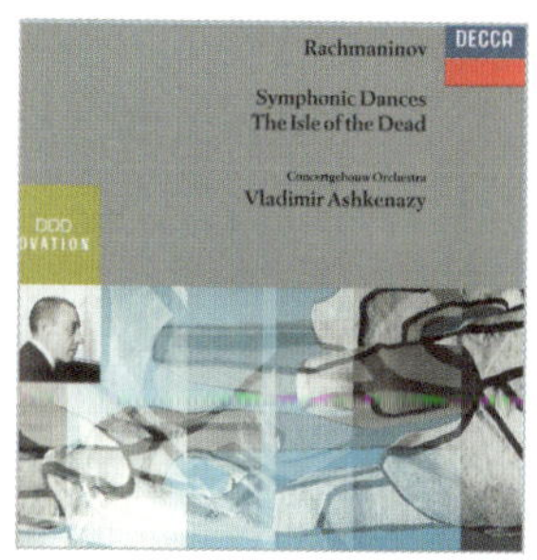

라흐마니노프 | 사자의 섬/교향적 무곡 Decca
지휘_블라디미르 아쉬케나지/콘서트헤보우 오케스트라
라흐마니노프의 탁월한 해석으로 뷰명한 아쉬케나지가 콘서트헤보우 오케스트라와 녹음한 〈사자의 섬〉〈교향적 무곡〉 음반이다.

〈명태〉가 우리에게 남기고 간 웃음
—변훈

〈명태〉의 작곡가 변훈이 타계한 지 벌써 8년이 되었다. 한국 가곡사에 깊은 발자취를 남긴 그를 추모하는 음악회도 열렸다. '민족작곡가 변훈 선생을 추모하는 바리톤 이광희 초청 독창회'.

공연은 '이 세상에서' '조국의 분단' '우리 강산 예찬' '길을 떠나며', 이렇게 네 주제 16곡으로 이루어졌다. 중견 성악가 이광희 씨는 서울대 음대를 졸업하고 이탈리아로 유학, 오르페오 아카데미아와 밀라노 베르디 국립음악원을 졸업했다. 그는 변훈의 가곡을 이렇게 표현했다.

"변훈 선생의 가곡은 끓일수록 맛이 우러나는 가마솥 사골국 같습니다. 악보를 보면 참 단순한 것 같은데 소리내어 부를수록

참맛을 느끼게 됩니다.”

변훈은 1926년 함경남도 함흥에서 태어났다. 우람한 목소리에 음악적 재능을 타고났지만 부친의 반대로 음악 전공을 포기하고 연희전문 정치외교학과에 진학해 1회 졸업생이 되었다. 졸업 이후 그의 공식적인 직업은 외교관이었다. 1981년까지 30년간 미국, 일본, 대만, 브라질, 포르투갈 등 세계 각지에서 근무했다.

작곡생활은 연희전문에 다니던 21살 때 김소월 시에 곡을 붙인 처녀작 〈금잔디〉를 발표하며 시작되었다. 6·25전쟁중 육군 연락장교로 복무하면서 양명문의 시에 곡을 붙인 〈명태〉를 발표하였고, 제주도에서 교편을 잡고 있던 피란 시절 자작시에 곡을 붙여 〈자장가〉를 발표하기도 했다. '아가야, 울지 마라, 부엉이가 흉보지, 괴로운 세상 원한도 많아……' 전쟁통에 부모를 잃은 전쟁고아들을 보고 만들었다는 구슬픈 노래이다.

한국 근현대를 살아오면서 식민지생활, 전쟁, 경제적 가난, 근대화, 민주화, 그 모든 걸 보고 겪었을 그는 외교관생활로 일면 화려해 보이는 공식 행사도 많이 치르고 늘 외국인들에게 우리의 좋은 면을 내비치도록 애썼겠지만, 혼자였던 더 많은 순간에는 그 시대에 태어난 한국인으로서 여러 아픔들을 가곡으로 풀어냈을 것이다.

변훈은 1982년 외교관생활을 마치고 다시 정식 작곡활동을 재개하고는 2000년 8월 29일 세상을 떠났다.

음악회에는 변훈의 50년 지기 성악가 오현명도 특별 출연해 〈낙동강〉과 〈한강〉을 불렀다. 그는 병상에 누워서도 시를 가지고 씨름하며 음표를 그리던 친구 변훈이 무척 그립다고 했다. 막걸리 한 잔을 기울이며, 세상살이의 애환을 시인의 술안주 명태에 빗댄 곡 〈명태〉를 함께 부르고 싶건만 이제는 가고 없는 친구, 변훈. 아마 그를 그리워하는 마음을 친구는 노래에 담았을 것이다.

　불후의 명가곡 〈명태〉를 듣고 있노라면 꼭 함께 떠오르는 러시아 노래가 있다. 무소륵스키의 〈벼룩의 노래〉. 아마 노래 중간에 나오는 그 낮은 음색의 웃음소리 때문일 것이다. 〈벼룩의 노래〉의 노랫말은 괴테의 『파우스트』에서 메피스토펠레스가 부르는 노래의 한 구절로 당시 괴테는 작센 궁전에서 전횡하던 관리들의 모습을 벼룩에 빗대 풍자하고 있다. 이를 러시아어로 번역한 것에 1879년 무소륵스키가 곡을 붙인 것이다. 베이스 페오도르 샬리아핀이 즐겨 부른 곡이다. 러시아에 〈벼룩의 노래〉를 부른 샬리아핀이 있었다면 우리에겐 〈명태〉를 부른 오현명이 있다. 하나의 생물로 이 세상에 왔을 땐, 영원하지도 않은 권력에 기대어 으스대는 것보다 명태처럼 바다 구경이나 한 후 이 한 몸 바쳐 가난한 시인의 글거리 안주가 되는 게 낫다고 생각한다. 그렇지 아니한가.

명태

검푸른 바다, 바다 밑에서
줄지어 떼 지어 찬물을 호흡하고
길이나 대구리가 클 대로 컸을 때

내 사랑하는 짝들과 노상
꼬리치고 춤추며 밀려다니다가
어떤 어진 어부의 그물에 걸리어
살기 좋다는 원산 구경이나 한 후
에지프트의 왕처럼 미이라가 됐을 때
어떤 외롭고 가난한 시인이
밤늦게 시를 쓰다가 쇠주를 마실 때
그의 안주가 되어도 좋다
그의 시가 되어도 좋다
짜악짝 찢어져 내 몸은 없어질지라도
내 이름만은 남아 있으리라
명태, 명태라고
이 세상에 남아 있으리라.

벼룩의 노래

옛날에 임금님이 벼룩을 길렀네, 벼룩, 벼룩을
마치 왕자처럼 귀여워했다네.
하하하하
어느 날 왕이 재단사를 불러 명했네

내 귀여운 벼룩을 위해 벨벳 양복을 지어 바치라

벼룩에게 양복을? 하하하

벼룩에게? 하하하

금수가 놓인 벨벳 양복을 입고

벼룩이 으쓱대네

왕궁에서의 완벽한 자유를 벼룩은 즐기네

왕은 그에게 장관을 시키고 훈장을 주었네

그러나 여왕과 하녀들은 벼룩을 참지 못했네

벼룩은 닥치는 대로 마구 물지만 왕의 귀염둥이 손도 못 대고

찌익 눌러 죽이지도 못하는구나.

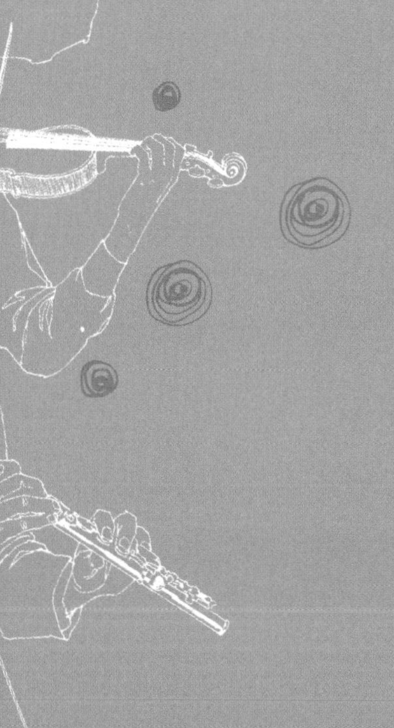

순간과 영원

예술은 정치를 초월하는 것인가

예술은 정치를 초월할 수 있는가.

이 추상적이고 어려운 화두를 던지고 있는 책*이 출간되었다.

독일의 문화 관련 저술가인 헤르베르트 하프너는 진지함이 점차 사라져가는 21세기에, 클래식 음악이 시장에서 살아남기 위해 몸부림을 치는 이 시대에 참으로 무겁고도 진지한 화두를 던지고 있다. 역사상 가장 논란이 많았던 지휘자 빌헬름 푸르트벵글러 Wilhelm Furtwängler, 1886~1954를 통해서.

* 헤르베르트 하프너, 『푸르트벵글러』, 이기숙 옮김, 마티, 2007.
  이하 언급하는 푸르트벵글러의 일화들은 이 책을 참고한 것이다.

푸르트벵글러가 남긴 음원은 오늘날까지 여러 음반사를 통해 재발매되고 복각되고 있는데, 그 이유는 그의 화려한 이력 때문이기도 하지만, 그가 음악 혹은 예술의 의미와 사회적 역할에 대해 생각할 기회를 제공하기 때문이다. 그러니까 당대에 되돌아보는 푸르트벵글러의 의미란 예술은 당대의 가치를 넘어선 그 무엇인가에 대한 물음이라 하겠다.

영화 〈Sleeper〉는 1973년 냉동인간이 된 주인공이 2백 년 후인 2173년 깨어나 당시의 독재자에 저항하는 지하조직에서 활동하게 되는 내용을 다루고 있다. 여기까지 듣고 나면 이 영화를 전혀 보지 못한 독자로서는, 영화의 분위기: 아주 진지하고, 배경: 몹시 암울하며, 주인공: 자신의 정체성이나 억압을 놓고 갈등하는 미래 인간의 고뇌를 연기할 것, 이라고 짐작할 것이다. 그러나 이것이 우디 앨런의 영화라는 것을 아는 순간, 영화의 이미지는 짙푸른 색채의 옷을 벗고 오렌지나 웃기는 핑크 감각의 색을 띤 폭소의 자리로 탈바꿈하리라. 그랬다. 영화는 시종 웃기기 그지없었다.

내가 이 웃기는 영화를 진지하고도 심각한 푸르트벵글러의 이야기를 꺼내다 말고 상기하는 것은 영화에서 뒤틀고 있는 '당대의 가치' 때문이다. 2백 년 만에 깨어난 우디 앨런에게 그 시대의 레지스탕스들이 뭘 먹고 싶냐고 묻자 그는 '호랑이 우유에 샐러드와 저지방……' 하며 70년대 뉴요커식의 아주 쿨한 식단을 주워섬긴다. 22세기인들은 그들끼리 뒤돌아서며 '20세기 타인의 취향'에 대한 무시가 슬쩍 담긴 흉을 본다. 옛날엔 그런 걸 먹었나보다라며, 참 촌스럽기도 하다며, 기름진 자신들의 음식이 쿨한 것이란 표정으로 당대인끼리의 동류의식을 공유한다. 2백 년 전 세계의 유행을 선도한다고 자부하던 뉴욕 여피의 식단이 아주 시대착오적인 것으로 뒷걸음질치는 순간이다.

어디 식단뿐이겠는가, 10년이 멀다 하고 다른 무게를 갖게 되는 우리의 가치가.

패션, 운동, 직업, 취향, 미인관, 경제구조, 정치체제, 우리를 둘러싸고 있는 온갖 잡다한 것에서부터 거창하다 할 만한 것까지, 우리가 사는 당대를 벗어나, 혹은 우리가 사는 길지 않은 세월 동안에도 진정으로 그러하다고, 그것이라고 말할 수 있는 것이 무엇이 있으려나 생각해본다. '진정 그러하지도' 못하면서 자신이 지고지순하고 애초에 그러하였으며 영원히 그러할 듯이 뽐내는 주류의 체제와 가치들은 자신 내면의 위선과 독선을 인식하지 못한 채 안방을 꿰차고 앉아 군림하는 안방마님을 보는 것 같다. 안방이 영원한 안방이 아니며 건넛방이 되기도, 마루가 되기도 하다가, 뒤뜰, 혹은 담 너머 추운 벌판이 될 수도 있다는 것을 모르거나 외면하는 근시안, 그리고, 안간힘을 들어 안방을 영원한 안방이게 하고 싶은 속되고 탐욕스런 바람들이 당대를 풍미한다. 탐욕이란 단어가 이처럼 어울리는 시대가 있었을까 싶다. 일을 끊임없이 크게 벌이지 않으면 현상유지가 안 되는 경제체제, 인간의 소비욕을 창출해내는 마케팅들, 인간도 자신을 잘 만들어 파는 처세술이 자랑인 시대. 예술을 둘러싸고는 진정한 음악인가보다는 많이 팔릴 것인가가 우선인 시대, 뭔가를 동원해서라도 많이 팔리면 그것이 훌륭한 예술로 인정받는 시대.

물론 당대의 이러한 가치와 체제들은 그 어떤 것도 대신할 수 없는 장점을 갖고 있다. 탐욕이라는 이름이 때로 개운하게 샤워를 하고 나면 진취나 발전, 풍요 등으로 곧잘 둔갑을 하기도 하고, 이에 물린 당대인들은 유행처럼 동양의 고요한 것들을 앞 다투어 찾아내 황제 네로의 '토하고 또 먹기'식으로 풍요의 늪에서 요가나 선禪을 즐기며 '비움'을 이야기한다. 무엇보다 어제나 내일이 아닌 오늘 지금을 사는 사람에게 왜 오늘의 가치를 따르느냐고 묻는 것이 얼마나 바보 같은 것인지 잘 안다. 하지만, 그럼에도 지금 오늘의 가치가 다는 아니며, 보다 오래고 초월적인 그 무엇을 이정표 삼고 싶어질 때, 우리는 한 인간이 평생을 통해 갈고닦아 내놓은 예술에 기대게 된다.

모차르트 탄생 250주년을 맞은 2006년, 그의 생일이었던 1월 27일부터 시작해 설 연휴 기간 진행된 KBS 클래식 FM의 특집을 통해 나흘 내내 흘러나오던 모차르트의 음악을 들으면서 생각해보았다. 그의 음악의 무엇이, 2백 년이 훨씬 지나서도 '촌스럽지'

않고 '잘난 척하지' 않는 것으로 들리게 해주는 것일까. 그의 천재 때문이기도 하지만, 경박함이라고까지 전해지는 그의 가벼움은 당대의 것에 머물지 않고 시대를 초월하려는 맑음의 다른 이름이며, 그 맑음이 이 시대에까지 울림을 주는 것은 아닐까. 클래식 음악이 내게 주는 의미는 바로 이처럼 시대를 초월하거나 관통하는 어떤 것에 대해 생각케 해주는 데에 있다.

모차르트와는 아주 다른 무거움을 가졌던 푸르트벵글러는

1886년 독일 베를린에서 태어나 1954년 하이델베르크에 안장되었다. 그가 태어난 1886년은 프란츠 리스트와 바이에른 공국의 왕 루트비히 2세가 세상을 떠난 해였으며, 그해 브루크너는 62살, 브람스가 53살, 차이콥스키가 46살이었다. 알마 말러와 떠들썩한 연애로 빈을 시끄럽게 했던 화가 오스카 코코슈카도 1886년생으로 푸르트벵글러와 동갑이다. 푸르트벵글러가 일생을 보낸 19세기 말 20세기 중반의 유럽은 '우연히도' 양차 세계대전과 전체주의의 격변으로 점철된 시기였다. 동시에 녹음기술의 발전과 함께 클래식 음악이 최절정기를 맞던 시기이기도 했다.

푸르트벵글러는 부모의 양가 모두 학구적이고 지적이며 아주 부유한 집안 배경에서 태어났다. 아버지는 고고학자, 어머니는 신동 아들을 너무나 귀히 여긴 '열성 교육 맘'이었다. 그가 베를린에서 태어난 건 당시 아버지가 베를린 고대 유물 박물관장 조교로 일하고 있었기 때문이었다. 부부는 그들의 첫아들을 낳고는 왠지 천재를 낳았다는 기대와 확신에 차 있었다.

푸르트벵글러가 8살 때 아버지가 뮌헨 대학 교수직과 세 곳의 박물관장직을 동시에 맡으면서 가족은 뮌헨으로 거주지를 옮긴다. 그들은 막 뮌헨으로 편입된 슈바빙에 있던 루트비히 2세의 사냥용 저택을 사들였다. 루트비히 2세는 바그너 음악을 포함한 예술에 심하게 경도되어 있다가 정신착란으로 권좌에서 밀려난 후 푸르트벵글러가 태어나던 해 호수에서 시체로 발견된 비운의 왕이었다. 훗날 바그너 연주로 이름을 날린 푸르트뱅글러가 어린 시절을 바이로이트 극장 마련을 위해 바그너를 지원한 루트비히 2세의 숨결이 남아 있는 저택에서 보낸 것은 우연이 아니며, '예술은 정치를 초월하는 것'이라 주장한 그가 예술에 빠져 국정을 돌보지 않다가 권좌에서 밀려난 루트비히 2세의 이야기를 부모로부터 듣지 않았을 리 없다.

푸르트뱅글러의 부모는 아름다운 자연에 둘러싸인 전원의 저택에서 열린 교육을 했다고 하지만(그들 가족은 호수에서 돛단배를 타기도 하였다) 그것은 그들만의 열린 교육이어서 어린 푸르트뱅글러는 정신세계에 대한 대단한 자부심으로 가득했다. 맏이였던 그는 세 동생의 대장 노릇을 하며 명령과 규칙을 만들어 엄격히 지키고, 그것이 자신에게 불리할 때는 거리낌 없이 바꾸어버렸다고 한다. 그럼에도 푸르트뱅글러는 외모마저 너무나 사랑스럽게 생긴 부모의 귀한 신동이었다. 어머니는 아들에 대한 세밀한 관찰과 사랑이 가득한 육아일지를 성실히 남기고 있으며, 성장하면서는 아들이 작곡한 작품을 사람들이 알아주지 않아 답답하다는 식의 아버지의 글로 그 논조가 이어진다. 주변 이웃 가운데에는 작가 토마스 만의 아내 카티아도 있었다. 그녀는 그들을 이렇게 비웃었다.

"나보다 네 살 아래인 빌리를 그 어머니는 신동처럼 떠받들었다. 그는 나이도 먹지 않았다. '신동'이었으니까."

1935년 4월 베를린 필 연주회. 괴링, 히틀러, 괴벨스 등 나치의 주요 인사들에게 답례
하고 있는 푸르트벵글러.

자연 속에서 성장한 신동은 커서도 자연 속에서 여가생활을 즐겼다. 스키와 승마, 그리고 꾸준히 산행을 했다. 자동차 운전 또한 좋아했다. 그러나 다른 차가 자신의 차를 앞질러 가는 것을 참지 못하는 등 매너는 좋지 않았다고 한다. 언젠가 베를린에서는 리하르트 슈트라우스를 태우고 가다 호텔에 주차되어 있던 새 차를 받아 고철로 만들어버렸으며, 한번은 전차를 들이받고는 자동차를 내버려둔 채 유유히 연습장으로 가버린 적도 있다고 전해진다.

그는 평생 칸트처럼 산책을 즐겼고 음악에 대한 대화를 즐겼다. 그러나 산책 도중 대화하던 누구라도 자신과 다른 의견을 말할 경우엔 "그렇게 생각한다면 더는 당신과 걸을 수 없겠군요"라며 싸늘히 돌아서버리곤 했다. 김나지움에 입학해서도 예술이나 종교, 철학에 대한 토론을 벌이다가 자신이 경솔한 말을 하거나 궁지에 몰리면 "어쨌든 나는 그렇다"고 하며 갑자기 대화를 끊어버렸다.

푸르트벵글러의 이러한 과도한 자의식과 타인에 대한 배려 부족은 그를 평생 따라다니며, 주변 사람과 자신에게 공히 상처를 주었다. 그는 인간적으로 어쩔 수 없는 부분이 많았던 사람이었다. 영국 망명중이던 빈 필 출신의 첼리스트 북스바움을 빈 필에서 초청했을 때 그의 기량이 성에 차지 않았던 푸르트벵글러는 그에게 직접 물러나달라고 하기도 했다(북스바움은 이튿날 심장마비로 사망했다). 또한 그는 자신을 진료하러 수용소에서 특별 휴가를 받아 나온 주치의에게 감사의 인사는커녕 과일 한 쪽 건넬 줄도 몰랐다. 나치 독일에 탄압받은 유대인들의 아픔보다 독일 땅에 남아 정치적 압력과 모욕을 받았던 자신의 고통이 더 참담한 것이라고 말했을 정도이다.

그는 음악의 정수를 독일 음악에서 찾았으며 14살 때부터 자작곡을 발표하고 1905년 지휘계에 입문한 뒤로는 승승장구하며 유럽 최고의 명망을 자랑하는 세 오케스트라, 베를린 필, 빈 필, 라이프치히게반트하우스 오케스트라의 상임 지휘자를 역임했다. 그는 공식 나치당원이었던 적은 한 번도 없었지만 나치 정권 아래에서 괴벨스의 문화원로원 의원, 제국음악국 부의장을 지내며 '민족' 오페라인 〈뉘른베르크의 명가수〉를 나치 전당대회에서 지휘했다.

그는 예술이 정치를 초월할 수 있다고 믿는다고 늘 쓰고 말했다. "지금 같은 세상에서 예술가는 지휘할 수 없다"는 토스카니니에게 그는 이렇게 말했다. "바그너와 베토벤이 연주되는 곳이면 인간은 어디서나 자유롭습니다. 음악은 게슈타포가 손대지 못하는 곳으로 인간을 데리고 가니까요. 나치 정부가 권력을 쥐고 있으면 나는 나치 지휘자이고 공산주의자들 밑에서는 공산주의자, 민주주의자들 밑에서는 민주주의자가 되는 것입니까? 아닙니다. 예술은 다른 세계에 속합니다. 예술은 모든 우연한 정치적 사건 너머에 있지 않을까요?"

이 소름이 돋을 만큼 멋진 말을 한 푸르트벵글러의 믿음이 만들어낸 행동양식은 조금 다르게 소름이 돋는다. 추상적 믿음에 따른 행동양식은 아주 구체적이다. 푸르트벵글러는 나치 독일을 떠나지 않고 폭격 속에 베를린 필의 지휘대에 올랐으며, 유수의 오케스트라와 좋은 계약조건으로 지휘하기 위해 히틀러와 괴벨스 등 권력자의 도움을 청하거나 줄다리기를 서슴지 않았다.

그는 이러한 선택으로 반유대주의자라는 비난을 받았으나, 베를린 필이 나치 독일 속 유대인들의 오아시스가 될 만큼 훌륭한 유대인 연주자를 보호하는 데에 애썼으며 반민족적 작곡가로 낙인찍혔던 힌데미트를 옹호하는 글을 써 괴벨스와 마찰을 빚기도 하였다.

그의 전기를 읽다보면 그의 말과 행동의 괴리에 대해 의문이 가기도 한다. 예술이 정치를 초월할 수 있다는 푸르트벵글러의 말은 어쩌면 모든 걸 넘어선 신념이라기보다, 최고가 되고자 한 자신의 욕망과 행보를 위한 교묘한 자기 합리화 장치가 아니었을까 하는. 그러나 그가 예술을 위해 정치를 이용하였지 정치를 위해 예술을 이용한 것은 아니라는 점에서, 그가 보호한 건 한 사람의 유대인이 아니라 한 사람의 훌륭한 예술가였다는 점에서, 그가 지키려 한 것은 정치적 입장이 아니라 예술로 고양된 인간 정신의 정점, 정치에 대한 문화의 우위였음은 확실해 보인다.

　그의 삶을 반추하며 다시 한번 생각해본다. 정치적으로 옳지 않지만 예술은 그 너머에 있는 것이니 상관없이 오늘 밤도 무대에 오르는 이와, 예술은 더 오랜 그 무엇이지만 옳지 않은 정치 앞에선 할 수 없다며 망명을 떠나거나 혹은 저항하다 추방당해 예술을 하지 못하게 되는 양자 중 어느 쪽이 정치에 대한 예술의 우위를 몸소 말해주는 것인지.

　우리의 생명의 시작과 끝을 우리 스스로 주관할 수 없듯이 우리가 살면서 갖게 되는 생각과 그 결과물인 우리의 행동양식 또한 그 자신이 되어보지 않고는 함부로 말할 수 없으리라. '어떻게 히틀러 앞에서 연주할 수 있었단 말인가'라고 생각하는 21세기의 나는 '우연히' 정치적 격변기 독일에서 태어난 푸르트벵글러의 삶과 생각을 어떤 근거에서 비난할 수 있겠는가. 푸르트벵글러가 만약 냉전 시대 구소련에서, 이 시대의 미국에서 태어났다면 어떤 지휘자가 되었을 것인가.

　예술은 정치를 초월하는 것인가. 예술은 정치를 초월해야 하는 것인가. 시대에 완벽하게 충실한 것이 결국 시대를 넘어서는 방편은 아닌가. 푸르트벵글러는 여러 화두를 우리에게 남긴다.

빈 슈타츠오퍼의 영욕

지난가을 이틀간 예술의 전당 콘서트홀에서 빈 슈타츠오퍼
Wiener Staatsoper의 첫 내한 공연이 있었다. 세이지 오자와가 이끄는
빈 슈타츠오퍼 오케스트라와 합창단, 빈 슈타츠오퍼의 주역 가수
가 모차르트의 〈피가로의 결혼〉을 오페라 콘체르탄테 형식으로
공연하였다. 오페라 콘체르탄테란 오페라의 무대 장치와 연기,
의상을 삭제하고 객석을 바라보며 노래에 집중해 공연하는 것으
로, 18세기 바로크 시대에서부터 찾아볼 수 있는 공연 스타일 가
운데 하나이다. 오페라의 주요 구성 요소인 무대와 의상의 화려
함을 보여주지 않으니 오케스트라와 합창단의 역량이 솔리스트만
큼이나 큰 비중을 차지한다고 할 수 있겠다. 모차르트의 22편의

오페라 중 가장 사랑받는 〈피가로의 결혼〉 서곡으로 시작해 주옥 같은 아리아가 가득한 전막을 음악에 집중해 감상할 수 있다.

이번에 역사적인 첫 내한 공연을 한 60여 명의 빈 슈타츠오퍼 오케스트라는 1860년 이래 합스부르크 왕가의 궁정악단으로 출발해 빈 필과 몸통을 같이한다. 단원의 90퍼센트 이상이 빈 필과 빈 슈타츠오퍼 활동을 겸한다. 또한 카라얀을 비롯한 거장들이 칭찬을 아끼지 않았던 합창단은 빈 슈타츠오퍼에서만 약 55편의 오페라를 250회 이상 상연하는 전문 성악가들로 구성된 전통의 합창단이다. 세이지 오자와는 2002/2003 시즌부터 빈 슈타츠오퍼의 음악감독을 맡고 있으며 빈 필의 환영받는 객원 지휘자이다.

빈 슈타츠오퍼는 황제 프란츠 요제프 1세 치하였던 1869년 5월 25일 화려하게 개관식을 가졌다. 개관 기념 공연은 모차르트의 〈돈 조반니〉 독일어 상연이었다. 이전까지 빈 음악의 중심지였던 곳은 케른트너토르 극장이었는데, 이 극장과 가까운 마馬시장 자리에 새로운 빈의 예술의 중심지로 터를 잡고 빈의 모든 유명 건축가들이 동원되어 건축되었다. 1857년 프란츠 요제프 1세는 빈 구시가지를 둘러싸고 있는 성벽과 요새를 허물고 그 자리에 대로를 건설할 것을 명령했다. 이 대로가 오늘날까지 남아 있는 링 스트라세이나. 이 링 안쪽으로 예술 관련 건물들을 집중적으로 지으라는 명령에 따라 빈 슈타츠오퍼가 지어진 것이었다.

　당시 오스트리아는 1859년과 1866년 프로이센에 대한 군사적 패배와 독일 연합으로부터의 탈퇴 이후 황실의 권위를 되찾고자 하는 열망이 경제적 부흥에 대한 희망과 합쳐지면서 여러 시도들이 이어지고 있었다. 화려함의 절정을 치달았던 19세기 중반의 빈은 이어질 위기와 몰락 전의 몸부림을 치고 있었다, 이중 하나가 세계만국박람회의 개최였다. 마치 올림픽 개최를 통해 세계 속에 자국의 위상을 알리고 경제적, 정치적 효과를 노리듯이, 파리에서 시작된 만국박람회는 이후 유럽 각 도시에서 유치의 대상이 되고 있었다.

　박람회에는 각국의 진기한 상품들을 전시하여 상업적 계약이 맺어지기도 하고 관람객들의 숙박비와 문화예술 비용 등으로 외화를 벌어들이는 효과 등이 있었다. 여기에 빼놓을 수 없는 것은 전시장 자체나 볼 만한 건축물들로, 각 나라들은 자국의 문화 수준과 명예를 건 건축물 건설에 심혈을 기울였다. 1851년 런던 박람회는 팩스턴이라는 건축가의 유리 건축물인 크리스털 팰리스를 전시장으로 쓰며 세계인들의 주목을 받았고, 훗날 1889년에는 파리의 에펠탑이 박람회 참가자들에게 새로운 철골 건축물을 선보였다.

　프란츠 요제프 1세는 오스트리아 왕실의 관료들과 함께 1873년의 세계만국박람회를 빈에서 개최하려는 계획을 세우고 세계인들에게 첫선을 보이게 될 링 스트라세와 문화, 건축물 들에 집중 투자를 하였다. 프라터의 한적한 지역에 넓은 터를 잡아 2백 홀로 구성된 박람회 타운을 형성하고 원형 건물 로탄다를 지었다. 왕궁을 개조하여 아주 고급스런 호텔들로 꾸미는 등 준비에 박차를 가했다. 넉넉지 않은 왕실 재정에도 많은 돈을 쏟아부어 박람회를 준비했건만, 결론적으로 1873년 빈 만국박람회는 실패했다. 유럽인들은 이미 너무 화려하고 오만했던 빈을 그리 많이 찾지 않았으며 고급스런 호텔은 하루 숙박비가 너무 비싸 파리를 날렸고 계약은 그리 많이 성사되지 못했다. 결국 과잉 사품경제를 소상한 박람회는 1873년 증권공황으로 이어졌다.

그러나 박람회 기간 동안 4년 전 문을 연 빈 슈타츠오퍼에서는 연일 연주회가 열렸고 그 아름다운 외관과 연주력을 세계인에게 알리며 빈의 명물로 자리잡았다. 박람회는 실패로 끝났지만 빈 슈타츠오퍼는 남았다.

개관 이후 19세기 말 빈 슈타츠오퍼의 절정의 지휘자는 구스타프 말러였다. 유대인이었던 말러는 1897년 빈 슈타츠오퍼 음악감독직을 제안받자 로마 가톨릭으로 개종하면서 그 명예로운 직책을 받아들였다. 1908년까지 1년 중 여름을 빼고는 9개월을 이 극장에서 지휘하였다. 그는 최적의 공연환경을 정착시키는 데에 남다른 노력을 기울여 오페라 극장의 문화를 업그레이드했고 모차르트와 바그너의 작품을 빈의 레퍼토리로 정착시켰다.

전 유럽이 화염에 휩싸였던 2차대전 말미, 1945년 3월 12일 밤 연합군의 폭격이 빈을 강타했고 "오페라 극장이 불탄다"라는 외침이 울렸다. 고의였는지, 실수였는지 아무도 모른다. 무대와 오디토리움은 불탔고 정면과 주 입구와 층계참, 슈베르트의 친구이자 화가였던 모리츠 폰 슈빈트가 그린 유명한 프레스코화, 왕족들의 휴게실이었던 티룸만이 남았다.

오스트리아 다른 지역의 오페라 극장들도 다 폐허가 되었지만 빈 슈타츠오퍼만큼 온 국민에게 오스트리아 문화의 상징이 된 것은 없었다. 전쟁이 끝나고 1945년 5월 24일 수립된 공공건물 재건축 계획에는 당연히 빈 슈타츠오퍼에 대한 계획이 비중 있게 들어 있었다. 거의 백 년의 역사를 가진 빈 문화의 전당은 한 번의 폭격으로 파괴되었고, 하룻밤에 파괴된 건물을 되살리는 데에는 10년의 세월이 걸렸다. 재건축 전체 예산의 10퍼센트를 차지했던 빈 슈타츠오퍼 재건은 1955년 끝나 그해 11월 5일 다시 문을 열었다.

새로운 지휘자로 임명된 카를 뵘의 지휘로 베토벤의 〈피델리오〉를 상연하며 빈 슈타츠오퍼는 두번째 시대를 열었다. 당시 학생이었던 주빈 메타는 이날 재개관 기념공연의 입석 자리에서 티켓도 없이 몰래 숨어들어 공연을 보았다고 회고한다.

뵘의 뒤를 이어 지휘자가 된 카라얀은 대대적 개혁을 통해 베르디의 〈오텔로〉를 최초의 이탈리아어 상연으로 선보였다. 빈 시민들은 그때까지도 여전히 빈 슈타츠오퍼 무대에 올려지는 모든 작품은 독일어여야 한다고 여기고 있었다. 이탈리아 오페라들은 번역되어 독일어로 올려지는 것이 당연시되었다. 독단적인 시민들의 취향, 정부의 간섭, 편협한 관료주의 등과 맞서며 카라얀은 말러에 이어 빈 슈타츠오퍼를 한 단계 업그레이드했다는 평가를 받는다.

2002/2003 시즌의 음악감독으로 세이지 오자와가 내정되었을 때 빈은 동양인 지휘자 최초의 선정으로 또하나의 벽을 깼다고 할 수 있다. 2005년 11월 5일에는 재개관 50주년 행사인 갈라 콘

서트를 오자와의 지휘로 화려하게 치른 바 있다. 오자와 지휘 베토벤의 〈피델리오〉 서곡으로 시작해 주빈 메타가 〈돈 조반니〉를 지휘했고(50년 전 입석으로 숨어들었던 가난한 음악도는 이날의 명예로운 지휘에 얼마나 감격했었을 것인가) 크리스티안 틸레만이 리하르트 슈트라우스의 〈장미의 기사〉, 바그너의 〈뉘른베르크의 명가수〉, 다니엘 가티가 베르디의 〈아이다〉, 프란츠 벨저-뫼스트가 리하르트 슈트라우스의 〈그림자 없는 여인〉을 지휘했다. 참가한 성악가들 또한 플라시도 도밍고, 에디타 그루베로바, 토머스 햄슨, 아그네스 발차 등, 지휘자만큼이나 화려하기 그지없다.

재개관 이후 지난 50여 년 동안 빈 슈타츠오퍼는 3백여 편의 새로운 작품을 공연하였다. 다섯 작품 세계 초연을 포함해, 한 시즌에 50편의 오페라와 20편의 발레를 무대에 올렸다. 소프라노 에디타 그루베로바는 말한다.

"나에게 그곳은 35년간 예술적 고향이었다."

도밍고나 브린 터펠 같은 세계적 성악가들에게도, 이곳에서 노래할 수 있다는 건 참으로 명예로운 것이었다.

합스부르크 왕가에서 건축한 한 세기 전의 오페라 극장은 빈의 자부심으로, 세계인의 음악적 지향점으로 자리잡아오면서 우리 인간이 저지른 전쟁의 칼끝으로 무너져내리기도 하면서 오늘날에 이르고 있다. 예술이 사랑받는 한 영원히 존재할 극장.

남아 있는 벽 또한 존재한다. 여성 연주자의 기용 문제라든가 최고라는 자부심에서 오는 오만한 연주 등에는 시간이 흐르면서 개혁이 따르지 않을까. 긴 역사 속에 맡겨놓을 수 있을 듯하다.

음악은 누구의 것인가

얼마 전 장안의 화제가 됐던 드라마 〈내 남자의 여자〉는 중첩되는 소유격의 사용으로 엇갈리는 소유의 슬픈 예감을 제목에 드러내고 있었다. 내 남자의 여자가 '바로 나'인 거라면 화제도 안 되니 드라마도 안 되며, '알고 보니 나'였던 거라면 〈꽃 피는 팔도강산〉 같은 시대착오적 캠페인성 드라마일 테니 사람들은 직감하는 것이다, 앞의 '나'와 뒤의 '여자'는 동일인물이 아니로구나. '내 남자의 여자'라는 제목은, 실은 내 남자의 여자란 나여야 하는데 내가 아닌 다른 여자이니 이 분통 터지고 기막히는 경우를 당하는 날 좀 보소, 라고 호소하고 있다.

그러나 나도, 내 남자의 여자인 그녀도, 심지어 내 남자마저도, 다들 말로는 못다 할 나름대로의 이유들이 있음을 드라마는 그리고 있었다. 그래서 결국 그 드라마는 우리의 소유에 당위가 있는 것인지, 과연 누가 누구를 소유할 수 있기는 한 것인지를 묻고 있었다. 내 남자는 다른 여자를 소유하면 안 되는가, 나아가 나는 어떤 남자를 소유할 수 있는 것인가, 내 여자는 다른 남자를 소유하면 안 되는가, 나아가 나는 한 여인을 온전히 소유할 수 있는 것인가.

이미 지난 세기말, 소유의 시대가 가고 접속의 시대가 온다고 갈파한 이도 있었으나, 아직도 우리의 몸과 정신은 20세기에 물들어 있어서인지 내 사람이라고 여겨지는 이를 갖고 싶다. 그에 기대고 싶으며 그 '내 사람'은 영원히(아니 그보다는 내가 그를 소유하고 싶을 때까지), 온전히 내 것이기를 원한다. 그 열망은 나아가 내가 그를 원하듯 그도 나를 원하기를 원하며, 그래서 소유는 도미노 같은 순환의 고리에 놓여 있는 것이 아니라, '자크 위의 후크'처럼 서로에게 걸쳐 있게 되는 것이다. 가끔, 아니 자주, 서로 후벼파면서.

아파도 '소유'라는 것으로부터 자유롭지 못한 나는 어느 날, 음악은 누구의 것인가 생각해본 적이 있다.

바흐의 무반주 첼로 모음곡은 20세기 초 어느 닐 우연히 헌책방에서 파블로 카잘스가 그 악보를 발견하여 오늘날 우리가 들을 수 있게 되었다. 6곡의 귀중한 모음곡은 처음엔 작곡자 바흐의 것이었다가, 2백 년 후 찾아낸 카잘스의 것이었다가, 그 누구보다도 그 음악답게 연주한 야노스 슈타커의 것이었다가, 그 소리가 내 가슴을 파고드는 순간 나의 것이 되었다. 음반 커버에서 강렬한 눈빛으로 '짜샤, 이건 내 거야'라는 듯이 내다보던 슈타커의 카리스마도 바흐의 무반주 첼로 모음곡을 내 것으로 하는 걸 방해하진 못했다. 그 곡은 또 얼마 전 전곡 녹음한 우리 연주자 양성원의 것이었다가 또 그의 연주를 들은 누군가의 귀를 통해 그이의 것이 되었을 것이다.

모든 음악은 좋아하는 이의 것이 될 수 있다. 그러므로 음악은 잠재적으로 우리 모두의 것이다. 음악은 같이 생산도 안 했으면서 원하면 다 함께 가질 수 있는, 얼토당토않은 이상적 공산주의다. 음악의 소유는 작곡자에서 출판업자, 악보 발견자, 연주자, 또다른 연주자에서 듣는 이에게로 끊임없이 전이된다. 불법 복제 음반으로 듣지 않는 이상 저촉되는 법도 없이, 재산세니 양도세니 거추장스러운 세금 내는 법도 없이 내 것이 되며, 소유권 등기도 필요 없다. 소유권 이전 신고나 취득세를 낼 필요도 없는, 담백하고 소박한 소유. 내 것인 동시에 그 누구의 것도 될 수 있다는 소유의 여지를 음악 아닌 어떤 것이 줄 수 있을까.

내가 여러 음악을, 음악가를 소유할 수 있으며 남들이 다 그들을 좋아해도 전혀 열받지 않는다. 가끔 너무 여럿이 좋아해서 그 음악이 헤퍼 보일 때가 있기도 하지만, 그럴 때에는 잠시 그 음악을 멀리하다가 다시 들으면 된다. 복수에 의한 복수의 소유. 그건 좋아하는 이들에 의한 좋아하는 것들의 소유이다.

진정한 소유는 진정으로 알고 좋아하는 것일 때 가능하다. 내가 그 남자를 진정으로 좋아한다면, 그를 소유할 자격이 되는 것이다. 그러나 자격이 된다고 다 그를 소유할 수는 없다. 그는 다른 여자의 남자일 수도 있고 그는 나를 절대 자신의 여자로 삼고 싶지 않을 수 있으니까. '또라이' 되는 건 일순간이다. 하지만 음악은 나를 '또라이' 만들지 않는다. 소유의 중첩이 무한히 가능하며, 다만 그 음악이 나를 소유하지 않을 뿐이다. 그러니 곰곰 가만히 생각해보라. 나는 그를 좋아해 그를 갖지만 다른 이를 좋아해도 뭐라지 않는 자유의 몸, 이 어찌 즐거운 소유가 아니겠는가.

1958년 런던에서 태어난 스티븐 이설리스Steven Isserlis는 음악적 깊이에서나 기교적인 면에서나 세계적인 첼리스트이다. 전통 클래식과 현대음악을 오가는 폭넓은 레퍼토리를 실내악과 독주에 실어 나른다. 또 아이들의 음악교육에도 많은 관심을 가지고 있어 '왜 베토벤은 스튜를 던졌을까', '왜 헨델은 가발을 흔들었을까' 등 재미있는 제목의 어린이를 위한 여러 작곡가들의 전기를 두 권이나 냈다. 그는 또 고문서를 뒤져 잊혀진 보석을 찾아내는 데에도 일가견이 있다.

세계적인 학구파 첼리스트인 스티븐 이설리스.

49살의 이설리스가 처음으로 바흐의 무반주 첼로 모음곡을 취입해 내놓았다(Hyperion). 그의 학구적인 성향은 그가 직접 길게 쓴 음반 해설서에서 잘 나타난다.

바흐의 첼로를 위한 6개의 모음곡은 알다시피 아직 많은 부분 미스터리로 남아 있다. 그가 이 곡을 언제, 왜, 누구를 위해 썼는지 우리는 정확히 알지 못하나, 그가 전문적인 연주자들을 가지고 있던 유일한 시기인 쾨텐 시대, 쾨텐의 레오폴트 왕자의 궁정에서 악장을 지냈던 1717년부터 1723년 사이에 씌어진 것으로 추정된다.

바흐의 무반주 첼로 모음곡 악보가 처음 발견된 곳은 1824년 파리로 이미 작곡 이후 한 세기가 흐른 후였다. 슈만은 이 곡에 반해 피아노 반주 부분을 작곡했다고 하는데 그 악보 또한 유실되었다. 그러다가 20세기 들어 새로운 악보를 발견한 카잘스에 의해 바흐의 무반주 첼로 모음곡은 음악 대중musical public의 의식 속으로 들어오게 된다.

현재 이 곡의 악보는 네 가지 버전이 남아 있다. 하나는 바흐의 부인이었던 안나 막달레나의 것, 또하나는 바흐를 개인적으로 알고 지내던 합창지휘자이자 오르가니스트인 요한 페터 켈너의 것, 그리고 18세기 후반의 다른 두 카피이다. 켈너의 것은 바흐가 훗날 개정하기 전 초기 버전인 것으로 보이는데, 더 많은 상식음을 가지고 있으며, 류트나 바이올린을 위한 버전의 바흐 자신의 악보와 비교해 많은 오류가 있는 점은 막달레나의 것과 마찬가지이다. 다른 두 카피는 더 감각적인 활놀림이 특징인데 이는 연주자들의 윤색이 가해진 것으로 보인다.

이설리스는 대개 막달레나의 것을 기본으로 연주하였고 켈너의 것을 신중하게 차용했으며 두 악보 간 심각한 충돌이 있을 때 다른 두 악보를 참고했다고 한다. 어느 날은 네 악보 모두 다 달랐던 기막힌 날도 있었다는 이 학구적 연주자의 후일담을 읽으며, 연주자의 음악 소유의 여정은 감상자의 그것에 비해 훨씬 험난하며 그렇기에 그 소유의 기억은 남다르리라 생각하게 된다.

이설리스는 좋아하는 선배 첼로 연주자로 다닐 샤프란을 꼽는다. 샤프란의 소박하고 따스하고 깊이 있는 연주를 어떻게 자신의 연주 속에 녹여 자신만의 색깔로 연주했는지 궁금하다.

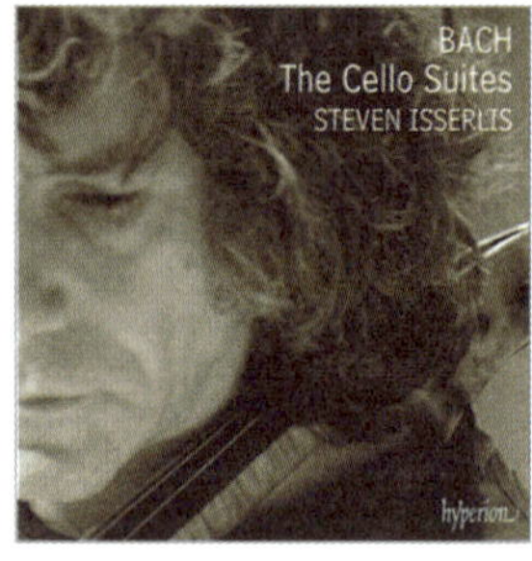

바흐 | 무반주 첼로 모음곡 Hyperion
첼로_스티븐 이설리스

스티븐 이설리스 스스로 '완벽함과 숭고함의 극치'라 말했던 바흐의 무반주 첼로 모음곡. 직접 쓴 해설을 통해 그는 자신의 학구적 면모와 곡에 대한 깊이 있는 성찰을 드러낸다. 안나 막달레나의 것을 포함해 3종류의 필사본 연주까지 수록했다.

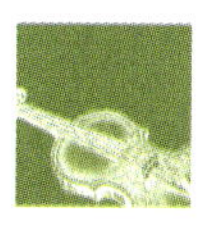

인생의 사계 속에
어디쯤

〈FM 가정음악〉 초대석에 출연했던 장영주는 정말 성하盛夏의 절정처럼 싱그러웠다. 탄탄한 피부, 깔깔대는 웃음, 빠르고 높은 톤의 말투, 한국어가 좀 서툴러서 웃음으로 눙치는 답변이나 진한 화장마저도, 여름과 같았다. 그녀의 싱싱함은 그녀가 스튜디오를 떠나고 난 뒤 그녀의 빈자리를 지난여름처럼 바라보게 하였다.

그 빈자리를 보며 생각해보았다. 장영주의 절정은 언제일까.

사실 그녀는 9살 꼬마일 때 이미 EMI에서 첫 음반을 냈다. 1989년 신입 아나운서였던 23살의 나는 9살의 신동 바이올리니스트를 인터뷰한 적이 있었다. 1/4 사이즈로 연주한 어린이의 것이라 할 수 없을 만큼 정돈되고 세련된 연주라는 격찬을 받으며 화려하게 세계무대에 데뷔하던 당시 그 신동으로서의 시작이 그녀의 절정이면 어쩌나 걱정하는 눈들도 많았다.

그러나 장영주는 그러한 염려를 불식시키는 연주활동을 이어 나갔다. 데뷔 이후 십수 년의 세월 동안 신동에서 거장으로 나아 가는 길을 닦아왔다고 할 수 있겠다.

그간 세계 유수 오케스트라, 정상급의 지휘자들과 무대에 서며 십수 종의 독집 앨범을 냈으니 거의 일 년에 한 장꼴인 셈이다.

앨범 한 장 한 장마다 고민해 만든 노력을 생각할 때 그중의 이 곡 저 곡을 뽑아 한 장의 음반으로 꾸민다는 것이 매 장의 고심의 의미를 무색하게 하기 때문에 연주자들은 베스트 음반을 좋아하지 않는다고 한다. 그러나 지난 인터뷰에서 이번에 내놓은 그녀의 컴필레이션 음반에 대해 물었을 때, 장영주는 아주 즐거이 그 작업을 되뇌었다. 많은 자식들 중 어떤 자식을 고르고 어떤 자식은 안 고를지에 대한 고민이 가슴 아프고 손가락 사이로 빠져나간 채택되지 못한 작품들에 대한 안타까움이 없는 건 아니었지만, 자기 노력의 흔적을 고심해 한곳에 모으는 것도 재미와 의미가 있었노라고 27살의 젊은 연주자는 말했다.

천재 작곡가의 곡은 악보로 남아 오늘날 우리에게 전해지지만, 20세기 이전 연주의 거장들은 '정말 대단했다더라'고 전해질 뿐 우리는 그 빛을 맛볼 수 없다. 그러나 이 시대의 장영주와 같

어느새 신동에서 거장으로 성장한
바이올리니스트 장영주.

은 연주의 거장들은 음반으로 그들의 좋은 연주를 남길 수 있으니 행복한 시대를 타고났다고 하겠다. 이제 그녀가 해야 할 일은 어린 날부터 이어져온 절정 같은 연주를 잘 이어나가며 한층 깊은 연주를 선보이는 것이리라.

지난 한 해 장영주는 비발디의 〈사계〉에 집중해 있었다. 5월 〈사계〉 연주로 내한 공연을 가지고 뉴욕으로 돌아가자마자 장영주는 오르페우스 챔버 오케스트라와 〈사계〉를 녹음했고 그 음반이 가을에 나왔다. 음반에 실린 장영주의 사진은 더욱 성숙하고 여성스러우며 아름답다. 인터뷰 때 느꼈던 대로 바야흐로 성하의 절정인 듯한 모습이다. 자신도 앨범 발매 후 가진 인터뷰에서 스스로가 인생의 사계 중 어느 때인 듯하냐는 질문에 여름 중에 있는 것 같다고 답했다. '봄은 지난 것 같고 아직 너무너무 재미있는 게 많은' 싱싱한 여름의 절정. 당분간 장영주에게선 여름 냄새가 날 것 같다.

비발디의 〈사계〉는 '화성과 인벤션의 시도'라는 제목이 붙어 있는 바이올린 협주곡집 op.8의 첫 네 곡, 〈봄〉〈여름〉〈가을〉〈겨울〉을 묶어 일컫는다. 여러 독주악기가 참여하는 콘체르토 그로소에서 탈피해 독주협주곡의 형태를 취한, 바로크 시대 보기 드문 협주곡으로 독주 바이올린과 제 1, 2바이올린, 비올라, 콘티누오의 현악 5부로 구성되어 있다. 또한 낭만주의 시대에 활성화

되는 표제음악적 성격을 일찍이 띤 것으로, 최초의 표제협주곡이라는 의미도 지닌다. 3악장으로 이루어진 각 계절의 각 악장 악보 위에는 14행시인 소네트가 제시되어 있어 이를 기초로 사계의 자연의 변화를 대단히 시각적으로 묘사하는 음악이 비발디의 〈사계〉이다. 장영주도 곡을 배우기도 전에 그 소네트부터 먼저 익혔다고 한다.

장영주는 1악장과 3악장을 이어주는 2악장, 가장 서정적이고 아름다운 2악장을 연주하는 데 강한 집중력이 필요했다고 한다. 계절의 가장 깊숙한 느낌은 아무래도 그 한가운데에서 느끼게 마련이다. 한여름, 한겨울, 흐드러진 봄꽃의 5월, 하늘은 높고 공기는 청명한 10월의 가을은 그러니까 악장을 시간적으로 본다면 2악장 아다지오인 셈인데, 지난여름 오래도록 끝날 줄 모르던 한여름 더위를 떠올리게도 된다.

장영주는 이 앨범에서 장식음을 화려하고 기교적으로 하려 중점을 두었으되 비발디가 쓴 원래의 악보대로 따랐는데, 그러자 더 담백해졌다고 한다. 악기는 그 시대 것들을 살펴보았지만 요즘 쓰는 것으로 하기로 결정했으며 원전 연주와 그 외의 다양한 연주들을 많이 듣고 2007년을 살아가는 자기만의 해석을 내놓았다고 말한다.

자신의 계절은 여름인 것 같다고 했고 바야흐로 깊숙한 가을에 음반이 나왔으며 음악적으로는 역시 겨울이 가장 훌륭하다고

느끼고 있다고 했다. 성하의 절정에 있는 여성 연주자의 〈사계〉
를 들어본다.

비발디 | 〈사계 op.8 no. 1~4〉 EMI
바이올린_장영주 / 오르페우스 챔버 오케스트라

장영주의 첫번째 바로크 앨범. 직접 오르페우스 챔버 오
케스트라를 이끌고 '세계에서 가장 유명한 곡' 비발디의
〈사계〉를 녹음했다. 일반적 연주에서 벗어난 신선한 해석
으로 장영주만의 새로운 〈사계〉를 들려준다.

비발디의 재발견

　도서관이라는 장소는 오래 묵은 책의 냄새가 참으로 향기로운 곳이다. 그 냄새는 인류가 살아온 세월과 지식과 그것을 모으려는 열정이 뒤섞인 냄새라서 그토록 묘한 향수를 일으키는 것이리라.

　이탈리아 토리노에 있는 국립대학 도서관에는 아주 귀한 원고가 그 냄새 속에 섞여 있으니 바로 바로크 음악의 거장 안토니오 비발디Antonio Vivaldi, 1678~1741의 450편이 넘는 자필 악보이다.

　이 악보의 역사는 가난 속에 객사한 비발디의 삶만큼 참으로 기구하다. 비발디는 성직자로 작곡생활을 하면서 사제로서 미사 집전에 충실하지 않고 한 소프라노와 순회연주에 나서기 일쑤여서 논란을 빚었다.

그가 죽은 지 4년 후인 1745년, '붉은 성직자'라 낙인찍힌 채 세상을 떠난 비발디의 27권의 악보가 베네치아 상원의원이던 자코포 '소란초' 공작의 손에 들어왔다. 그는 베네치아에서 이발사이자 가발제조업을 하고 있던 비발디의 형제, 프란체스코 비발디에게서 그 악보들을 샀을 것으로 추정된다. 공작의 사후 그 악보들은 자코모 '두라초' 공작에게 넘겨져 대운하의 궁전에 보관되다가, 그의 조카인 제노바의 마지막 총독 제롤라모에 의해 제노바로 옮겨져 가족의 장원에 잘 보관되어 있었다. 그러다가 1893년 총독의 아들인 마르첼로와 플라비오 두라초에게 똑같이 나누어졌다. 형 마르첼로는 산 카를로의 살레시안 대학에 자신이 유산으로 받았던 비발디 악보의 일부를 넘기고 죽었다.

1926년 살레시안 대학은 학교를 재건축하면서 이 악보들을 팔기로 결심했다. 집수리하면서 집 안을 한번 뒤집어엎으면 버릴 것도, 팔아 없앨 것도 많이 나오게 되는데 그렇게 귀한 걸 팔기로 결심한 걸 보면, 하드웨어 재건축 비용이 너무 많이 들었던가보다. 대학 측은 토리노의 국립대학 도서관과 접촉하였는데, 이 도서관의 루이지 토리 관장이 그 가치를 알아보았다. 토리 관장은 음악학자이자 토리노대 교수인 알베르토 젠틸리의 자문으로 부유한 보석 은행가인 로베르토 포아에게 악보들을 구매해줄 것을 권유하기에 이른다. 지역의 대학을 위해 포아는 그 귀한 유산을 선뜻 사서 학교에 기증하였다. 그러나 앞서 말했듯, 살레시안 대학 측이 소유하고 있는 악보는 반뿐이었고, 제노바에 남아 있던 나머지 반은 두라초 가문과의 오랜 협상 끝에 모직 상인인 필리포 조르다노에 의해 1930년 구매되어 토리노의 국립대학 도서관에 소장되었다.

이렇게 도서관이 소장하게 된 비발디의 자필 악보를 1936년 바이올리니스트 올가 러지가 처음으로 연주했고, 시인 에즈라 파운드는 이를 '비발디 르네상스'라 부르며 감격했다. 비발디의 명성은 그 이후 이어져 오늘에 이르는 것이다. 이쯤 되면 콩나물로만 채워진 채 죽어 있던 음악이 대중에게 기쁨을 주는 음악으로 살아나게 된 곡절 많은 역사가 참으로 흥미롭게 여겨진다.

이발사 형제→상원의원 자코포 소란초 공작→자코모 두라초 공작→제롤라모 총독→마르첼로→살레시안 대학→토리노 국립대학 도서관, 또 남은 악보는 제롤라모 총독→플라비오→두라초 가문→토리노 국립대학 도서관으로 이어지는 악보의 파란만장한 여정. 그 사이사이, 팔겠다는 대학과 가치를 알아본 도서관장, 맞다고 부추긴 음악학자, 그럼 내가 사주지 하며 나선 돈 많은 보석 금융가, 사는 김에 남은 것까지 다 사버리겠다고 야무진 마음을 먹은 도서관, 큰돈이 아니면 명예를 달라고 했을 대대손손 이어져온 가문 두라초, 그리고 다시 토리노의 비발디를 위해 큰돈을 쾌척한 모직 상인 등등이 오늘날 비발디 르네상스의 주역

이다. 또한 그 주역들 각각의 돈과 지식과 고증과 가치 인식과 쾌
척 정신과 협상력 등등(거의 천명관의 『고래』에 나오는 '평대벽와' 수
준이다)이 없었다면 비발디는 오늘날 재발견되지 못했으리라.

알베르토 바소라는 음악학자가 그후 토리노 국립대학 도서관
에 있는 비발디의 악보를 분류하는 작업에 착수했다. 분류 결과,
296개의 협주곡, 60편이 넘는 교회음악, 15개의 시편, 12개의 세
속 모테트, 30곡이 넘는 칸타타, 20편의 오페라 등 방대한 작품
들이 손에 잡혔는데, 18세기 이후 거의 연주되지 않은, 국제적으
로 인지되지 않은 곡들이었다. 바소는 이 경이로운 레퍼토리들을
녹음을 통해 대중들에게 알리기 위해 노력해왔다.

예술사적으로 의미 있는 유산이 오늘날 우리에게 오기까지의
여정, 작곡가 자신, 소유권을 가진 집안 형제, 권력가, 재력가, 가
치를 알아보는 사람, 분류자, 연주자, 이제 우리는 비발디를 잘
들음으로써 그들의 숨결을 완성할 차례이다.

비발디가 살던 시대 살던 곳에 대한 이해는 그 숨결을 완성하
는 데에 큰 도움이 될 것이다.

비발디가 살던 시대 그의 고향 베네치아는 온갖 종류의 삶과
활동들로 가득 찬 벌꿀통 같은 곳이었다. 24시간 내내 문을 여는
여관들과 밤늦게까지 계속되는 시끌벅적한 놀이들, 넘치는 음식
들, 사람들 모인 곳의 즐거운 소동들, 하루하루 일상의 몸짓들이

연극처럼 보일 정도였다.

"상인들은 그들의 물건을 팔며 노래하고, 점원들은 집으로 돌아갈 때, 곤돌리에들은 손님을 기다리며 노래하네. 모든 사람들이 땅에서 바다에서 노래하네. 그들의 노래는 공허가 아닌 기쁨에서 울려나오네"라는 극작가 카를로 골도니의 글이 당시의 분위기를 이야기해준다.

산 마르코 광장을 둘러싸고 1720년 문을 연 일명 '플로리안', 알라 베네치아 트리오판테 등 유명하고 우아한 30개의 카페가 줄지어 늘어서 있었고 광장 주변에는 아주 고급부터 값싼 곳에 이르기까지 백여 곳의 연인들의 밀회장소, 카시니casini가 있었다.

　베네치아인들의 환락을 향한 질주는 카니발이 열리는 시기에 극에 달했다. 카니발은 12월과 가을을 포함해 1년에 세 차례 열려 실은 끊임없이 계속되는 것이나 다름없었다. 산 마르코 광장에는 은제품과 가죽, 옷감들과 레이스, 상아, 유리 제품, 거울 등 온갖 종류의 물건들이 진열되고 마술쇼가 펼쳐지고 돌연변이 인간이나 기이한 동물들이 전시되었다. 베네치아의 화가들은 베네치아의 예술에 열광적이고 부유한 외국 구매자들에게 내보이기 위한 그림과 드로잉, 자수 작품 들을 내보였다. 결국 쉼 없이 이어지는 카니발 기간 베네치아 거리는 늘 축제 분위기로 흥청대고 싸움이 그치질 않았으며 낮에는 곡예단과 곰싸움과 노젓기 대회가 열리다가 밤이 되면 저녁식사와 크고 작은 콘서트, 연극과 시 낭송 등이 이어졌다.

　빼놓을 수 없는 것은 도박이었다. 가장 유명한 장소는 산 모이세에 있는 리도토 푸블리코라는 곳이었다. 이곳은 카니발 기간에만 문을 열었는데 아주 넓은 메인룸은 만남과 식사의 장소였고 도박을 하는 작은 방들이 메인룸을 둘러싸고 있었다. 리도토 푸블리코에서는 주인만이 손님들의 얼굴을 볼 수 있었다. 모든 손님들은 마스크를 써야 했다. 귀족이나 외국의 고위층 할 것 없이 방문자들은 외투 보관소에서 가발과 가운을 벗고 마스크와 코스튬으로 그들의 얼굴과 신분을 가렸다. 그들은 그 공간에서만큼은 가면을 쓰고 점원이나 성직자나 하층민이나 몸 파는 여인이나 할 것 없이 어깨를 맞댔다. 그러니까 일상의 공간에선 자신들의 신분과 지위를 십분 발휘하다가 그곳에선 가뿐하게 그 무거운 것들을 벗어놓고 가면 뒤에서 퇴폐와 음란에 자유롭게 자신들을 내맡긴 것이다. 환락의 끝에 선 의도된 은폐. 리도토 푸블리코의 사장은 귀족들에게 칭찬 많이 받았을 것이다. 어떻게 그런 환상적인 아이디어를 냈느냐고.

유명한 극장들과 오페라하우스도 전성기를 맞았다. 오페라세리아 전문 산 조반니 그리소토모(현재의 말리브란 극장)와 오페라부파 전문 산 사무엘레가 가장 유명했다. 그 유명한 카스트라토 파리넬리가 비싼 출연료를 받고 무대에 서기도 했으며 그가 불렀던 아리아들은 베네치아 사람들의 입맛에 맞게 편곡되어 자신들의 살롱에서 불렸다.

1718년 베네치아는 모레아라는 지역을 오스만 제국에 빼앗기는 위기를 맞았으며 재정은 점점 줄어들었지만 그 어떤 것도 베네치아인들의 천박한 취미를 흔들진 못했다. 그야말로 행복의 극치를 맛보고자 하는 사람들의 퇴폐는 날로 깊어만 갔다. 18세기 베네치아는 그렇게 절정으로부터 쇠락의 길로 스러져가고 있었다.

그러면 이 18세기 베네치아에서 작곡가 비발디는 어떤 위치를 점하고 있었는가. 사회의 모든 활동에서 공적이든 사적이든, 교회의 일이든 세속의 일이든 음악은 필수적으로 수반되던 시대. 사람들은 향락에 젖어 그것이 침몰 직전 극치의 환희일 수 있다는 것을 알면서도 멈출 수 없었던 시대. 그는 몇몇 변변치 않은 직업을 가지고 어떻게 생계를 이어갔으며 그리도 천재 같은 작곡가이면서도 왜 총독의 궁정악장이나 최고 유명 극장의 흥행주 같은 자리에 발탁되지 않은 것인지.

이발사이자 바이올리니스트였던 아버지에게서 태어나 피에타 여성 보육원에서 음악을 가르치며 작곡생활을 시작했던 비발디는 비천한 출신으로 머리를 삭발한 하급 성직자였다. 자신의 도시 베네치아에서는 언제나 주류가 될 수 없던 부랑아 취급을 받던 이였다. 당시 한 잡지에 실린 풍자시에 의하면, "이 기예가 뛰어난 성직자는 이탈리아 음악 취향의 퇴폐에 기여한 일등공신이며, 오만하고 탐욕스러운데다가 거만하기 이를 데 없어서 매일 사람들의 입방아에 오르내렸다. 그는 자신의 천식을 이유로 미사도 올리지 않는데, 흥행주의 가방을 들어주며 쫓아다닐 땐 기침 한번 하지 않는다. 안나 지로라는, 노래는 별로이면서 외모만 매력적인 여가수가 공연하는 곳이면 그곳이 어디든 그의 모습을 볼 수 있다"고 하였다. 한마디로 자신이 좋아하고 필요한 것만 하고 해야 하지만 하기 싫은 것은 하지 않는, 천박한 예술가로 비발디를 묘사하고 있는 것이다.

그럼에도도 불구하고 외국에서 비발디의 명성은 대단했다. 텐마크의 프리드리히 4세, 바바리아의 페르디난트 마리아, 작센의 프리드리히 크리스티안 등 계몽군주들이나 이론가들, 아마추어 애호가들이 시차를 두고 비발디의 연주를 듣기 위해 베네치아를 찾았다. 이들은 이 '붉은 머리 성직자'의 초대를 받으면 더욱 행복해했으며 비발디의 악보를 앞 다투어 구매해 고국으로 자랑스럽게 가지고 왔다. 부르고뉴의 국회의원이자 음악 애호가 샤를 드 브로스는 또 이렇게 말했다. "비발디는 나에게 비싼 가격에 악보를 팔기 위해 친구가 되었다. 그러나 이 관계에서 더 성공한 건 그의 연주를 직접 듣고 정기적으로 즐길 수 있었던 나였다." 비발디는 보다 많은 이익을 남기고 악보를 팔기 위해 인쇄본이 아닌 자필 원고로 작품을 팔겠다고 결심했을 정도로, 자신을 냉대한 베네치아에서 나름의 생계를 위해 애쓴 흔적들이 남아 있다. 그의 악보들은 이런 이유로 외국, 특히 독일 지역에 많이 남아 있다.

비발디는 베네치아를 떠나지 않고도 조심스럽게 외교 서클을 만들어나갔다. 한 평론가가 전 유럽에서 가장 훌륭한 작곡가들 반열에 비발디를 포함시킬 무렵 프랑스의 루이 15세나 샤를 6세 앞에서 비발디의 곡들이 최고의 바이올리니스트들에 의해 연주되었다. 비발디는 이 호기를 이용해 자신의 소나타나 콘체르토를 출판하는 본거지로 전 유럽으로 쉽게 확산될 수 있는 암스테르딤을 선택했다. 그는 베네치아 밖으로 나가지 않았지만 그의 편지

는 전 유럽을 여행한다고 말할 정도로 그의 사업은 왕성했다. 악보의 판매와 출판, 공연과 부유한 학생에 대한 레슨을 커버하는 그의 특권적이고 효과적인 유럽 네트워크는 그의 국제적 명성과 전 유럽을 아우르는 대유행과 서로 상승작용을 일으키며 비발디가 필요로 하는 것을 제공해주었다.

비발디는 한마디로 당시의 많은 베네치아 예술가들과 마찬가지로 그 쇠퇴해가는 도시에서 카니발로 수없이 이어지는 여흥과 연예와 그에 매료된 외국인들 사이에서 자신의 이점을 십분 발휘할 줄 알았던 사람이었다. 타고난 영감과 상상력, 빠른 펜놀림, 고된 일을 좋아하는 기질 등이 그의 작업을 뒷받침했다. 실제로 비발디가 "나는 그 어떤 필경사가 내 콘체르토 악보를 베끼는 것보다 더 빠른 속도로 작곡할 수 있다"고 떠벌리는 것을 들은 사람이 있을 정도였다.

그런 놀라운 속도로 작곡한 수많은 작품들 중 비발디는 27곡 이상의 솔로 첼로를 위한 협주곡과 1곡의 두 대의 첼로를 위한 협주곡을 남기고 있다. 어떤 곡들은 그 주변에 모여들었던 돈 많은 아마추어 음악 애호가를 겨냥한 듯 쉬운 곡들이고, 어떤 곡들은 프로페셔널 첼리스트를 염두에 두지 않았다면 불가능할 기교적인 작품들이다. 그러나 쉽든 어렵든 어떤 곡에서도 비발디는 자신의 작품 속에서 18세기 베네치아의 전형적인 모습을 불멸화하고 있다.

우리는 누구든, 얼마나 외롭든('네가 누구든 얼마나 외롭든'은 참 잘 지은 소설 제목이 아니던가), 자신이 태어난 시대를 지나온다. 삭막하게 가난한 시대이면 가난한 대로, 퇴폐한 시대이면 퇴폐스러운 대로, 흥청거리면 흥청거리는 대로, 전쟁중이면 전쟁중인 대로 지나올 수밖에 없는 것이다. 자신의 시대를 살면서 그 모든 걸 관통하는 정수, 사람 살아가는 모습의 애달픈 슬픔을 짚어낼 수 있는 더듬이와, 표현할 수 있는 손이나 목소리, 혀를 가진 사람은 행복하다. 그가 결국 빈에서 객사하였다 해도, 동시대 동향 사람들이 냉대하였다 해도, 비발디는 그런 면에서 후세의 우리가 볼 때 행복한 사람이었다.

켈틱 우먼

가보지 못한 나라나 지역을 소설이나 영화, 음악으로 대신 느낄 때가 있다. 들으면 가보고 싶지만 제일 가보고 싶은 곳으로 꼽게 되지는 않는 나라, 아일랜드. 오래도록 영국으로부터 독립하기 위해 피눈물을 쏟았고, 이지적인 문화인들이 꽤 많으며, 그들의 귀는 뾰족하다는 정도의 지식을 어디에서 얻었던가. 아일랜드를 배경으로 했거나 그 독립운동의 슬픈 역사를 다루고 있는 영화들, 제임스 조이스의 소설들, 귀가 뾰족한 아이리시계 배우들의 얼굴들. 그런데 최근 가장 많이 아일랜드를 떠올리게 하는 매개가 되는 것 중 하나는 그룹 켈틱 우먼이다.

　아리안종의 일파인 켈트족은 현재 아일랜드와 웨일스, 스코틀랜드 등지에 살고 있다. 기원전 10세기경부터 고대 유럽을 지배했던 켈트족은 기원전 4세기쯤에는 로마, 그리스까지 공략하며 유럽 전반에서 자신들의 문화를 꽃피웠다. 그러다가 힘을 키워가던 신성로마제국이 눈엣가시인 이들의 교역로를 차단하거나 경작과 이동을 제한하면서 켈트족 국가는 점차 쇠퇴하여 부족국가로 전락하고 말았다. 켈트족은 이에 대항하기 위해 자식들을 용맹하게 키웠고 자신들을 지키기 위한 항거와 침략을 하였으나 역부족으로 주류 역사에서 점차 사라지게 되었다. 그들에게 문자가 없었다거나 정치적 지도력의 부족으로 정복을 하고 나서도 다스릴 힘이 없었다는 폄하, 잔인한 야만족이라는 이름은 승자의 시각으로 다시 씌어진 것인지도 모른다.

　기원후 1세기. 왕은 죽임을 당하고 왕비는 욕보고 왕자, 공주, 신하는 노예로 팔려가는 슬픈 그들의 역사 속에 등장하는 용감한 한 왕비가 있으니 그 이름은 부디카이다. "나는 지금 귀족 가문의 딸이 아닌 백성의 한 사람으로서, 자유를 빼앗기고 매질당한 몸과 순결을 잃은 우리 딸들의 원수를 갚으려 한다. 로마의 탐욕이 우리를 더럽힌다. 우리는 승리하든가 아니면 죽을 것이다. 하늘은 정의의 편이다"라고 말하며 켈트족의 마지막 군대를 일으켜 전차부대를 앞세운 로마에 저항했다고 한다. 그러나 이는 결국 켈트족의 죽음과 패배로 끝났으며, 하늘은 정의의 편이 아닌 이

용맹한 켈트족의 왕비 부디카의 후예들인 켈틱 우먼.

긴 자의 편이라는 교훈을 역사에 또 한번 남기게 되었다.

클로에, 메이브, 리사, 올라 네 명의 보컬리스트에 피들 주자 메어리드 네스빗, 작년 합류한 헤일리 웨스튼라(뉴질랜드 태생이지만 할아버지가 아일랜드에서 이주해 온 켈트족의 후예). 이 여섯 명의 맑은 목소리의 여성들은 용맹한 켈트족의 왕비 부디카의 후예들이다. 21세기의 이 켈트족 여성들은 이제 더이상 항거하지 않는다. 대신 세계 음반시장을 공략한다(부디카는 고대 켈트어로 '승리'라는

뜻이라고 한다). 2006년 10월 켈틱 우먼의 셀프 타이틀 데뷔 앨범은 무려 42주간 빌보드 월드뮤직 차트의 상위에 머무는 기염을 토했다. 새로 나온 음반 〈A New Journey〉(EMI) 또한 그들의 패배의 역사를 딛고 승리할 것인지. 늘 음반시장에서 승리하기만 하는 그들의 음색엔 왠지 승자의 것이라고 하기엔 묘한 저항과 슬픔의 느낌이 있다. 그 소리의 뒤켠에 기나긴 세월 저항해온 켈틱 우먼의 피가 흐르고 있어서 그런 것 같다. 피는 무서운 것이다.

편곡으로 재탄생한
모차르트와 베토벤

'서른, 잔치는 끝났다'라는 최영미의 시 제목처럼 꼭 나이 서른에 잔치가 끝나는 건 아니다. 확실한 건 매일 밤 잔치가 열릴 수는 없다는 사실이다. 이 시를 좀더 현실적인 제목으로 바꿔보자면 '잔치, 매일 밤 열릴 순 없다'가 아닐까. 매일 밤 기쁜 일에 여러 사람이 모여 음식과 음악으로 왁자지껄 즐길 수는 없는 노릇이다.

사람들이 아무리 오페라를 좋아하던 시대라 해도 매일 밤 오페라가 열릴 순 없었다. 종합무대예술인 오페라, 넓은 무대의 오페라 극장과 각 음역의 성악가들, 때로 백 명이 넘는 관현악단과 발레단까지 필요로 하는 한바탕 잔치는 참으로 많은 인력과 돈과

공이 드는 것이어서, 일정 기간 공연하면 주최 측도 관객들도 쉬어주어야 하는 것이다. 아무리 신나는 잔치도 매일 밤 열리면 객도 주인도 지치는 법이니까. 잔치가 고역이 되고 마니까.

그래서 오페라는 실내악곡으로 자주 편곡되어 연주되곤 하였다. 보다 현실적인 말로 하자면 녹음된 음반이란 게 없던 시절 오페라는 편곡을 통해 '상품화되어 유통'되었다. 사람들이 좋아하는 오페라의 아리아 선율을 확대재생산, 널리 보급하려면 오페라가 열리지 못하는 날, 못하는 장소에서도 사람들 귀에 자주 들려야 할 터였다. 그래서 당시 궁정이나 귀족들이 관장하던 실내악단이 연주할 수 있도록 현악이나 관악 듀오, 트리오, 콰르텟, 혹은 관악 앙상블 등으로 편곡되곤 하였던 것이다. 헨델의 〈리날도〉가 작곡된 1711년 당시에도 하나의 오페라로 이 오페라의 출판업자 존 왈시라는 이는 큰돈을 벌었으니, 이는 대중매체가 전혀 없던 시절 이를 대신했던 실내악 편곡을 통한 인기몰이 덕이었다.

18세기 말 빈에서 성황리에 무대에 올려지던 모차르트의 오페라들 역시 많은 버전으로 편곡되어 대중들의 입을 흥얼거리게 했다. 그중 관악기 버전을 빼놓을 수 없는데, 특히 빈 궁정의 유능한 관악 8중주단을 위한 편곡이 널리 유행했다. 독일과 오스트리아에서는 궁정이나 귀족의 집안에 파티나 중요 의식, 장례식 때의 연주를 위해 관악주자들을 데리고 있는 전통이 내려오고 있었다. 이중 리히텐슈타인 공작의 관악 8중주단이 가장 인기 있는 연주자들이었다고 한다. 편곡자들은 흔히 직접 연주하는 관악주자 당사자들이었으며, 이들 가운데는 원작자 모차르트만큼은 아니지만 편곡으로 유명세를 떨친 이들도 있었다. 이러한 전통은 19세기까지 이어졌다. 이들이 편곡한 모차르트 오페라 아리아들의 악보는 유럽 각지 궁정에 보관되어오다가 유명 도서관들로 소장권이 넘겨져 오늘날 우리에게 전해진다.

20세기를 거쳐 21세기를 사는 우리는 이제 날마다 오페라가 열리는 무대로 잔치를 보러 가지 않아도 집에서 음반이나 라디오를 통해 듣고 싶은 모차르트의 오페라 아리아를 원곡 그대로 들을 수 있게 되었다. 잔치의 개별화, 사유화가 가능해진 시대이다. 내 방에서 나만의 잔치를 벌이는 것이다. 더이상 오페라의 인기 유지나 대중적 확산을 위한 편곡은 필요 없어진 시대가 되었지만, 혹은 그렇기 때문에 더더욱, 편곡된 오페라 선율들의 예술적 가치 자체를 가늠해보고 연주를 들어볼 수 있지 않을까.

클라리네티스트 카를 라이스터와 그의 마스터 클래스에도 참여한 바 있는 여성 클라리네티스트 라우라 마지스트렐리(밀라노 칸텔리 오케스트라의 주요 클라리네티스트이자 브레시아 음악원 교수), 바셋 호른 주자 루이지 마지스트렐리(라이스터의 제자로 밀라노음악원 교수이자 밀라노 클라시카 실내악단의 클라리네티스트)는 이번에 2대의 클라리넷과 바셋 호른을 위한 편곡으로 모차르트의 오페라 편곡 음반(《Mozart: Opera arrangements for two clarinets and basset horn〉, 카메라타)을 내놓았다. 원래는 바셋 호른 트리오 앙상블을 위한 편곡 버전인데, 베이스 파트를 바순 대신 더 부드럽고 감미로운 소리를 내기 위해 소프라노 클라리넷에 가까운 소리를 내는 바셋 호른으로 대신하였다.

바셋 호른은 1770년 모차르트 생전에 독일의 마이어호퍼에 의해 고안된 클라리넷족 목관악기로, 1780~1830년 사이에 특히 보헤미아 지역을 중심으로 절정을 이루었던 악기이다. 모차르트는 이 매력적인 소리를 좋아해서 〈레퀴엠〉이나 세레나데 10번, 25개의 테르제티 등에서 그 악기를 사용한 바 있다. 모두 보석 같은 곡들이다.

프라하에 있는 나로드니 국립박물관은 18, 19세기의 오페라와 발레음악 작품들을 방대하게 소장하고 있다. 이 음반의 〈마술피리〉 녹음은 이 박물관 소장 원고를 사용하였고, 익명의 작곡가의 원고에 기초해 음악학자 미하엘 노보트니가 편집, 개정한 것에다 그 자신의 편곡을 더하고 서곡은 루이지 마지스트렐리가 직접 편곡하였다.

모차르트는 그의 마지막 작품 〈티토의 자비〉에서 바셋 클라리넷을 위한 오블리가토(독립적인 특성을 가진 반주) 파트를 작곡하기도 했는데, 이는 칸타빌레와 그의 절친한 친구이자 빈 최고의 클라리네티스트였던 안톤 슈타들러를 위한 것이었다. 이 음반에서는 제1클라리넷이 노래 파트를, 제2클라리넷이 바셋 클라리넷과 바셋 호른의 솔로 파트를 연주한다.

〈피가로의 결혼〉은 모차르트 당대의 편곡 원고(어쩌면 모차르트 자신에 의한 것일지도?)로 몇 년 전 오스트리아의 한 궁전에서 발견된 것에 기초해 연주했다.

바셋 호른과 2대의 클라리넷 연주의 어울림으로 들어보는 모차르트의 오페라. 기본적으로 같은 톤과 색채를 가진 3대의 악기가 사람의 목소리와 현악, 관악의 같으면서도 다른 효과를 늘 내기란 힘들다. 그럼에도 불구하고 클라리넷은 수많은 '겹그림자'를 제공하는 악기이므로 노래와 악기의 역할을 다 해줄 수 있었다고 한다. 클라리넷 한 대는 노래하는 가수의 선율을, 다른 한 대와 바셋 호른이 오케스트라 선율의 화음을 책임지는 아리아는 어떤 느낌일지, 2세기를 거슬러 오페라 잔치가 끝난 뒤 빈 궁정이나 귀족의 살롱에서 열렸을 음악회에서 좋아하는 선율을 흥얼대며 반갑게 듣는 상상을 해본다. 시간을 거슬러 여행을 해본다.

여기서 퀴즈 한 문제, 플루트는 우아함을, 오보에는 고귀함을, 클라리넷은 유쾌함을, 잉글리시 호른은 사로잡는 음색을, 바순은 이 모든 걸 가지고 있다며 여러 목관악기의 음색을 비교했던 연주자는 어느 악기를 연주했을까? 정답은 물론 바순 주자이다. 그러나 클라리넷 음색도 그 모든 걸 가지고 있음을 좋은 클라리넷 연주를 들으면 알 수 있다.

19세기 초 경제력을 갖추게 된 중산층이 음악 애호에 합류하게 되면서부터 관현악곡까지도 실내악으로 편곡하는 풍조가 유행하였다. 대규모 오케스트라가 연주하는 홀 무대를 개인 가정의 살롱용으로, 피아노 듀오나 트리오, 콰르텟 곡으로 편곡하는 것이 필요했던 것이다. 이러한 유행은 런던을 중심으로 베를린, 암스테르담, 파리를 망라해 퍼져나갔다.

1802년 빈에서 베토벤 작품의 두 편의 현악 5중주 편곡이 발표됐을 때, 베토벤 자신의 허가를 받지 않았다는 주장이 있었다. 또, 베토벤은 라이프치히의 대사에게 '피아노곡을 현악기 버전으로 편곡할 수 있는 사람은 모차르트와 하이든밖에 없다. 전혀 다른 악기로의 편곡 같은 부자연스런 이 유행은 멈춰져야 한다'는 편지를 쓰기도 했다.

그러나 당시 베토벤의 에이전트 역할을 했던 동생 카스퍼가 출판업자에게 보낸 편지나 행태 등을 따져보건대, 베토벤이 경제적 필요에 의해서든 자기 음악의 확산을 위해서든 자기 작품의 편곡을 묵인하거나 허락했던 것으로 보인다. 음악적인 것 외에도 저작권 문제를 포함한 여러 문제를 야기할 수 있는 편곡은 쉬 멈춰지지 않았다.

MDG에서 새로 나온 모차르트 피아노 4중주단의 연주 녹음 음반(〈Beethoven: Eroica op.55 & Piano Quartet op.16〉)에는 페르디난트 리스 편곡 베토벤의 교향곡 3번 〈에로이카〉가 수록되어 있다. 리스는 한때 베토벤이 본에서 바이올린과 작곡이론을 배웠던 프란츠 안톤 리스의 아들로 베토벤보다 14살이 어린 친구였다. 베토벤의 나이 든 친구이자 출판업자인 니콜라우스 짐로크와의 협상자나 중개자로 베토벤은 리스를 아주 신뢰했다고 전해진다. 리스는 베토벤의 곡들을 많이 편곡했는데, 12곡의 편곡 작품이 짐로크에 의해 출판되었다.

그중 〈에로이카〉는 리스의 마지막 편곡이다. 작곡된 지 3년 후인 1807년쯤 피아노 4중주곡으로 편곡할 아이디어가 있었으나 정작 출판된 것은 1857년 모두가 죽고 난 후였다.

이 음반에서 연주를 맡은 모차르트 피아노 4중주단은 2000년 라이프치히, 할레의 낭만주의 실내악 연주단체로 시작해 여러 페스티벌과 콘서트 시리즈에서 활약하고 있다. 유럽을 넘어 최근에는 미국에서도 연주여행을 한 바 있다.

원 작곡가의 위대함은 말할 필요도 없거니와 그의 신뢰를 받았던 편곡자의 손을 거쳐 오랜 세월 베토벤 곡들을 출판한 출판업자의 손에 의해 세상에 나온 〈에로이카〉의 피아노 4중주 버전을 들으며 한 음악 주변의 여러 체취들을 생각해본다.

두 작곡가의 〈사계〉 중
여름과 가을의 끝자락
—8월과 11월

일 년 중 여덟번째 달인 8월은 한 해 중 가장 더운 달, 더위가 막바지에 이르는 달로 오곡백과 여물어간다. 그러나 절기상으로는 7, 8일에 입추, 23, 24일엔 처서여서 벌써 아침저녁으로는 서늘함을 느끼게 된다.

8월의 탄생석은 페리도트라고 불리는 감람석으로 부부의 행복과 지혜를 상징하며 밤에 빛을 내므로 태양의 보석으로 불리고 밤에 들고 다니면 무서움을 막아준다고 한다.

8월이라는 달은 시인들의 시심을 직접 자극하는 시기는 아닌 듯, 여름에 떠나는 산과 바다, 여행, 혹은 정포노 등 8월을 배경으로 한 다른 단어들이 노래될 뿐 8월 자체가 시어로 등장하는

경우는 드물다.

'8월'이라는 제목의 음악으로는 대표적으로 차이콥스키의 〈사계〉 중 〈8월〉과 파니 멘델스존의 〈사계Das Jahr〉 중 〈8월〉이 있다.

차이콥스키Pyotr Il'ich Chaikovskii, 1840~1893는 평생에 걸쳐 많은 피아노곡을 작곡했는데 큰 스케일의 곡은 피아노 소나타 G장조 한 곡뿐으로 나머지는 모두 짧거나 중간 길이의 작품들이다. 무거운 곡들을 작곡하는 가운데 가벼운 위안거리로 씌어졌지만 아주 매력적인 곡들이 많다. 그의 〈사계〉는 30대 중반이던 1875년 12월부터 이듬해 11월까지 작곡되었다. 월간 음악잡지인 『누벨리스테』와 매달 그 달을 상징하는 피아노곡을 싣기로 계약했는데 차이콥스키는 이 계약을 매우 성실히 수행했다고 한다. 하인에게 악보를 우송할 날을 일러두고 자신에게 이야기하면 상트페테르부르크로 송고하기 전 앉은자리에서 그 달의 분위기와 장면들을 실은 그 달의 음악들을 작곡하곤 했다는 것이다.

그런데 차이콥스키가 살던 19세기 당시까지, 정확히 러시아혁명 이전까지 러시아는 율리우스력을 사용하고 있었으므로 지금의 각 달보다는 한 달 정도씩 뒤라고 생각하면 된다. 그러니까 지금의 8월의 감성은 차이콥스키 〈사계〉의 7월의 감성에 맞는 것이고, 6월 〈뱃노래〉는 한여름의 뱃노래이지 초여름의 뱃노래가 아닌 셈이다.

7월은 '수확하는 사람의 노래', 8월은 '수확의 노래'로 비슷한 제목을 가지고 있다. 러시아는 여름이 짧아 수확이 빨랐던 것일까.

펠릭스 멘델스존의 사랑하는 누이였던 파니 멘델스존Fanny Mendelssohn, 1805~1847은 1840년 35살 때 가족들과 일 년간 이탈리아를 여행하면서 그때 받았던 감흥을 글로도 많이 남겼다.

유대계 명문가의 자제로 어렸을 때부터 음악에 재능이 많았던 파니는 동생 펠릭스와 같은 선생님으로부터 음악교육을 받았다. 신동 같은 능력으로 작곡도 하여 당시 멘델스존의 집을 방문해 이들 남매를 본 모셸레스 등의 음악인들은 이 남매의 새능에 깊은 인상을 받았다고 전해진다. 그러나 아버지는 딸과 아들의 재

능을 같이 보지는 않았다. 딸의 작곡을 그저 지켜봤을 뿐이지 지지하진 않았다. 그녀가 15살일 때 딸에게 보낸 아버지의 편지엔 잔인하게도, '펠릭스에게 음악은 직업이 되겠지만 네게는 장식품일 뿐이란다'라고 씌어 있다. 능력 있는 딸이라 할지라도 그 딸이 여성에게 주어진 역할을 평범하게 수행하길 바랐던 것이다. 그러나 동생 펠릭스는 그녀를 작곡가로서나 연주자로서 모두 존중하였다. 다만 그녀의 작품을 그녀의 이름으로 출판하는 데엔 반대하여 그녀의 작품을 함께 수정하며 자신의 이름으로 출판하곤 하였다.

파니는 24살이던 1829년 프로이센 궁정화가였던 빌헬름 헨셀과 결혼하였다. 그는 시인이자 종교저술가 루이즈 헨셀의 오빠로, 파니의 음악활동을 적극 지지하였다. 그리하여 결혼 후 헨셀 부인이 된 파니는 베를린 펠릭스의 집에서 종종 연주활동을 하다가 1838년 동생의 피아노 협주곡 1번으로 공식 데뷔하기에 이른다.

그렇다면 그녀가 30대 중반의 나이에 남편 헨셀과 9살짜리 아들 제바스티안과 함께 이탈리아를 여행하던 1840년은 생의 전성기라 할 수 있었겠다. 자신의 능력을 북돋워주는 남편과 귀여운 아들과 함께 따뜻한 이국 땅을 여유 있게 여행할 수 있었던 그녀는 '이 감동을 생생하게 기억할 수 있을까'라면서 감동을 아끼고 아끼다가 돌아온 이듬해 〈사계〉에 담았다. 파니는 예술적 재능이 많아 그림 등도 남기고 있는데, 그녀의 그림이나 다른 예술 작품들은 아주 독창적이라는 평가를 받는다. 순환하는 각 달에 대해 느꼈던 감정 또한 마치 자신의 자전적인 기록물처럼 개성 있다. 그녀 자신의 말대로 이 곡은 그녀의 '제2의 일기, 자신의 감각으로 걸러진 기억'이지 세상의 객관적인 일 년의 각 달이 아니다.

그중 〈8월〉 알레그로는 1841년 11월에 작곡되었다. 1840년 8월 14일, 그녀는 힘겨운 뱃길여행을 마치고 베를린에 있는 가족들에게 쓴 편지에서 '이제 바다가 내 앞에 있지 않고 내 뒤에 있어 정말 좋다'고 하면서 어느새 피곤에서 즐거움으로 바뀌어버린 마음을 신나게 표현하고 있다.

35~36살 무렵 30대 중반의 남녀 작곡가가 각각 다른 지역, 추운 러시아와 따뜻한 이탈리아에서 느낀 8월은 어떻게 다르고 또 어떻게 비슷할지 들어본다.

인디언 부족들은 사람 이름뿐 아니라 계절이나 달, 사물 등에도 아주 특색 있는 이름을 지어주어 듣는 우리를 생각에 잠기게 한다. 11월에 대해 체로키족은 '모두 다 사라진 것은 아닌 달', 테와푸에블로족은 '만물을 거둬들이는 달'이라고 불렀고, 그 외 '샛강 가장자리가 어는 달', '지난달과 별 차이가 없는 달' 등의 이름도 있다. 어떤 이름으로 부르느냐에 따라 단풍의 절정에서 스러져 겨울로 가는 스산한 늦가을, 만추의 11월은 내게 와 꽃이 되기도 하고 그저 그렇고 그런, 아무것도 아닌 것이 되기도 할 것이다.

달력의 빨간 글씨가 주말 외엔 없는 달, 그래서 심심하니까 빼빼로 데이, 무비 데이 같은 날이나 만들어 괜히 만날 건수를 만드는 달, 그래서 겨울나기 걱정에 신경이 날카로운 고독남, 고독녀들을 한 번 더 죽이는 달. '모두 다 사라진 것은 아닌 달'이라는 이름이 역설적으로 말해주는, 빈자리와 사라진 것들이 눈에 띄는 달 11월을 이렇게 눙치며 웃으며 보내고 싶다. 왜냐하면 이 아름다운 가을을 볼 수 있었던 한 해가 또 한번 다 가고 있기 때문이다.

각 달의 정취를 음악으로 풀어냈던 차이콥스키의 '11월'은 앞서 말한 대로 당시 러시아력으로 따지기에 12월에 가깝다. 〈11월〉의 부제 '트로이카'는 삼두썰매를 말하는데, 겨울이 깊어가는 러시아에서 방울을 울리며 흰 눈 위를 질주하는 썰매를 그리고 있다. 질주하는 게 썰매만이겠는가. 세월이, 인생이, 다 달리고 있다. 11월 늦가을의 느낌은 그의 〈사계〉 중엔 〈10월〉이 되겠는데, 그의 가을은 서럽고 쓸쓸하기보다는 슬픔과 고독함을 완화시킬 수 있는 달콤한 위로와 추억의 아름다움을 노래하고 있다.

파니 멘델스존의 〈11월〉에는 메스토mesto, 슬프게 연주하라고 지시어가 적혀 있다. 역시 이탈리아 여행에서 돌아온 1841년 12월 4일쯤 작곡한 〈11월〉은 희망이 결여된 격정적인 알레그로로 시작하며 극한의 절망을 담는 F단조로 작곡되었다. 파니는 11월의 일기에 이렇게 쓰고 있다.

'베네치아는 보기 흉한 쓰레기들과 나쁜 날씨에도 불구하고 역시 그곳 나름의 오랜 마법을 지니고 있다. 이 곡은 인생 최고의 시절을 지나고 난 일상적인 멜랑콜리를 훨씬 넘어선 극한의 실망과 좌절을 담고 있다. 비의 달인 11월은 상처받은 가슴의 절망적인 슬픔을 더욱 자아내게 한다. 이 작품은 독일로 돌아와 일 년이 넘어 작곡되었다. 매일매일 살아간다는 것의 단조로움, 나이 든다는 것의 쓸쓸함, 잃어버린 젊음과 사랑에 대한 아쉬움이 비 오던 11월의 베네치아를 떠올리게 한다.'

36살의 여자 파니는 왜 그렇게 일찍 나이 드는 것의 쓸쓸함과 일상의 회한, 젊음과 사랑의 상실을 아쉬워했을까. 어쩌면 6년 뒤로 일찍 다가와 있을 자신의 죽음을 예감한 것은 아니었을지. 마흔 남짓의 인생이라면 가을에 이르렀다고 할 30대 중반에, 그녀는 그래서 비 내리던 베네치아의 11월에 그렇게 감정이입되었던 것인지도 모르겠다.

03부

계승과 혁신

나에게 가장 반反하는 것이
나를 따르는 것이다

12음기법의 창시자인 아널드 쇤베르크Arnold Schönberg는 1874년 9월 13일에 태어나 1951년 7월 13일에 세상을 떠났다. 13일에 태어나 13일에 세상을 떠난 쇤베르크는 숫자 13에 대한 공포(Triskaidekaphobia)를 가지고 있었다고 한다. 이 증세는 그가 op.15, no.13을 작곡했던 1908년에 시작된 것으로 전해진다.

당시 쇤베르크의 아내 마틸데는 젊은 오스트리아 화가인 리하르트 게르스틀과 함께 그와 아이들의 곁을 떠났다. 쇤베르크보다 9살 아래인 게르스틀은 그 몇 년 전부터 말러나 쇤베르크 등의 음악인과 교류하였다. 그림에 관심이 많은 쇤베르크에게 레슨을 하기도 했고 여름 별장에서 함께 지내기도 하면서 그와 그의 가족, 친구들의 초상화를 그리기도 하며 쇤베르크의 가족과 매우 친하게 지냈다. 초상화의 대상에는 그의 아내 마틸데도 포함되어 있었고 26살의 청년 화가와 마틸데는 급속히 가까워졌다. 급기야 마틸데는 그해 8월 남편과 아이를 떠나 게르스틀과 함께 빈으로 떠났다. 당시 쇤베르크는 현악 4중주 2번을 쓰고 있었는데, 아내의 부재는 그의 작품에도 뚜렷한 변화의 흔적을 남길 수밖에 없었다. op.15의 열세번째 곡인 〈당신은 은빛 버드나무에 기대 있어요〉는 어떤 조에도 기대지 않은 첫 작품이다. 기댈 데 없던 공허한 마음에서 무조음악이 생겨났다고 할 수도 있겠다.

10월, 아내가 회유와 설득과 자살 협박 끝에 돌아왔고 남겨진 화가 게르스틀은 자신의 대부분의 작품을 불사른 후 자살하고 만다. 그해에 끝마쳐 발표한 쇤베르크의 현악 4중주 2번은 2악장까지는 전통적인 조성을 사용하고 있지만, 독일의 신비주의 시인 슈테판 게오르게의 시에 붙인 마지막 두 악장은 완전한 무조는 아니지만 과감히 전통을 탈피한, 이전의 현악 4중주 작품의 틀을 깨는 것이었다. 쇤베르크의 혁신에 그의 아내가 일조를 했다고 할 수 있을까, 아니면 그가 확실한 혁신으로 가는 길에 걸림돌만 되었던 것일까.

빈에서 유대인 상인의 아들로 태어나 공식적인 음악교육이라곤 훗날 처남이 된 쳄린스키에게서 잠시 배운 대위법이 다였던

12음기법의 창시자 아널드 쇤베르크. 그는 13일에 태어나 13일에 세상을 떠났다.

쇤베르크. 그러한 그를 당시 빈의 두 대가 리하르트 슈트라우스와 말러가 눈여겨보았다. 하지만 슈트라우스가 더이상 그의 음악을 이해할 수 없었을 때 그를 떠난 반면 말러는 그 이후에도 쇤베르크를 지원했다고 한다. 그러나 쇤베르크는 자신을 끊임없이 지원해주는 말러의 음악에 대해서는 경멸을 숨기지 않다가 그의 교향곡 3번을 듣고는 그를 '성인聖人'이라고까지 칭했다.

쇤베르크는 브람스나 바그너 등 후기낭만파의 영향에서 벗어나 자신만의 무조, 혹은 전조음악의 시기를 거쳐 제2차 빈악파를 구성했다. 거기에서 제자 안톤 베베른, 알반 베르크 등과 12음기법(상호 간에만 관련이 지어지는 12음에 의한 작곡기법)을 창시하고 활발히 전수하며 아방가르드 음악의 기수가 되었다. 또한 그는 『화성의 이론』, 『작곡의 기초』 등 아직까지도 읽히는 음악이론서를 펴내며 부조니의 뒤를 이어 독일 예술아카데미 교수로 재직했던 훌륭한 음악교수이기도 했다. 훗날 나치에 추방당해 미국에 건너가서도 그는 계속해서 후학을 길러냈다. 자화상 등 그가 그린 그림들은 평론가들로부터 칸딘스키와 함께 전시해도 뒤지지 않는다는 평가를 받기도 하였다. 게다가 시와 희곡 등 끊임없이 무언가를 써냈던 쇤베르크는 그야말로 샘솟는 예술혼 그 자체로 보인다. 그러면서도 그를 계승하려는 후학들에게 "나를 충실히 따르려면 나에게 가장 반反하는 예술을 해야 할 것"이란 멋진 말을 남겼을 정도로, 혁신의 계승이란 계속되는 혁신 바로 그것이란 걸 알고 있던 품 넓은 거장이었다.

그러나 그러한 인물의 뒤안에는 남모를 공포증이나 미신적인 구석이 있어 삶을 지치게 하고 죽음을 앞당기기도 했다. 그는 13과 연관된 해에 죽을 것이라는 공포에 사로잡혀 있었다. 65살이 되던 1939년에는 39가 13의 3배수라서 치를 떨며 무서워해 그의 친구는 점성술사에게 쇤베르크의 별자리 운세를 봐달라는 부탁을 하기도 했다. 쇤베르크가 76살이었던 1951년 빈의 음악가이자 점성술사였던 오스카르 아들러는 7＋6인 76살의 올해가 결정적인 한 해가 될 것이라 편지를 보냈다. 이 편지는 나이 든 작곡가를 더욱 가라앉게 했고 이에 사로잡힌 쇤베르크는 ‘올해만 잘 넘기면 난 안전할 텐데’라고 친구에게 편지를 쓰기도 했다. 그러나 마치 그 주문에 걸린 듯 쇤베르크는 그해 7월 13일 침대에 누웠다가 조용히 숨을 거두었다.

그의 아내가 잠시 그를 떠나 젊은 화가에게로 향했던 1908년 그의 13공포증이 생겼던 것은 이해함 직하다. 극도의 슬픔과 불안 속에 마침 완성한 가곡이 그 작품의 열세번째 곡이 되었다는 사실이 그 안의 미신을 부추겼을 것이다. 심한 충격과 고통이 우리 연약한 인간의 정신에 공포증이라는 흔적을 남길 수 있는 것이니. 그러나 그와 동시에 쇤베르크를 대표하는 무조음악의 시작 또한 아내의 부재중 썼던 가곡에서 첫 흔적을 찾을 수 있으니, 고통이란 한 연약한 인간에게 고통의 흔적과 새로운 창작의 시발을 동시에 주는 것이다.

12음기법의 창시자로 일컬어지는 쇤베르크가 12 너머의 숫자인 13에 대한 공포가 있었던 것도 재미있다. 무언가를 계승한다는 건 그의 정신과 취지를 잘 깨달아 이어가는 것일 터, 늘 새로운 무엇을 추구하는 것이 예술 정신이라 여긴 쇤베르크를 계승한다는 건, 그의 말마따나 그를 깨고 또 새로운 알을 낳는 것이 될 것이다. 그의 혁신을 또다시 깨줄 혁신의 작곡가가 있다면 13에 대한 쇤베르크의 슬픈 미신과 함께 이 세상의 잡다한 공포들까지 함께 깨줄 수 있을지.

18세기 옛것과
20세기 현대의 어울림

MDG 레이블은 엄선한 콘서트홀에서 자연음을 녹음하는 것으로 유명한 독일의 음반사이다. 반향이나 필터, 리미터를 통한 소리 수정이나 조작은 물론 철저히 배제된다. 이 음반사가 지향하는 것은 원래의 다이내믹과 정확한 음 깊이의 그러데이션, 자연스런 톤 컬러이다. 이러한 작업을 통해 작품은 음악으로서의 적절한 공간을 가지며 연주자의 해석은 최대한의 자연스러움과 생생함에 도달하게 된다고 역설한다.

작품의 완벽한 재생을 위한 기계적 조작과 편집이 얼마든 가능한 이 시대에 이들의 역설은 참 지켜내기 힘든 주장일 수 있겠다. 그러나 MDG가 내놓는 훌륭한 음반들은 이들의 주장이 참으로 옳은 것임을 뒷받침해주고 있다.

MDG가 2006년 출반한 음반 중 우리나라 출신의 곽연희라는 오보이스트가 연주한 오보에 솔로 음반(〈Bach, Silvestrini, C. P. E. Bach & Piazzolla: Works for Oboe Solo〉)을 들어보았다. 이 음반은 에코 클라식 올해의 음반상(기악 독주 부문)을 수상했다. 오보에는 프랑스어 'hautbois'(음이 높은 나무피리)에서 유래한 이름의 목관악기로, 맑고 멀리까지 관통하는 소리에 넓은 음역과 고귀한 음색을 갖추고 있으나 연주하기가 어렵다.

곽연희는 서울에서 태어나 한양대 음대를 졸업하고 2000년에 독일 슈투트가르트 국립음대에서 수학했다. 유럽 굴지의 많은 상들을 수상하였고 파스쿨리의 작품을 녹음한 첫 음반(〈Antonio Pasculli: Character Pieces and Fantasias on Opera Thems〉, MDG)으로 2001년 에코 클라식 베스트 영 클래시컬 아티스트상도 타냈다. 많은 실내악 단체 활동과 오보에 솔리스트 활동을 해오면서 현재 뮌헨 라디오 오케스트라의 차석 오보이스트로, 슈투트가르트 국립대학의 강사로 활동하고 있다.

이 음반은 솔로 오보에 연주라는 점을 제외하고는 공통된 것이 무엇인가 의문이 들 정도의 레퍼토리를 다루고 있다. 18세기 요한 제바스티안 바흐와 그 아들 C.P.E. 바흐의 곡과, 20세기 프랑스의 작곡가이자 오보이스트인 질 실베스트리니, 그리고 피아졸라의 곡들이 그것이다. 게다가 20세기의 두 작곡가는 지역적으로나 음악적으로나 20세기를 대표한다고 말하기엔 무리가 있다.

이 음반은 아버지 바흐, 실베스트리니, 아들 바흐, 피아졸라, 이렇게 시대를 교차하며 연주되는데, 이는 각 작품의 특별한 성격을 더욱 도드라지게 해준다. 그러면서도 20세기와 18세기라는 시간 차가 오보에의 음색에 의해, 바로 동시대 것들인 양 자연스럽게 이어지며 전혀 이질감 없이 튀지 않는다. 신기한 일이다. 2백 년의 세월이 한 악기에 의해 개성을 가진 채 이웃 사이처럼 공존하는 것이. 곽연희라는 연주자의 큰 호흡 덕이기도 할 것이란 생각이 들었다.

아버지와 아들 바흐 사이에 끼어 있는 질 실베스트리니는 1961년 프랑스 아르덴, 지베 태생으로 피에르 피에를로에게서 오보에를 배우고 에콜 노르말 드 뮈지크에서 공부하였다. 그는 1989년부터 96년까지 프랑스 심포니 오케스트라의 솔로 오보이스트로 활약했고 92년부터는 상주 작곡가로 일하며 프랑스의 대표적인 오보이스트로 성장했다.

그의 오보에를 위한 6개의 연습곡은 1984년부터 1997년 사이에 작곡되어 그 기간 오사카와 마이애미를 망라해 초연되었다. 이 작품들은 실베스트리니가 인상주의 화가인 모네, 피사로, 르누아르, 부댕, 마네의 그림에 영감을 받아 작곡했다고 한다.

1곡 모네의 1870년 작 〈트루빌의 검은 바위 호텔〉, 2곡 피사로의 1877년 작 〈퐁투아즈 봄꽃 사이의 야채와 나무들〉, 3곡 모네

■ ■
왼쪽부터 모네, 〈트루빌의 검은 바위 호텔〉(1870), 피사로, 〈퐁투아즈 봄꽃 사이의 야채와 나무들〉(1877), 모네, 〈카푸신 대로〉(1873), 르누아르, 〈숲 속의 오솔길〉(1874), 부댕, 〈바닷가 풍경—비바람 치는 하늘〉(1864), 마네, 〈스페인 발레단〉(1862).

의 1873년 작 〈카푸신 대로〉, 4곡 르누아르의 1874년 작 〈숲 속의 오솔길〉, 5곡 부댕의 1864년 작 〈바닷가 풍경—비바람 치는 하늘〉, 6곡 마네의 1862년 작 〈스페인 발레단〉.

이 6개 연습곡의 영감이 된 여섯 작품을 홈페이지에 올리고 직접 보면서 실베스트리니와 그 화가의 감정과 함께 들어보는 것도 즐거웠다. 미술사에 인상주의가 끼친 지대한 영향에 대해 알면서도, 모네나 피사로, 르누아르의 그림들을 한두 작품씩은 기억하고 좋아하면서도, 실제 태양의 직사광선 아래 진동하는 자연과 사물의 순간적 양상을 스스로 포착해본 기억은 많지 않다.

피아졸라의 연습곡은 탱고 앙상블의 전형적 악기인 플루트를 위한 곡으로 작곡된 것을 오보에로 연주한 것이며, 바흐의 곡 또한 플루트를 위한 A단조 솔로를 오보에 연주에 맞추어 G단조로 조바꿈한 것이다.

프로이센의 계몽군주 프리드리히 대제는 그 자신 플루티스트이자 음악을 대단히 사랑했던 사람으로 유명하다. 당시 최고의 음악인이었던 C.P.E. 바흐는 그의 궁정에서 봉직하며 당연히 플루트곡을 많이 작곡하였다. 그러나 18곡의 플루트 소나타 중 단 1곡만이 솔로 플루트를 위한 것으로 바소 콘티누오가 없는 플루트 소나타 A단조이다. 그가 모시는 프리드리히 대제가 연주할 수 있도록 작곡가는 당연히 가능한 한 어려운 부분을 배제했겠지만,

18세기 맹인 플루티스트인 프리드리히 둘룬의 전기에 의하면, 마지막의 빠른 악장 같은 부분은 대제가 잘 연주할 수 없었다고 전해진다. 이 음반에서는 아버지 바흐의 것과 함께 이 곡도 오보에를 위해 G단조로 조바꿈하여 솔로 오보에로 연주하였다.

바흐, 실베스트리니, C. P. E. 바흐, 피아졸라
오보에 솔로를 위한 작품들 MDG │ 오보에_곽연희

곽연희의 오보에 솔로 음반으로 2007년 에코 클라식 올해의 음반상을 수상했다. 지금까지 이 상을 수상한 우리 연주자는 장영주, 장한나 등이다. 피아졸라의 오보에 솔로를 위한 탱고 에튀드, 실베스트리니의 에튀드, C. P. E. 바흐가 플루트를 위해 작곡한 작품 등을 연주했다.

크리스티안 틸레만의
독일 지휘계보의 계승

DG에서 새로 발매한 뮌헨 필의 브람스 교향곡 1번 음반 커버에 나와 있는 지휘자 크리스티안 틸레만Christian Thielemann의 사진은 지휘자의 모습이라기보다는 성악가의 모습처럼 보인다. 이도 편견인지 모르겠지만 터틀넥 스웨터에 무늬가 꽤 요란한 머플러를 휘날리며 서 있는 모습은 오케스트라를 지휘하기보다는 무대에 혼자 서서 노래를 할 것 같은 느낌을 준다.

KBS 레코드실에 걸린 네덜란드 출신 지휘자 베르나르트 하이팅크의 사진을 오래도록 들여다본 적이 있었다. 새의 눈 같기도 하고 아주 영민한 파충류의 눈 같기도 한 그의 눈빛을 보며, 지휘자의 눈빛과 독주자의 눈빛이 참 다르다는 생각을 했다. 독주

뮌헨 필의 브람스 교향곡 1번을 지휘
한 크리스티안 틸레만. 지휘자라기보
다는 마치 성악가처럼 보인다.

자의 눈빛은 한 악기에 집중하여 깊이 천착하기 때문인지 맑고
깨끗하다면 지휘자의 눈빛은 그보다 많이 복잡해 보였다. 서로
다른 많은 악기들과 개성 강한 오케스트라 단원들을 이끌고 가
야 하는 일에 기인한 눈빛이 저 복잡함이 아닐까 여겨졌다. 그냥
맑고 깊기만 해서는 오케스트라 지휘라는 역할을 제대로 수행하
기 힘들 테니까. 그저 선한 게 미덕이 아닌 직업이 지휘자일 것
이다. 푸르트벵글러도, 카라얀도, 네메 예르비도, 세이지 오자와
도, 정명훈도, 마우리치오 폴리나 프리츠 분더리히나 호세 카
레라스나 요요 마나 백건우의 눈빛과는 다르다. 여러 겹을 가진
듯 보인다.

　머플러를 두르고 멋지게 서 있는 틸레만의 자세에서만이 아니
라 카메라를 바라보는 그의 눈빛에서 지휘자의 그것처럼 여러 겹

이 진 복잡함이 보이지 않았기에 그가 지휘자처럼 여겨지지 않았는지도 모르겠다.

1959년 베를린에서 태어난 틸레만은 190센티미터의 큰 키에 넓은 어깨를 가진 거구이다. 그는, 음악을 사랑했으나 생활을 위해 다른 일을 할 수밖에 없었던 부모에게서 태어나 음악가가 되는 것을 당연하게 여기며 성장했다. 악기로는 오르간과 피아노, 바이올린, 비올라를 연주한다. 그는 캐주얼 차림으로 음반 커버 사진 찍기를 즐기며 작업실에는 그가 존경하는 프리드리히 대제의 초상화를 걸어놓았다고 한다.

"프리드리히 대제는 전장에서 싸우고 밤에는 라신이나 코르네유를 읽고 플루트를 불었습니다. 그의 다면적 인격은 저의 흥미를 끕니다"라고 틸레만은 말한다. 세종대왕이나 정조를 존경하는 한국의 음악인을 상상해본다. 드물지 않을까. 물론 우리의 왕들이 대금을 불거나 거문고를 타지 않아서는 아닐 것이다. 예술의 영역과 정치의 영역이 다르고 독일의 역사와 우리의 역사가 다르며 그들 역사 속의 예술과 우리 역사 속의 예술이 달라서일 것이다. 무엇보다 틸레만이 특이한 사람이기 때문일 수도 있다.

그는 요즈음의 중진 지휘자 중 보기 드문 보수주의자로 꼽힌다. 하지만 스스로는 '우익 지휘자'라는 명명에 내해 거부감을 갖고 있다. 사람들은 대체 어떤 것 때문에 바그너나 한스 피츠너의 음악을 파시즘이나 반유대주의에 연결시키느냐고 자신 있게 반문한다.

사실 그는 정통 아리안계 혈통으로, 푸르트벵글러나 카라얀 이후 이렇다 할 후계자를 못 내고 있던 고전음악의 본고장 독일과 오스트리아에서 단비 같은 존재라고 한다. 독일을 대표하는 베를린 필에서는 카라얀 서거 이후 이탈리아 출신의 클라우디오 아바도, 영국 출신의 사이먼 래틀이 지휘봉을 잡고 있고, 빈 슈타츠오퍼에는 세이지 오자와, 베를린 슈타츠오퍼에는 유대인인 다니엘 바렌보임이 지휘대에 서 있다. 세계 음악인의 입장에서 보면 고전음악의 보편화, 혹은 민족 간 차별 지양 등의 긍정적 측면이 많은 것이 사실이다. 그러나 독일 민족의 입장에선 그곳에서 나고 자란 문화적 자양분이 일치하는 순혈의 지휘자의 손끝에서 울리는 자신들의 음악을 듣고 싶기도 했을 터였다. 나치와 2차대전의 원죄로 여태껏 잠재적으로도 드러내지 못하다가 반세기쯤 흐르고 나니 몸이 근지럽기도 했을 것이다.

그러다가 10대 시절 카라얀 밑에서 공부하고 베를린 도이체오퍼에서 8년이 넘도록 보조 지휘자로 일한 자랑스런 아리안의 후예가 바이로이트에서 바그너의 〈뉘른베르크의 명가수〉를 지휘하자 그들은 환호하였다. 때는 지난 세기의 과업을 잊고 새롭게 시작하기에도 좋은 21세기의 벽두 2000년이었다. 바이로이트 데뷔 이후 그는 바로 이듬해 2001년에는 〈파르지팔〉을, 2002년부터

2005년까지는 〈탄호이저〉의 새로운 제작 지휘를 요청받았다. 이어서 2006년, 2007년에는 바이로이트의 메인 프로그램인 〈니벨룽의 반지〉 4부작을 지휘하여 까다롭기 그지없는 바이로이트의 평단과 청중 모두로부터 대단한 호평을 받았다. 그사이 2004년부터 114년 전통의 뮌헨 필의 음악감독을 맡고 있다. 틸레만은 40살 전의 무명을 딛고 바야흐로 전성기를 구가하고 있다.

그의 장기는 무거운 독일 사운드로, 뮌헨 필 취임 기념으로 브루크너의 교향곡 5번을 연주했다. 그는 또 이 시대의 대다수 지휘자들이 선호하는 팀워크를 싫어한다고 자신 있게 말한다. 오케스트라 연주에선 민주주의가 할 역할이 없다는 것인데, 그가 오케스트라 리드에 독재적이었다고 할 수 있는 카라얀으로부터 피아노와 바이올린을 배웠다는 것이 너무나 자연스럽게 들린다. 그리고 이 장면에서 누군가가 떠오른다.

빌헬름 푸르트벵글러. 틸레만이 직접 배운 스승은 카라얀이었으나 정작 그는 주로 카라얀을 새로운 경쟁자로 매우 경계했던 푸르트벵글러에 비견된다. 음악의 중심을 독일 음악에 두고 있다는 점과 곡 해석, 지휘하는 모습, 경력과 자부심 같은 것들 때문이다. 그러나 틸레만은 푸르트벵글러에 대해선 절반만 존경한다고 밝히고 있다. 그 존경하는 절반이란 푸르트벵글러가 음악에 지휘자 자신의 주관을 심을 수 있다는, 지휘 역사에 완전히 새로운 터닝포인트를 만들어주었다는 점이다. 푸르트벵글러 이전까지는 어느 지휘자가 지휘하는지 구분이 안 갈 정도로 천편일률적인 지휘였다면, 해석의 다양성에 관대해진 오늘날의 연주들은 푸르트벵글러가 남긴 유산으로 정당하게 평가되어야 한다는 것이 틸레만의 견해이다. 푸르트벵글러는 이런 글을 남겼다.

"악보에 충실한 연주는 생산과 상상력의 결핍이다. 지휘란 자유로운 창조를 말한다."

틸레만은 말했다.

"130년 전 쓴 악보(브람스 교향곡 1번)만 가지고 음악을 만들 순 없다. 작품은 우리의 과거를 담고 있으며 매일의 연주에서 예술에 새로운 생명력을 불어넣는 것이다."

틸레만은 푸르트벵글러의 지휘의 혁신을 계승하고 있다. 그러나 지극히 개인적이고 주관적이었던 푸르트벵글러의 지휘, 심지어 리허설 때의 해석 다르고 본 공연에서의 해석이 다른 연주에 대해 틸레만은 선을 완벽히 긋는다. 자신의 경우 리허설이란 완벽한 음악을 만들기 위한 과정으로 수십 차례의 리허설을 통해 완성된 일관된 해석을 유지하고자 한다고 한다. 그는 뮌헨 필 단원들과 이 점에서 아주 호흡이 잘 맞는다고 말한다.

오늘날 우리는 관현악곡을 들을 때 결국은 그 음악에 대한 지휘자의 해석을 듣는 것일 수 있다. 지휘자의 영역에 창조력을 불어넣은 푸르트벵글러 덕분이기도 하다. 푸르트벵글러를 잇고 있되 그와 거리를 유지하는, 독일 레퍼토리의 최강자라는 평가를 받고 있는 이 게르만의 지휘자가 브람스의 교향곡에서는 무엇을 어떻게 읽고 있을까 궁금해진다.

브람스가 참으로 오랜 세월 공들인 끝에 내놓았던 교향곡 1번은 그만큼의 격찬을 받았다. 지지자들은 이 곡 이후 브람스를 베토벤의 후계자로 정식 인정했고, 한스 폰 뷜러 같은 이는 그래서 이 교향곡을 '베토벤의 10번 교향곡'이라 말하기도 했다.

틸레만은 브람스의 교향곡 1번이 음악사의 핵심적 작품 중 하나임에도 점차 연주회에서 사라져가는 데 대한 아쉬움을 표하고 있다. 그러면서 나름대로 연주회에서 선호되지 않는 이유, 브람스가 어려운 이유를 짚기를, 브람스의 음악이 엄격함과 자유로움, 응집과 개방, 전통과 혁명, 그러니까 계승과 혁신을 동시에 원하고 있어서라고 해석한다. 하지만 베토벤에서 브람스로의 이행은 너무나 매혹적으로, 브람스의 음악언어는 베토벤보다 더 힘이 넘치고 낭만적이며, 낭만주의적 사고와 엄격한 형식의 통합체이기에 이 곡에 관심을 갖지 않을 수 없다는 것이다.

그가 은행잎이 바람에 떨어지던 11월 그 브람스 1번을 가지고 뮌헨 필과 함께 우리나라 성남아트센터 무대를 찾았다. 그의 지휘를 감상한다고 생각하니 그가 날리고 있던 머플러마냥 마음이 설레었다.

시간에 늦어 먼저 보게 된 그의 뒤통수는 서양인 같지 않게 넓

■ ■
2007년 뮌헨 필과 함께 우리나라를 찾은 크리스티안 틸레만.
ⓒ 성남아트센터

적한 편이었으며 가벼운 갈색 생머리는 유난히 반짝였다. 그러지 않으려 하는데 자꾸 그의 몸에 게슈타포의 정복을 입혀보게 된다. 저 반짝이는 머리카락 속에 실은 엄청난 전체주의적 사고와 무서운 우월의식이나 콤플렉스가 들어 있는 건 아닐까. 오케스트라에는 팀워크나 민주주의가 필요하지 않다는 그의 말을 확대해석하게도 된다. 독단으로 악보를 읽고 자기 맘대로 오케스트라를 이끄니 눈빛이 복잡할 필요도 없었던 거라 예단하게도 된다.

그러나 그는 반짝이는 머리카락을 흩날리며 거구를 바람처럼 움직이면서 리하르트 슈트라우스와 브람스를 지휘하고 있을 뿐이었다. 하관이 발달해 턱이 꽤 앞으로 나온데다 입술까지 모아내민 커다란 옆얼굴에서는 번개를 날리기 전 제우스의 모습 비슷한 번뜩임이 느껴졌지만, 어느 순간 힘 잃고 팔랑팔랑 떨어지는 낙엽처럼 팔을 아래로 내린 채 후르륵 흔드는 모습은 오케스트라에 모든 걸 내맡기는 자세로 보였다. 가끔씩 무너지는 듯한 이런 독특한 지휘 자세도 푸르트벵글러를 닮았다고 했다.

그의 지휘에 따라 울려나온 소리는 뭐랄까, 너 참 잘생겼다고 하는데 제가 뭐 잘생겼어요, 저는 그저 눈 코 입 제대로 반듯하게 박힌 거고 딴 사람들이 다 이상하게 생긴 거죠, 라고 답하는 순진하고 솔직한, 그리고 예리한 아이같이 느껴졌다. 특별히 화려하게 생긴 것이 아니라 그 자체로 자족적인 생김새가 주는 '바로 이거다' 싶은 느낌, 그런데 그 아이처럼 어찌할 도리 없는 자부심이 휘날리는 느낌.

무엇보다 그도 연주자들도 다 행복해 보였다. 그 악기를 한 60년은 달고 살았겠다 싶은 나이 든 연주자에서부터 젊은 동양인 연주자에 이르기까지, 이 거구의 지휘자의 손끝에서 하나가 되어 다 같이 행복해하고 있었다.

연주가 끝나고 돌아선 틸레만의 얼굴은 시골 아이처럼 볼이 빨갛게 달아올라 있었고, 강력 헤어젤이 아니고는 고정되지 않을 듯한 낱낱의 머리카락은 아니나 다를까 앞으로 다 쏟아져 중세의 수사 머리처럼 버섯동자가 되어 있었다. 상기된 표정으로 관중들의 열렬한 환호에 답하더니 쿵쾅쿵쾅 남들은 열댓 발자국은 될 거리를 열 발자국 안쪽으로 걸어 무대 뒤로 사라졌다. 물론 곧 다시 쿵쾅쿵쾅 걸어나왔다. 여러 차례 커튼콜 답례 끝에 역시 또 바그너의 〈뉘른베르크의 명가수〉의 서곡을 앙코르곡으로 들려주었다.

그는 자신의 연주와 한국 관객들의 답례에 진심으로 행복하고 감사해하는 듯이 보였다. 지휘대 위로 껑충 뛰어올라 온 몸무게가 실린 쿵 소리를 내기도 했고 수고한 연주자들을 일일이 일으켜세워 박수와 단원 각각의 호연에 함께 답례했다.

틸레만 지휘 뮌헨 필 연주가 빚어낸 브람스 교향곡 1번의 4악장 끝부분은 이렇게 대화하고 있었다.

"인생이 끝나기 전 이것만은 알아야 해, 이것만큼은 너무나 중

요해."

"꼭 그럴 게 뭐가 있겠어? 부드럽게 살다 부드럽게 가자. 그저 추억하자. 세상의 순리에 몸을 맡기자."

틸레만이 전하는 브람스의 메시지는 그것이었다. 내 앞에 다가온 삶을 자연스럽게 받아들이고 열심히 살며 만끽하는 것이 하루하루의 혁신임을 말해주고 있었다.

계승의 끝,
혁신의 예감

　도메니코 스카를라티Domenico Scarlatti는 생의 대부분의 시간을 스페인과 포르투갈에서 보낸 바로크 시대의 이탈리아 음악가이다. 그가 탄생한 1685년은 바로크 음악의 두 거장 바흐와 헨델이 태어난 해이며 그가 서거한 1757년은 모차르트가 태어난 바로 다음해로 스카를라티는 지난해로 서거 250주년을 맞았다. 그는 바로크 시대를 살았지만 모차르트의 탄생과 교차하는 그의 죽음이 상징하듯 자신만의 독특한 음악 스타일로 고전주의 시대 음악에 지대한 영향을 준 음악가이다.

　그는 작곡가 알레산드로 스카를라티의 열 아들 중 여섯째로 나폴리에서 태어났다. 열 명의 형제 중 여섯째쯤 되면 그애가 다

섯쨌지 일곱쨌지, 어느 방에서 뭘 하고 있는지, 집에 있기는 한지, 심지어 우리 집 애가 맞는지조차도 헷갈릴 수 있지 않았을까. 그러나 스카를라티는 집 어디에선가 아버지로부터 늘 음악을 배웠고 집 밖에서도 그레코, 가스파리니, 파스퀴니 등으로부터 레슨을 받으며 동생 필리포 스카를라티와 함께 음악가로 성장했다. 16살이던 1701년 나폴리 왕립성당의 오르가니스트이자 작곡가가 되었다. 아버지는 그를 베네치아로 보내 공부시켰으나 이 당시의 기록은 많이 남아 있지 않다. 이어 1709년에는 로마로 가서 추방당한 상태의 폴란드 여왕 카시미르 밑에서 봉직하기도 했다. 당시 20대의 스카를라티의 작품으로 치자면, 그의 하프시코드 소나타는 헨델의 것보다 우수하고 오르간 곡은 헨델보다 못하다는 평가를 받았다.

1720년에는 리스본에 가서 포르투갈의 공주 마리아 막달레나 바르바라에게 음악을 가르쳤으며, 1725년 로마로 돌아와 1728년 결혼하고 나서 세비야에 가 4년간 머물렀다. 거기서 그는 플라멩코를 접했으며 1733년 마드리드로 가서는 스페인 왕가와 결혼한 바르바라 공주의 음악교사를 지냈다. 그녀는 곧이어 스페인의 여왕이 되었으며 스카를라티는 덕분에 25년간 마드리드에서 살게 되었다. 그곳에 머물면서 스카를라티는 다섯 아이를 낳았고 부인이 세상을 떠나고 나서는 1742년 스페인 여성 아나스타샤 히메네스와 재혼하였다.

마드리드에 머무는 25년 세월 동안 5백 곡(한 해에 20곡인 셈) 넘는 키보드를 위한 소나타를 작곡하였다. 카스트라토 파리넬리와 친분이 두터워 그의 음악을 정리한 음악학자 랠프 커크패트릭에 의하면 파리넬리가 스카를라티에 대해 남긴 정보가 오늘날 그에 대한 정보 중 대다수를 차지한다고 한다. 그는 편안한 삶을 누리다가 72살에 마드리드에서 세상을 떠났으며, 그가 살았던 거주지는 역사적 장소로 지정되었고 지금도 그의 후손들은 마드리드에 살고 있다.

스카를라티의 인생 행보를 그려보면 다음과 같다.

나폴리→베네치아→로마→리스본→로마→세비야→마침내 마드리드

독일에서 태어나 도버해협을 건너 영국에서 활동한 헨델을 오늘날 '그 시대에 이미 코즈모폴리턴이었던 사람'이라고 칭하는데, 스카를라티는 이에 비춰본다면 '남유럽의 코즈모폴리턴'이었다 하겠다. 사는 곳을 옮기고 짐을 싸고 풀면서, 그 새로운 곳들의 냄새를 맡으면서, 내면의 혁신은 스멀스멀 시작되고 있었을 것이다.

그의 음악은 생전에 많이 출판되지는 않았고 사후 250년간 불

규칙적으로 등장하고 있으나 쇼팽이나 브람스, 바르톡, 슈니트케, 호로비츠 등의 뜨거운 찬탄을 받았으며 러시아 피아니즘에 의해 큰 옹호를 받았다.

그의 키보드 소나타는 2박자의 단일 동기로 작곡되었는데 근대 피아노포르테 테크닉은 바로 스카를라티의 작품들에 영향받았다. 대담한 화성이 큰 특징으로, 불협화음이나 연속음을 사용하고 전통을 깨는 조바꿈, 먼 건반 간의 건너뜀 등을 통해 그 대담함이 표현된다. 그 외에 이베리아 반도 민속음악의 영향으로 이국적인 프리지아 선법의 등장, 기타 연주기법의 사용, 고전주의 양식이라 불리는 많은 기법에 대한 예측, 커크패트릭이 '크럭스'라고 칭한 중요 포인트를 갖는 부분 등이 그가 음악사에 남긴 족적이다.

그를 칭송해 마지않던 블라디미르 호로비츠는 스카를라티의 소나타들을 즐겨 연주하였다. 그의 연주로 1964년 스카를라티 소나타를 연주한 음반(《Horowitz Plays Scarlatti》, Sony)이 나와 있다.

같은 1685년생 음악가들 중 바흐는 독일을 떠나지 않고 바로크의 꽃을 피웠고 헨델은 영국으로 건너가 섬나라에 바로크의 무늬를 이식했다. 스카를라티는 이탈리아와 보다 새로운 이베리아 반도를 오갔기 때문이었을까, 바로크 시대를 살면서도 어떤 작곡가의 내면에는 새로운 시대를 내다보는 눈이 꿈틀대며 작품으로 비어져나오기에 우리는 예술양식의 변화라는 걸 즐길 수 있는 것이다. 스카를라티 서거 250주년은 모차르트 탄생 250주년보다 요란스럽게 치러지지 않았지만, 바로크를 해치지 않으면서도 대담하게 다음 시대 고전을 작품으로 남긴 계승과 혁신의 겹쳐진 끝자락, 스카를라티를 회고해본다.

악마의 꿈

죽느냐, 사느냐, 그것이 문제로다.

셰익스피어의 희곡에 나오는 대사 같은 진지한 대화들을 하고 살면 어떨까 생각해본 적이 있다. 피부는 어떻게 가꿔야 하는지, 재테크는 어떻게 해야 돈을 버는지, 결혼은 어떻게 해야 잘하는 것인지 따위의 세속적인 대화들 말고, 인생과 세상의 진리를 깨치기 위한 물음과 숙고 끝의 답변들을 하고 산다면 훨씬 의미 있고 재밌지 않을까.

그러나 나의 이런 생각이 소수이고 많은 세상 사람들은 태어난 시대에 잘 맞춰서 잘사는 것에 대한 논의와 고민이 더 중요하다는 것을, 그리고 그것이 결국은 시대를 관통하는 큰 질문에 답하는 것일 수 있음을 깨닫게도 되었다(그런 대화를 시도하다간 진지하다기보다는 너무 웃겨서 개그 프로그램에 나가보란 소리를 들을 것이다).

셰익스피어 시대의 영국, 즉 16, 17세기 영국 음악의 축소판이라는 부제를 단 〈악마의 꿈The Devil's Dream: Musical Miniatures in Shakespeare's England〉(Harmonia Mundi)이라는 음반이 스페인에서 출시되었다. 이탈리아 출신의 비올라 다 감바 연주자 비토리오 기엘미, 류트 연주자로 니콜라우스 아르농쿠르의 제자이자 바로크 이탈리아 레퍼토리 연주의 최고봉으로 꼽히는 루카 피안카, 보컬 부분은 아르헨티나 출신 소프라노 그라시엘라 기벨리가 맡았다.

지휘자이자 연주자, 음악학자인 버나드 셔먼은 1997년에 낸 책『고음악 속으로Inside Early Music』(고음악을 하는 연주자나 지휘자들과의 인터뷰를 기록한 책)에서 말하길, 어떤 언어를 진정으로 말하기 위해서는 두 가지가 필요한데, 하나는 그 언어의 특별한 표현에 대한 직관을 개발하는 것이며, 다른 하나는 단순한 읽기에 반대되는 자신만의 해석을 개발하는 것이라고 했다.

고음악을 대하는 연주자의 자세도 이와 같을 것이다. 그러니까 그 시대 악기만을 고집하며 그 표현에만 충실한 채 오늘 여기에서 연주하는 연주자와 청중의 해석을 빼놓는다면 그건 고음악을 제대로 연주하고 있는 게 아닐 것이다.

음악은 통역이 필요 없으니 세 명의 정열적인 라틴족 연주자들은 앵글로색슨족의 고음악 해석에 영어로 인한 장애는 없었을 것이다. 그들은 그 시대 영국 음악 속으로 직접 들어가 그 느낌을 고스란히 가져보고, 또 기존의 음악 해석과 전혀 상반될 수도 있는 자신들의 느낌을 입히는 변증법적 과정을 통해 그들만의 음악을 만들어냈을 것이다.

세익스피어의 희곡을 오늘날 제대로 읽는 것도 다름아닌 이러한 방법이 아닐까. 어느 시대 어느 나라를 막론하고 관통하는, 인간이라는 불쌍하면서도 악마적인 구석이 있는 존재의 본질을 꿰뚫는 대화의 표현들을 즐기며 자신의 삶 속에서 그러한 것을 되살리는 것. 그건 문학이나 예술이라는 이름으로 우리가 향유하는 즐거움의 본질일 것이다.

'올드 앨비언Old Albion'은 영국의 옛 이름으로, 영국 남부 해안의 백악질 절벽에서 연유한 흰 땅이라는 뜻이라고 한다. 인간이나 세상을 이렇다 저렇다 한마디로 표현할 수 없는 것과 마찬가지로 이 셰익스피어 시대 흰 땅의 음악 또한 그러해서, 민속적이며 목가적인 작품, 멜랑콜리한 존 다우랜드의 작품, 품격 있는 우아한 작품, 아주 활기 넘치는 헨리 퍼셀의 작품까지, 대조적이고 다양한 느낌들을 한 음반에서 다 느낄 수 있다.

마스네와 드뷔시

4월 20일에서 5월 20일 사이에 태어난 황소자리의 사람들은 감각이 아주 섬세하고 사물을 통찰하는 능력이 뛰어나다고 한다. 변화보다는 안정된 삶을, 갈등보다는 조화를 꾀하며, 온화한 성격과 성실한 인간관계로 모험 없는 편안한 삶을 살아가길 원한다.

1842년 5월 12일 황소자리에 태어난 프랑스의 음악가 쥘 마스네Jules Massenet, 1842~1912는 어떤 격정적 삶의 모습이나 음악세계를 추구하지 않았던 전형적인 황소자리의 인간형이 아니었나 생각된다. 마스네는 리옹 근처의 몽토라는 곳에서 태어났다. 음악에 재능이 있는 아들을 위해 파리 근교로 이사한 부모는 아들을 파리음악원에 입학시키고 마스네는 10대부터 음악원에서 피아노와 작곡을 공부했다.

부모의 노력에 보답이라도 하듯 마스네는 20대가 되자마자 로마대상을 수상했다. 이탈리아 유학 후 파리로 돌아온 마스네는 오페라 창작에 몰두해 〈라오르의 왕〉 등의 작품으로 시작해, 특히 오라토리오 〈마리 마들렌〉으로 차이콥스키나 구노에 버금가는 명성을 안게 된다(이러한 작품들에서는 친구 비제의 영향이 두드러진다는 평을 받는다).

프랑스-프로이센 전쟁에 참전하여 잠시 작곡을 놓고 있던 몇 년(~1871) 후 그는 전성시대를 맞는다. 1878년부터 모교인 파리음악원 작곡과 교수로 취임해 샤르팡티에나 프란츠 슈미트, 레이날도 한 등을 길러내는 한편, 〈마농〉(1884), 〈베르테르〉(1892), 〈타이스〉(1894), 〈노트르담의 꼽추〉(1902), 〈돈키호테〉(1910) 등의 오페라와 가곡, 발레음악, 부수음악, 관현악곡 등을 작곡했다. 그의 음악은 황소자리 출생답게 모두 섬세하고 감각적이며 인상적이다.

마스네는 드뷔시의 〈펠레아스와 멜리장드〉(1902) 같은, 그의 영향으로부터 완전히 벗어난 작품의 출현 이전까지 프랑스 오페라계의 지배적인 위치에 있었다. 섬세한 감각의 안정적인 음악을 이어가다가, 한여름의 뜨거운 정열을 타고난 사자자리 드뷔시의 혁신에 자리를 내준 격이다. 안정은 변화를 꿈꾸는 자에 의해 깨지는 것일 수 있는 법.

그러나 그의 사후 많이 연주되지 않다가 1970년대부터 새롭게 조명받아 연주되는 그의 작품들은 여전히 감미롭고 섬세하게 우리의 감각을 건드린다. 마스네의 작품 중 가장 많이 연주되는 오페라 〈타이스〉 중의 〈명상곡〉은 많은 사람들이 좋아한다.

타이스는 고대 그리스 알렉산드로스 대왕 시대의 출중한 미모를 갖춘 고급 창녀였는데 알렉산드로스와 함께 동방원정까지 다녀온다. 그후 이집트로 간 타이스는 이집트 왕 소테르의 왕후가 되었다가 이혼 후에도 멤피스 여왕이란 지위를 유지하며 왕궁에 살았다고 전해진다.

실상보다 부풀려진 타이스의 이야기는 이후 많은 이야기꾼들에 의해 반복 회자되었다. 오페라 〈타이스〉는 프랑스 문호 아나톨 프랑스가 1890년에 발표한 소설 「타이스」를 읽고 감화받은 마스네가 오페라화한 것이다. 방탕한 무희로 그려진 타이스의 영혼을 구원하기 위해 수사 파프뉘스(혹은 아타나엘)는 그녀를 교화한다.

〈명상곡〉은 2막에서 타이스가 타락을 이겨내려는 종교적 정열로 육체적 사랑이 아닌 신의 사랑 앞에 무릎 꿇는 장면에 흐르는 곡이다. 타이스는 이처럼 시간이 흐름에 따라 점차 순화되나, 거꾸로 수사 파프뉘스는 시간이 갈수록 타이스의 육체적 매력에 혼

을 빼앗겨 마침내 어떤 고행으로도 구제받지 못하게 된다. 비천함 속에 성스러움이, 성스러움 속에 비천함이 깃들어 있음을 말하려는 작가의 의도가 이 명상곡 속에 숨어 있음을 찾아보며 들으면 이 익숙한 곡이 달리 들릴 수 있을 것이다.

섬세하고 감각적인, 손쉽게 말해, 여성적 성향을 지녔다 해서 페미니스트라 말할 수는 없을 것이다. 그러나 어떤 남성이 지닌 그러한 섬세한 감각은 여성의 어려움이나 속내 등을 잘 감지할 수 있게 해준다는 점에서 페미니스트적으로 사고할 수 있는 여지가 높은 것이 아닐까 생각해본다. 마스네는 그러한 섬세한 마음의 더듬이로 만들어낸 감각적인 음악들 속에서 시대를 앞서간 여인 타이스를 둘러싼 세간의 이야깃거리의 본질을 짚고 있다는 생각이 든다. 성스러움이라는 허울을 뒤집어쓴 한 사회의 주류가 소위 비천한 여인을 바라보는 시선의 허위의식 말이다. 마스네는 안정을 지향하고 새로운 모험을 시도하지 않았지만, 성스러움과 성적인 것은 그리 멀리 있는 것이 아니며 반대의 것은 더더욱 아니니, 이를 둘러싼 허위의식을 깨고 본질을 이야기하자는 아주 혁신적인 페미니스트적 사고에 이미 동참하고 있었을지도 모른다.

한여름의 뜨거운 정열을 타고난 사자자리의 클로드 드뷔시 Claude Debussy, 1862~1918는 프랑스 작곡가 가운데서뿐 아니라 19세기 말 20세기 초 유럽 음악계에서 가장 두드러진 인물 가운데 한 사람이다.

드뷔시는 1862년 8월 22일 뜨거운 여름에 생 제르맹 앙 레라는 곳에서 중국 가게를 하는 아버지와 재봉 일을 하는 어머니 사이에서 태어났다. 7살 때 음악 레슨을 시작했는데 그의 능력은 탁월하여 11살 때 파리음악원에 들어갈 수 있었다. 좋은 집안에서 태어나진 않았지만 다행히 그는 그곳에서 당대 최고의 인물들인 세자르 프랑크나 에른스트 기로 등에게 배울 수 있었다.

1880~1882년 사이에는 차이콥스키의 후원자로 잘 알려진 폰 메크 부인의 아이들을 가르치기도 하였다.

1884년 칸타타 〈방탕한 아들〉로 로마대상을 받아 그는 아카데미 데 보자르의 장학금과 함께 빌라 메디치에서 몇 년(1885~1887)을 머물 수 있는 수혜를 입어 그곳에서 리스트를 만나기도 하며 작곡생활을 시작하였다. 그후 바이로이트를 방문해 바그너의 오페라를 보고 1899년 파리 만국박람회에서 자바인들의 민속음악인 가믈란gamelan을 듣고 그 같은 박자를 작곡에 차용하기도 했다.

드뷔시는 늘 이처럼 외부의 새로운 인물이나 새로운 문화에 영향받아 그의 음악세계에 접목시킨 인물이었다. 모스크바에 머물 때는 러시아 국민음악파와 집시음악에 흥미를 느꼈고, 바그너에 대해서는 비판적으로 계승하고 있다는 평가를 받으며, 솔렘 수도원에서 그레고리안 성가를 연구하기도 하였고, 말라르메의 소개로 '화요회'에 참석해 상징파 시인들과 친교를 나눈다. 시인으로서 언어에 주도권을 주었던 말라르메에게 배워 음악가로서 음픕에 주도권을 주어야 한다며 이를 모색해온 점이 드뷔시의 음악사상 가장 혁신적인 의미라 할 수 있다고 한다. 인상파 회화에도 조예가 있었으나 빛을 중시하는 인상파 화가들처럼 음악에서 감각을 중요시한 드뷔시를 인상주의(외계로부터 받은 자연의 순간적 인상을 포착해낸 예술사조) 음악가라 칭하는 평단의 이야기를 본인은 아주 싫어했다고 한다.

　이탈리아 유학 시절 들른 베르가모 지방에서의 인상을 담아, 그 유명한 〈달빛〉이 들어 있는 〈베르가마스크 모음곡〉을 작곡했던 1890년경까지는 드뷔시에게 마스네 풍의 추상적 양식이 남아 있었다고 평가받는다. 그러나 이후 제기한 드뷔시의 협화음과 불협화음의 차이에 대한 이의는 이후 새로운 화성 발전의 기초가 되었다. 5음음계와 온음음계를 함께 사용하던 그는 만년으로 갈수록 풍부한 화음 속에 불협화음을 거침없이 사용했다.

　1894년 32살의 나이에 말라르메의 전원시에 곡을 붙인 〈목신의 오후에의 전주곡〉은 드뷔시가 2년에 걸쳐 쓴 역작이다. 바그너 이후 가장 새로운 양식을 보인 작품으로 평가받으며 드뷔시를 명실상부한 당대 최고의 작곡가로 자리매김시킨 작품이 바로 이 〈목신의 오후에의 전주곡〉이다. 그리스 신화에 바탕을 둔 말라르메 시의 내용은, 머리와 상체는 사람이고 허리 아래는 짐승인 목신의 이야기다.

　양 떼를 이끌고 춤을 추는 목신이 어느 무더운 여름날 오후 우거진 그늘에서 낮잠을 자다가 눈을 뜨고 어제 오후엔가 만났던 금발의 귀여운 물의 요정들 생각을 한다. 물의 요정들은 희디흰 몸을 드러내고 호숫가에서 목욕을 하고 있었는데 그게 현실이었는지 환상이었는지 잘 분간할 수가 없다. 한 무리의 백조 떼였는지도 모르겠다. 아니면 백합이 피어 있었던 건지도. 목신은 이같이 멍하니 누워

뒹굴면서 회상을 더듬는다. 공상은 나아가 사랑의 여신 비너스를 떠올리고 몽롱한 육감, 관능적인 희열로 이어지다가 환상의 요정은 사라지고 풀향기 그윽한 조용한 오후 목신은 다시 스르르 잠에 빠진다.

드뷔시의 탄생일 같은 여름 한낮에 있을 법한 누구나의 낮잠 시간, 무엇이 현실인지 무엇이 꿈인지 분간이 안 되는 여름 한낮에 보게 되는 환상. 그의 음악은 대체로 시를 따르나 구상적으로 그린 것이 아니라 흐리멍덩한 여름 한낮의 몽상과 희열을 음의 자유로움으로 표현하였다.

〈목신의 오후에의 전주곡〉을 작곡하기 시작하던 해부터, 마테를링크의 연극 〈펠레아스와 멜리장드〉를 본 후 작곡에 임해 1902년 4월 30일 파리 오페라 코미크좌에서 초연함으로써 오페라의 역사를 갱신한 10년의 기간, 즉 1892년부터 1902년이 드뷔시의 음악양식이 확립되고 사람들로부터 확인받기 시작한 시기였다. 그러한 확인을 시작으로 자신을 더욱 연마한 드뷔시는 창작에 전념하여 그후 관현악곡과 피아노곡, 가곡 등에서 빛을 발한다.

드뷔시의 음악은 19세기 전통에 대한 당시의 공격 가운데 선봉에 서는 것이었다. 진부한 화성 치리를 넘어, 쇤베르크의 12음 기법만큼 고집스런 방식은 아니지만 21음계를 고안했다. 그것은

스트라빈스키와 메시앙, 바르톡, 불레즈 등 20세기 주요 작곡가
들에게 지대한 영향을 끼쳤으며 나아가 미니멀 음악의 선두 주자
필립 글래스와 스티브 라이히, 일본의 도루 다케미츠, 그 외 많은
재즈 음악가들에게까지 영향을 미쳤다.

음악사에 한 획을 그은 드뷔시의 사생활은 그 소란스러움으로
또다른 획을 긋고 있다. 드뷔시는 가브리엘 뒤퐁과 9년 정도 동
거 후, 정작 결혼은 1899년 그녀의 친구인 패션모델 로잘리 텍시
에와 하였다. 동거녀를 버리고 택한 아내, 이번에는 그녀의 지적
능력의 한계를 느끼고, 그는 자기 제자의 어머니인 은행가의 아

내, 에마 바르다크에게로 간다. 드뷔시가 버린 두 여인, 동거녀
와 아내는 연이어 권총 자살을 시도한다. 열정적인 예술가들이
흔히 그러하듯 드뷔시 자신에게도 늘 자살 충동이 따라다녔다고
하지만, 정작 자살을 시도한 것은 그가 아니라 그가 버린 여인들
이었다.

스캔들이 불거지자 드뷔시와 바르다크는 영국 이스트번으로
도피해 그곳에서 드뷔시는 교향시 〈바다〉를 완성한다. 영국 화가
윌리엄 터너와 프랑스 화가 모네로부터 영향을 받았다고도 하지
만 무엇보다 일본 우키요에의 대가인 호쿠사이의 〈가나가와 앞바
다의 파도〉로부터 영감을 받아 작곡된 이 작품은 뜻밖에도 드뷔

시가 심리적으로 편안치는 않았던 시절의 것이다. 이 작품에서 바이올린의 상징적 기교로 내보이는 거대한 파도가 올라가는 모습은 현악기의 음색에 대한 새로운 개념을 낳았으며, 그를 인상파 작곡가로 남게 하였다.

생각해보라. 음악가로서의 전성기가 꽃피려는 찰나, 사생활에서 엄청난 파장을 불러일으킬 연사戀事를 마다치 않았던 뜨거운 남자. 그가 그린 바다는 대체 무슨 바다란 말인가. 연인과 함께 건넌 도버해협이요, 그들이 일파만파 사회에 일으킨 스캔들의 파도가 아니었겠는가. 어쩜 자신의 인생 자체가 자기 앞에 들이닥치는 집채만한 파도로 느껴졌을지도 모를 일이다. 사실 드뷔시가 일생을 통해 바다를 건넜던 것은 바르다크와 도피를 위해 건넌 도버해협 단 한 번, 아니 돌아와야 했으니 돌아오는 뱃길까지 포함해 두 번이었다.

드뷔시와 바르다크는 파리로 돌아와 1908년 마침내 정식으로 결혼하고 예쁜 딸 클로드 에마(슈슈)를 낳는다. 그러나 에마는 1918년 드뷔시가 직장암으로 죽은 지 일 년 후에 디프테리아에 전염되어 짧은 생을 마감한다.

드뷔시는 1918년 3월 25일, 1차대전 막바지 독일의 파리 대공습이 있던 때 그 아름다운 도시가 하늘에서 떨어지는 폭탄을 맞는 한중간에서 세상을 떠났다. 조국이 국가적 인물인 드뷔시의 죽음을 기릴 여유조차 갖지 못한 때였으므로 그의 장례는 독일인이 쏜 폭탄 파편이 가득한 거리에서 조용히 치러졌다. 프랑스가 승리 8개월을 앞둔 시점이었다. 그후 프랑스는 드뷔시를 가장 대표적인 문화인으로 기리고 있으며, 그가 묻힌 파시 묘역엔 온갖 고난의 바다를 함께 건넌 아내와 〈어린이의 세계〉의 모티프가 된 사랑하던 딸 슈슈가 함께 묻혀 있다.

우리 땅의 유쾌한 혁신,
콰르텟 X와 스톤 재즈

말이라는 것은 인간의 가장 보편적인 소통수단이면서도 너무 구체적이라서 오히려 많은 것을 함축하지 못한다. 음악은 소통의 가장 추상적인 수단으로 표현과 해석의 자유로움이 주어진다. 추상화의 수준이 가장 높은 소통수단인 음악. 그렇다면 이 음악 가운데 가장 적절한 소통방법은 무엇일까.

예를 들면 스피치에서 3분이라는 시간은 화자 입장에선 자신의 의사를 담아낼 수 있는 최소한의 시간이자 청자 입장에선 타인의 말에 집중할 수 있는 최대한의 시간이기에 '3분 스피치'라는 것을 훈련한다. 3분은 그런 의미에서 대단히 절충적인, 적절한 시간인 것이다. 악기 편성에 있어, 오케스트라 연주는 너무 거

대해서 하나의 선율이 묻히기 쉽고 개성을 찾기가 쉽지 않다면 네 개의 악기는 개성을 완벽하게 표현할 수 있는 최소단위이자 무한한 가능성을 지닌 결정체라는 견해가 있다. 그러니까 이 견해에 따르자면, 4중주란 스피치의 3분과 마찬가지로 완벽의 최소단위이자 그 시작이 되는 편성이라는 것이다.

그중에서도 현악 4중주를 구성하고 있는 두 대의 바이올린과 한 대의 비올라, 한 대의 첼로는 기술적으로 진화가 끝난 최고 수준의 유기체이며 같은 음색을 내기에 월등한 통일성을 지니고 있다는 것이 '콰르테티스트', 즉 4중주주의자들의 견해이다. 콰르테티스트란 광대한 음악장르 중 현악 4중주를 최고의 음악으로 신봉하며 강한 자부심을 가진 사람들을 말하는데, 수많은 작곡가들 가운데에도 이 콰르테티스트가 많았고 이들은 '진짜 음악은 4중주에 있다'고 말해왔다.

2002년 데뷔한 콰르텟 X는 우리나라의 대표적인 콰르테티스트라 할 수 있겠다. 그들의 음악을 듣고 콰르텟 X에 대한 정보를 접하면서 그들의 초기 3년간의 훈련에 관한 부분이 아주 인상적이었다. 마치 강호에 출현하기 전 대적 없이 수련에만 세월을 보내는 무림의 고수들처럼, 팀 결성 이후 3년을 연주회 없이 내공만을 쌓은 현악 4중주단이 그리 흔할까. 그러한 시간을 거쳐 속세에 나온 고수들의 연주는 사뭇 대중적이다. 연성화되이가는 이 세상을 나무라지 않고 오히려 그 속세와 눈높이를 맞추고 있다고

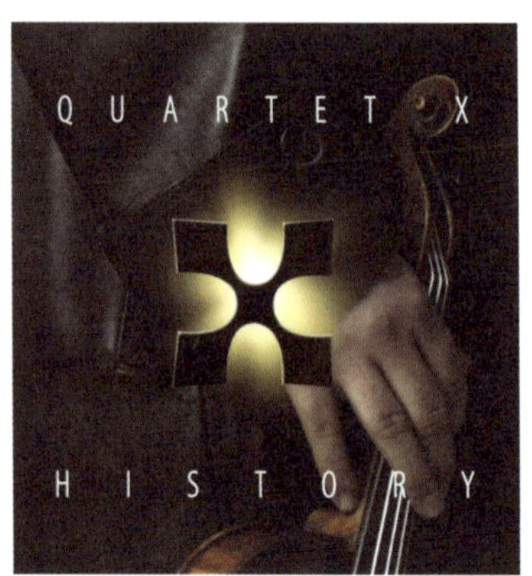

파격적이면서도 대중적인 현악 4중주단
콰르텟 X의 두번째 앨범 〈History〉.

해야 할까. 진정한 고수는 유연한 법이다. 클래식은 꼭 이래야 한다거나 연주회는 이래야 한다거나 연주기법은 이래야 한다거나 하는 고집을 부리지 않는다. 파격이 있고 세상에 맞추는 노력이 있으며 잊혀진 현악 4중주곡의 발굴이 있고 영감과 직관에 의한 기지가 있다.

그들의 첫 앨범(〈Quartet X Chaconne〉, 서울음반)에 영화음악부터 바흐의 〈샤콘〉까지의 병렬적 유연함이 있었다면, 2007년 발표한 〈History〉(유니버설)는 정통 클래식 음악을 연주하면서 여기에 그들이 느끼는 곡의 정곡의 느낌을 살린 제목을 달고 클래식 자체가 대중음악인 듯 받아들이게 하고 있다. 세미클래식이란, 혹은 크로스오버란 그 음악의 본질을 짚어내지 못하는 자가 연주할 때 결국 아무것도 아닌 게 되고 마는데, 현악 4중주계의 새

로운 별인 콰르텟 X의 연주에서 독자들은 어떤 느낌을 받을지 궁금하다.

　사실 음악과 나 자신 사이에는 여러 요소들이 개입된다. 음악 자체의 절대미감이 있는 것도 사실이겠지만 그 음악이 내 귀에 아름답게 들려 푹 빠지게 되고 그 음악이 좋아하는 곡으로 남게 되는 것은 처음 들을 때의 그 사람의 느낌이나 처지가 상당히 영향을 주는 것이다.

　가령 강 너머로 지는 해의 노을이 아름다운 해질 녘 자유로를 달리며 열어놓은 창문으로 들어오는 바람이 내 살에 닿는 감촉이 싱그러울 때 처음 들어보게 되는 음악은 여간해선 기억에서 지우기 힘들 것이다. 내 삶의 행복감을 더해주는 음악, 세상이 꽤 괜

찾은 곳이며 이곳에서 사는 사람들이 하나하나 기특하고도 뿌듯
하게 여겨질 때 그 음악을 만든 이들까지 더욱 궁금해진다.

　사람들은 참 많은 새로운 시도를 하는데, 음악 분야에서 근래
많이 시도하는 작업 중 하나는 접목이요 퓨전, 크로스오버이다.
대개 클래식과 대중음악, 동서양 음악 간의 교차 연주인 퓨전. 우
리 악기로 서양음악을 연주한다고 해서, 테너와 대중가요 가수가
함께 노래한다고 해서, 모두 퓨전은 아닐 것이다. 양자가 자신의
고유한 본성을 모두 잘 살리며 새로운 미감을 창조해낼 때 그것
이 진정한 크로스오버라는 생각을 다들 갖고 있을 것이다.

　스톤 재즈의 〈On Eastern Angle〉(신나라)은 문자 그대로 동양
의 시각에서 재즈를 바라보며 재즈 트리오와 우리 악기 해금, 가
야금, 피리를 접목시켜 다양한 스타일로 편곡해 연주한 작품들이
다. 수학적으로 다른 서양 음의 조직과 화성체계를 전혀 다른 개
념의 소리를 내는 악기들로 연주하여 새로운 아름다움을 만들어
내는 것은, 더욱이 즉흥성을 강조하는 재즈의 시스템에서 볼 때
간단치 않았다고 이들도 고백하고 있다.

　그래서 그들이 고심한 것은 무조건 어떻게 연주해보겠다고 달
려드는 것이 아니라 우리 악기의 음역과 음색으로 연주해 아름다
워질 수 있는 곡의 선곡에 더욱 치중한 것이라고 한다. 될 것을
되게 한 건 참 현명한 일이다.

몇 년 전 베트남 국악축전의 사회를 보러 갔을 때의 기억이 떠오른다. 베트남에서 인기가 치솟고 있던 한국 드라마 음악들을 영상과 함께 우리 악기로 연주하는 것을 위주로 젊은 국악인들이 신선하고 생명력 넘치는 연주를 선보여 관객들을 사로잡은 무대였다. 사회를 보던 무대 뒤의 나도 음악이 아름다워 분위기에 흥분이 되었으나 나의 흥분은 베트남 관객에 비할 것이 아니었다. 거기에 있던 우리는 우리의 문화에 대해 모두 자랑스러워했다.

그런데 어느 순간 그 흥분과 자랑스러움의 도가니에서, '베트남인들이여, 정신 차려라!'라는 말이 마음에 차올랐다. 우리의 대중문화가 서양의 팝 문화에 종속될 정도로 유행인 때가 있었다. 우리 가요를 듣는 것이 아니라 팝송만이 수준 있는 문화인 양 즐겨 듣고 환호하던 때. 혹시 베트남 사람들이 저러다가 예전 우리처럼 자신들의 것은 뒷전인 채 남의 것 흉내만 내는 건 아닐지, 우리 문화에 종속되는 건 아닐지, 그들의 거의 울먹이듯 몰두하는 흥분 속에서 그것이 걱정되었다. 문화와 문화는 만나야지, 물이 높은 곳에서 낮은 곳으로 흐르듯 어떤 한 문화에서 다른 문화로 흐르는 건 아니었으면 하는 마음에서였다. 우리 문화가 한류 좀 뜬다고 오만해지지 않기를, 베트남 문화가 한류 좀 뜬다고 그에 매몰되지 않기를 빌었다.

재즈라는 서양의 것을 무조건 연주하겠다고 덤비지 않고 '우
리의 시각에서' 할 만한 건 하겠다는 마음이 'On Eastern Angle'
이라는 제목의 의도이리라 여겨진다. 거슈윈의 〈서머 타임〉은 이
들의 연주를 통해 한여름 시골 평상에 누워 한가로이 듣는 풀벌
레 소리와 우리나라 여름의 느낌이 물씬 나는 곡으로 변모한다.
〈고엽〉에서는 그저 멜랑콜리한 이브 몽탕류의 가을이 아니라 가
을 안에도 나름의 사계가 있음을 알려주는 순환이 느껴진다. 조
심스럽게 시작해 찬란해지다가 이내 조용히 침잠하는 이파리의

생애 같은 가을.

　이들이 9번째 트랙에서 고르고 있는 곡은 데이브 브루벡의 〈Take Five〉를 차용한 〈Take One More〉이다. 재즈의 즉흥연주 부분을 가야금이 산조로 연주하고 있는 중간 부분이 인상적이다. 가야금은 가야금대로, 재즈의 음률은 음률대로 살며 또한 여태까지 느끼지 못했던 아름다움을 새롭게 창조해내고 있는지, 그 세 꼭짓점이 잘 어우러져 빚어내는 삼각형이 듣기에 좋은지 아주 날카로운 비평가적 입장에서 들어보는 것도 필요하지만, 때론 각 계절이 선사하는 각기 다른 풍경들, 세상이 내게 선사한 아름답고 여유로운 것들 사이에서 또 기특하게 하나의 작업을 마친 이들의 결과물을 여유롭게 받아들이는 것 또한 음악을 듣는 아름다운 자세일 것이다.

　그들의 연주는 지금 우리가 이곳에 사는 것이 미치도록 즐겁다고 느끼게 해준다.

쿠바에 간 바흐와
옷을 벗은 모차르트

흔히 재즈의 임프로비제이션improvisation, 즉 즉흥연주는 몇 음들을 가지고 연주자가 자신만의 창의적 연주로 자신도 빠져들고 그래서 듣는 이도 빠져들게 하는 면이 있다. 그런데 모차르트 곡의 재즈 버전이라고 하면 문외한인 우리에게도 이미 귀에 떠오르는 예측 가능한 임프로비제이션들이 있을 정도로 많은 시도가 있었다.

배장은 트리오 & 퀸텟의 〈Mozart & Jazz〉(유니버설). 이 진부하기 짝이 없는 음반의 제목은 일부러 그렇게 지은 것일지 모른다. 재작년 모차르트 탄생 250주년을 맞으면서 특히 그를 기리는 음반들은 봇물을 이루었고 그중 새롭게 재즈식으로 편곡된 작품

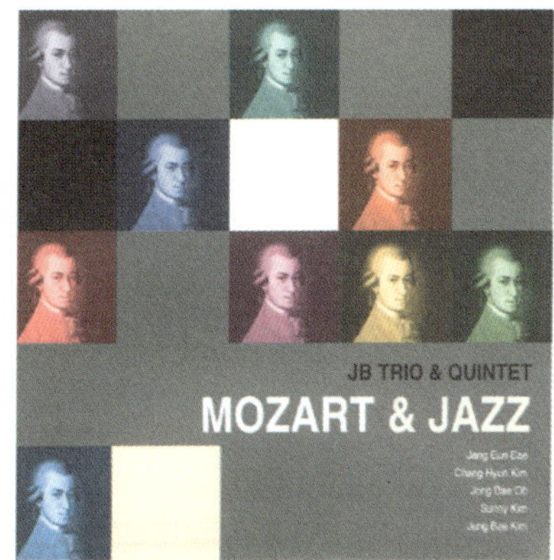

배장은 트리오 & 퀸텟의 〈Mozart & Jazz〉. 아름다운 모차르트 음악 뒤에 감추어진 슬픔과 고뇌의 모습을 재즈로 표현했다.

들도 수없이 나오지 않았던가. 그중 이런 이름의 음반 하나쯤 있지 않았던가.

그런데 음악을 듣고 생각해보면 재즈식의 모차르트가 아니라 '모차르트와 재즈'라는 제목이 의미심장하다. 융합하는 것이 아니라 공존하는 것을 염두에 둔, 고심 끝의 제목일 수 있는 것이다.

이 음반은 '반짝반짝 작은 별'로 누구나 기억하는 친숙한 '아, 어머니께 말씀드리죠' 주제에 의한 12개의 변주곡으로 시작과 끝맺음을 하고 있다. 모차르트는 이 곡에서 '다 벗고 서 있다'는 느낌이 든다. 그의 음계, 그의 선율은 예쁘게 포장된, 바로 이 순간 신물로 받아도 기분 좋을 완성품의 옷을 벗고 오롯이 알몸으로 뼈마디와 살들을 드러내고 서 있는 것 같은 느낌. 아름답기만 한 음들의 어울림 뒤에 이런 슬픔이, 화려한 장식 뒤에 아주 인간적인, 그저 한 인간일 뿐인 몸이 있다는 것을 알게 된다. 우리는 겉의 아름다움밖에 모르고 있다가 배장은이라는 이 시대의 재즈 뮤지션이 짚어낸 그 뒤의 멜로디들을 들으며 감지하는 것이다. 그의 천재와 그것이 빚어낸 멜로디의 자연스러움과 극치의 아름다움은 그의 슬픔이나 고뇌를 뒤에 두고 있다는 것을.

원래의 것을 이렇게 해체함으로써 본질에 가까이 다가서게 하는 것이 재즈가 아닌가 생각해본다.

오늘날 많은 사람들은 국경을 넘나드는 세계시민, 코즈모폴리턴적인 삶을 살고 있다. 자본을 따라 돈이 되는 곳에는 세계 각국의 사람들이 일하기 위해 넘쳐나고, 조국을 떠나 여러 나라를 돌며 생활하는 사람들이 늘고 있다. 실제 그런 삶을 살지 않는다 할지라도 내 집 안방에서 미디어를 통해 다른 나라의 일들을 실시간 속속들이 알 수 있으며 할리우드 영화를 포함한 세계 문화 또한 거의 동시에 향유할 기회가 주어진다. 그러나 그렇다 하더라도 국경이 그리 가까운 미래에 사라진다거나 세계 단일문화가 형성되는 일은 쉽지 않을 것이다. 하나인 것의 재미없음, 그리고 나아가 위험함이 세계의 일국화를 끊임없이 막을 테니까.

바흐는 258년 전인 1750년 7월 28일 세상을 떠났다. 3백 년 전 18세기 초중반의 삶에서 지금의 삶과 같은 것은 무엇이었으며 다른 것은 무엇이었을까. 자신의 내면을 바라보며 극치의 예술을 창조해낼 수 있었다는 점에서 그 시대 3백 년 전 인간이 오늘의 인간보다 못한 게 하나도 없었다는 점, 다를 게 없다는 점은 그의 작품 한 곡만 들어보아도 알 수 있다.

그 시대 바흐의 삶이 지금의 삶과 가장 다른 점이 있다면, 그에게 이동, 여행, 그러니까 세상을 더 넓게 보고 흡수할 기회가 적었다는 사실일 것이다.

걷거나 마차가 아니면 이동이 힘든 시대였다. 무슨 시대, 무슨 시대(소년·청년—바이마르1708~17—쾨텐1717~23—라이프치히1723~1750) 하며 바흐의 일생은 그가 활동했던 기반이 된 도시로 구분되지만, 그곳들을 넘어서는 다른 곳으로의 여행이나 이동은 쉽지 않았다. 영국으로 건너가 성공을 거둔 헨델 정도가 배를 탔을까, 당시 세상의 중심이라 생각하던 유럽의 음악인들이 대서양을 건너 아메리카 대륙으로 건너갈 아무런 이유가 없었다.

그래서 세계의 문화를 얼마든지 흡수해 요모조모 따져보기도 하는 오늘날의 우리는 가끔 옛 시대의 훌륭한 음악인과 지구 반대쪽에 있는 전혀 다른 문화를 엮어본다. 바흐나 모차르트를 억지로 배에 태워 카리브해 연안에 내리게 한다. '바흐가 만일 쿠바에서 오랜 시간을 보낼 수 있었다면 그의 음악은 어떻게 변했을까'라고 상상해보면서.

2006년 Edge Music(유니버설의 세계음악 레이블)에서 나온 〈Bach To Cuba〉가 우리나라에서도 발매되었다. 1959년 쿠바 아

에밀리오 아라곤의 〈Bach to Cuba〉. 바흐 음악과 카리브해가 만나 만들어내는 열정적 상상의 결과물이다.

바나 태생으로 스페인에서 활동하는 배우이자 작곡가, 지휘자인 에밀리오 아라곤이 바흐가 쿠바에 머물며 몇 작품을 작곡했다면 이 멋진 섬이 바흐의 악보에 어떤 흔적을 남겼을까를 스스로에게 묻고 스스로 답한 작품들이다. 그러니까 카리브의 뿌리를 가진 음악인이 3백 년 전 바흐의 음악과 융합하는 음악 프로젝트인 셈이다. 시간과 공간의 축지, 축시.

아라곤은 말하기를, 서로 다른 스타일의 융합은 다양한 고민과 필요의 결과물이어야 하며, 해가 가면서 삶이 우리에게 주는 좋은 것들 중 하나는 뉘앙스를 즐길 수 있는 포용력과 유연함이 생긴다는 것이다. 이제야 뉘앙스 뒤에 숨은 풍족함이라든지, 진정한 혼합이라든지, 다름과 보이지 않은 채 가까워지는 것들을 즐길 수 있다는 50살 즈음의 음악인(젊은 시절 코미디 배우로도 활동)이 융합해놓은 바흐와 쿠바는 그래서인지 여름에 어울리게 열정적이고 시원하면서도 유머와 깊이가 함께 느껴진다.

음반 커버는 시가 연기 자욱한 아바나의 허름한 선술집의 탁자가 바로 그럴 것 같은 싸구려 합판 바탕에 'Brandemburgo Bach To Cuba 1718~1721'이라 씌어 있다. 바흐는 당시 그런 곳이 지구상에 존재한다는 것도 모른 채 열심히 작곡을 하였겠으나 후세에 사는 우리는 그를 마구 비행기나 배에 태워 어딘가로, 우리의 또다른 창의의 나라로 보내버린다.

재즈란 짱짱한 활시위 같은 생을 진진하게 늘이는 것이란 생각을 한 적이 있다. 진진하다는 형용사는, 첫째, 솟아나는 듯 푸짐하거나 매우 재미스럽다, 둘째, 입에 착 달라붙을 만큼 맛이 좋다는 뜻을 가지고 있다. 재즈의 동기가 되고 자극을 주는 모차르트나 바흐는 옷을 벗거나 어디론가 떠나면서, 우리와 자신을 보다 푸짐하고 재미나게, 입에 착 붙도록 맛나게 해주고 있으니 여러 가지로 참 고마운 존재이다.

오늘날 늘 팽팽하게 활시위처럼 긴장해 있는 우리들의 삶은 가끔씩 풀어주지 않으면 언젠가 끊어지지 않을까 염려된다. 우리들 삶이 어떤 의미가 있는지, 성공을 향한 날갯짓은 과연 삶의 법칙이고 근본인지 그닥 생각지 않고 현실을 산다. 팽팽한 활시위처럼 한평생 살다가 벌처럼 침을 꽂고 생을 마감한다. 사뭇 장엄

하다. 그러한 삶의 법칙들을 가끔씩 되새겨보아야 하지 않을까?

　재즈는, 가끔은 팽팽한 활시위를 늦추고 눈물겨운 날갯짓을 잠시 쉰 채 내 날갯짓의 의미를 되새겨보고픈 생각을 하게 한다. 물론 대개의 경우 그 되새김은 '진리를 알지 못하더라도 어쨌든 잘 살아가야 한다'는 결론에 도달해, 이내 늘어진 활시위를 다시 조이고 삶의 전선에 나아가게 되지만, 그렇더라도 잠시의 풀어짐과 늘어짐은 삶을 견딜 만하게 해준다. 그런 의미에서 재즈란, 필수적인 삶의 방편이다.

요요 마가 던지는
요요의 묵직한 손맛

그의 웃음에선 산소 같은 냄새가 난다고 느껴졌다. 무겁고 어려운 음악에 짓눌렸다가 요요 마의 연주를 들으면 푸른 숲에서 호흡하는 듯한 자유로움을 느끼게 된다.

장난감 '요요'는 땅으로 내려갔다가 손에 묘한 즐거움을 주며 오르내리기를 반복한다. 완전히 '크로스오버하지 않는다'. 이내 제자리로 돌아온다. 요요 마를 보고 들을 땐 요요를 쥔 손에 전달돼오는 묵직함과 경쾌함을 동시에 느낄 수 있다. 요요란 장난감은 축에 감은 실 끝을 손에 쥔 상태로 던졌다 당겼다 하면 그 끝에 달린 둥근 것이 실을 따라 상하로 움직인다. 위아래 어느 한곳에 머물지 않으며 늘 움직인다. 요요란 필리핀말로 '다시 돌아온다'는 뜻이며 중국에서 처음 만들어졌다고 한다.

  첼리스트 요요 마는 1955년 프랑스의 매우 음악적인 중국인 가정에서 태어났다. 『내 아들, 요요 마』라는 책을 펴내기도 했던 그의 어머니 마리나 마는 홍콩에서 태어나 파리 에콜 프랑세즈에서 수학한 성악가였고 아버지 하오치운 마는 작곡가이자 지휘자였다. 음악가 부부는 어린 시절부터 음악에 재능을 보인 아들이 진정으로 음악을 받아들이고 있는지를 점검하며 조금씩 조금씩 단계를 밟아나가는 방식으로 아들을 훈련시켰다고 한다. 5살 때 이미 무대에 선 천재 아들의 출연을 요청하는 곳이 한두 군데가 아니었지만 공개 연주의 횟수를 엄격히 제한하고 연습에 전념하게 하였다. 천재적 재능에다 그것을 잘 꽃피게 한 부모의 교육 덕에 요요 마의 첼로 연주는 일찌감치 세계인을 사로잡았다.

  그는 가족과 함께 미국으로 이주하여 7살 때 케네디 센터에서 레너드 번스타인이 지휘하는 오케스트라와 협연하며 전형적인 천재 연주자의 행보를 걸어왔다. 게다가 그는 17살 때 하버드 대학에 입학해 수학했다. 30대에 이미 드보르자크의 첼로 협주곡이나 베토벤과 브람스의 첼로 소나타 전곡, 바흐의 무반주 첼로 모음곡 등 웬만한 첼로 레퍼토리들을 모두 녹음했다.

  첼리스트 재클린 뒤 프레는 이렇게 말한 적이 있었다.

  "첼로는 외로운 악기다. 다른 악기나 지휘자가 있는 오케스트

5살 때 이미 바흐의 무반주 첼로 모음곡을 연주한 천재 첼리스트 요요 마. 1999년부터
그는 대륙과 문화를 넘나드는 실크로드 프로젝트에 착수했다.

라를 필요로 한다. 첼로로 음악을 완성시키기 위해서는 음악적으로 강한 유대를 가진 동반자가 필요하다."

불치병을 앓고 있던 자신의 곁에서 삶의 동반자이자 음악적 동반자 역할을 해주었던 다니엘 바렌보임을 염두에 둔 말이었으나, 그만큼 첼로는 피아노나 바이올린과 달리 독주 레퍼토리의 수가 지극히 제한되어 있음을 말한 것이기도 하다. 고독하고 외로운 악기이기에 첼리스트 가운데에 다닐 샤프란이나 카잘스, 로스트로포비치, 슈타커 등 유독 순례자나 구도자의 느낌을 주는 연주자가 많았던 것 같기도 하다.

5살 때 처음 첼로의 구약성서라 불리는 바흐의 무반주 첼로 모음곡을 연주했다는 요요 마는 27살이던 1982년 빠른 템포로 약동하는 해석의 무반주 첼로 모음곡 녹음을 내놓아 엇갈리는 반응을 얻었다. 춤곡 본연의 의미를 되살린 참신한 해석이라는 찬성파와 가볍고 경박한 미국적 연주라는 반대파. 30대에 거의 모든 첼로 레퍼토리를 취입하고 난 후 43살이었던 1998년 출반한 재녹음은 전 연주에 비해 진지함이 더해졌다는 평가를 얻었으나 여전히 높은 완성도를 갖진 못했다는 평가를 받았다.

고독한 악기, 천재임에도 세월과 나이가 더해져야 어떤 경지의 연주에 도달할 수 있는 악기를 가지고 젊은 그가 택한 방편은 작곡이나 지휘가 아니라 어떤 곡이든 가리지 않고 자신의 악기로 끌어들인 일이었다. 세계의 음악을 찾아나선 것이었다. 외로

운 악기의 지루함과 허전함을 동시에 충족시키기 위함이었을 것
이다.

미국 작곡가들과 〈Appalachian Journey〉(Sony)라는 음반을
내기도 했고 탱고, 보사노바, 삼바 등의 음악, 클라리넷, 바비 맥
퍼린의 목소리, 그 외 많은 악기와의 앙상블 등 그의 활력적인 행
보는, '난 그냥 가만히는 못 살겠다'는 몸짓으로 보였다. 20대의
혈기로 빠르게 바흐의 무반주 첼로 모음곡을 연주해제치듯, 그의
'크로스오버' 행렬은 거침이 없었다.

고전음악과 대중음악 간의 교차에만 머물지 않고, 악기와 사
람의 목소리, 대륙과 대륙 간 음악, 문화와 문화 간 음악에까지
이르는 요요 마의 크로스오버는 그의 이름의 동형이의어 '요요'
를 떠올리게 한다. 어느 한곳에 머물지 않으면서 손끝에 느껴지
는 긴장감을 즐겁게 가진 채 양 공간을 넘나드는. 하긴 그의 이름
요요 마는 말 마馬 자 성에 벗 우 자 두 자友友로 이루어져 있는데,
두 벗 우 자가 마치 그가 조우시키는 음악들 같기도 하다.

1999년부터 요요 마는 대륙과 문화를 넘나드는 실크로드 프로
젝트에 착수했다. 무슨 이벤트 사업가이거나 부동산업자의 작업
이 아니라 음악가의 작업 제목이 참 거창하기도 하지만, 전 생애
를 거쳐 세계 각지를 여행하고 연주하고 사람들을 만나면서 깨달
은 바가 있어 기획한 작업이다. 각기 다른 문화늘이 완진히 다른
것이 아니라 어딘가 연결되어 있다는 사실이 그가 깨달은 바이

실크로드 프로젝트의 세번째 앨범 〈New Impossibilities〉. 한국인으로 전통 타악기주자 김동원씨가 참여했다.

며, 가장 다르다고 여겨지던 동서양의 문화를 연결시켜주는 길이 었던 '실크로드'를 자신이 하고자 한 문화 간 연대 작업의 이름으로 내건 것이다.

이번에 그 실크로드 프로젝트 중 세번째 앨범(Sony)이 국내에 나왔다. 페르시아, 아랍, 중국, 일본, 인도, 또 한국의 장구에 이르기까지 각국의 개성 있는 민속악기로 인도, 중국, 레바논 출신 작곡가들의 곡을 연주했다. 한국인으로는 『사물놀이 이야기』의 저자이자 오랫동안 스위스 등지에서 한국의 타악에 대해 강의해 온 전통 타악기주자 김동원씨가 참여하고 있다. 새 앨범의 제목은 'new impossibilities'. '새로운 불가능'이란 이 역설적 제목은 곧 가능해질 수 있다는 변화의 동력을 예감하게 해주는 강렬한 제목이다. 불가능이 나타날 때, 위기가 나타날 때 더 신나고 강해질 듯한 요요 마 자신이 참으로 드러나는 제목이기도 하다.

첫 트랙의 〈아라비안 왈츠〉는 레바논 작곡가 라빈 아부-칼리의 작품인데, 나는 어떤 저녁자리에서 이 곡을 배경으로 김경미 시인의 「야채사野菜史」를 낭송했다.

고구마, 가지 같은 야채들도 애초에는
꽃이었다 한다
잎이나 줄기가 유독 인간의 입에 단 바람에
꽃에서 야채가 되었다 한다
맛없었으면 오늘날 호박이며 양파꽃들도
장미꽃처럼 꽃가게를 채우고 세레나데가 되고
검은 영정 앞 국화꽃 대신 감자꽃 수북했겠다.

사막도 애초에는 오아시스였다고 한다
아니 오아시스가 원래 사막이었다던가
그게 아니라 낙타가 원래는 사람이었다고 한다
사람이 원래 낙타였는데 팔다리가 워낙 맛있다보니
사람이 되었다는 학설도 있다

여하튼 당신도 애초에는 나였다
내가 원래 당신에게서 갈라져 나왔든가.

시의 내용과 분위기에 더할 나위 없이 어울리는 곡이었다. 양파꽃, 감자꽃, 오아시스 사막, 사막 오아시스, 낙타인, 사람낙타, 나였던 너, 너였던 나. 요요 마가 요요를 던지며 오가고 있는 양 영역이란 결국 아주 다른 양안이 아니라 하나일 수 있다는 생각이 들었다. 요요에게 제자리란 게 어디 있겠는가. 로스트로포비치를 포함한 노년의 첼리스트들이 자신들의 이전 녹음을 부끄러워하며 바흐의 무반주 첼로 모음곡을 내놓았듯이, 분주한 젊은 날을 보내고 난 먼 훗날 요요 마는 자신의 세월을 녹여낸 세번째 무반주 첼로 모음곡으로 그가 오간 문화들의 정수를 우리에게 들려줄지 모른다.

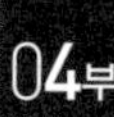

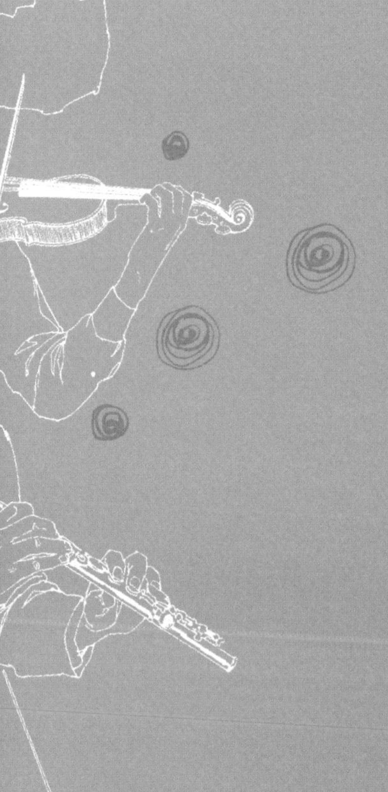

희망과 절망

러셀 왓슨과 폴 포츠의
절망과 희망

그는 한때 영국 맨체스터의 한 철강회사 근로자였다. 기타를 배우고 파바로티의 노래를 들으며 따라 부르다가 주말이면 클럽 무대에서 노래를 불렀다는 게 특이하다면 특이할 뿐 평범한 근로자로 정식 음악교육이나 발성 수업을 받아본 적도 없었다.

그러다 우연히 클럽을 찾았다가 그의 노래에 반한 한 프로듀서에 의해 Decca 레이블의 전속 아티스트로 계약, 첫 앨범 〈The Voice〉를 발매하게 되었다는 이야기에 이르면 "완전 남자 신데렐라로군"이란 말이 절로 나온다. 게다가 잘생긴 외모에 유머감각, 재치 있는 대화 센스까지 골고루 갖추고 있던 그는 그후 정해진 수순의 성공신화를 밟아왔다.

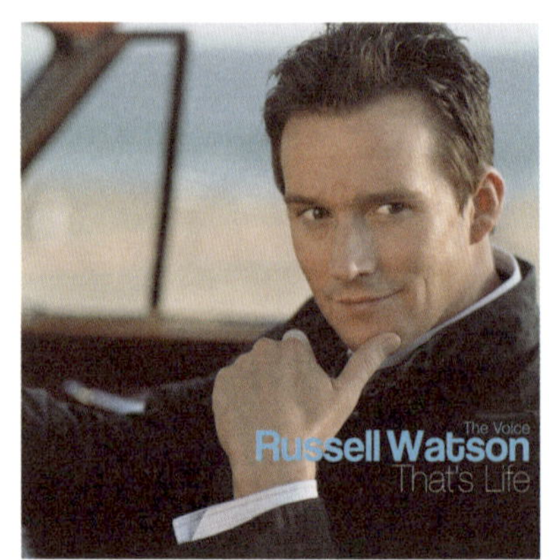

철강 근로자에서 영국인들의 영웅적
인 가수로 성공한 러셀 왓슨. 그의
2007년 앨범 〈That's Life〉.

러셀 왓슨Russell Watson. 2000년 그의 데뷔 음반은 각종 클래식
차트 1위를 차지하고 팝 아티스트와 대적할 만한 인기를 보이며
영국인의 영웅으로 등극했다. 〈보헤미안 랩소디〉 같은 팝에 〈네
순 도르마〉까지를 망라하는 가창력으로 〈Encore〉 〈Reprise〉
〈Amore Musica〉 등의 음반을 발표하며 그 어려운 음반시장에서
4백만 장 가까운 판매고를 올렸다. 승승장구하는 그를 아무도 미
워하지 않았다. 그런데 신은 한 사람의 성공을 그냥 보고만 있지
않는다는 공식이 여기에 또 대입된다. 2004년 〈Amore Musica〉
를 발표한 후 러셀 왓슨은 성대에 이상이 생겨 활동을 멈추고 큰
고통 속에 성대 수술을 받았다. 대중은 그런 순간에 참으로 냉정
해지기도 한다. 팝과 클래식을 오가던 무리한 발성 변화가 가져
온 것이라는, 측은함 반 나무람 반의 분석들이 잇따랐다. 호박 마

차를 타고 공연장에 도착해 노래가 끝나면 그 훌륭한 소리가 변하기 전에 집으로 돌아가야 하는 신데렐라가 아니었건만, 성대에 이상이 생겨 소리를 잃을 위기에 처한 그를 대중은 잊을 준비를 하는 듯도 했다.

그러나 그는 수술을 이겨냈고 소리를 회복했다. 3년 만에 새 음반을 세상에 내놓았다. 이번 음반에 넣은 곡들은 그간 참으로 격하게 오갔던, 무리이기도 할 법한 레퍼토리를 전부 건너선 재즈곡들이다. 그의 말대로 이 곡들은 그가 평범한 철강 근로자였던 시절 클럽에서 많이 불러본, 그래서 스타일 면에서 그에게 아주 친숙한 곡들이다. 로맨틱하게 비 내리는 밤 창문 밖으로 굴러내리는 빗방울들 사이로 야경이 번지는 것을 바라보며 들으면 마음에 더욱 와 닿을 것 같은 물기 어린 그의 목소리. 러셀 왓슨은 고통의 시간을 견디고 예전의 친숙한 노래들로 다시 대중의 마음의 문을 두드렸다.

그러나 음반은 그에게 새로운 고통이 다시금 시작됐음을 알리고 있었다. 이 회심의 음반을 녹음하기 이틀 전 뇌에 종양이 있다는 선고를 받았다는 것이다. 앨범 커버 사진 속의 그의 눈빛은 많은 표정을 담고 있다. 직접 쓴 글에서 그는 그러나 담담히 수록곡들을 소개하고 많은 이들에게 감사의 말을 전하고 있다.

새 음반의 제목은 그에게 더할 나위 없이 잘 어울린다.

'That's Life'.

그래, 이런 게 바로 삶인 것이다. 고통이 왔다가 가고 나면 다시 또 밀려오는 것, 탁구공처럼 그것을 다시 네트 너머로 넘기는 것. 그 사이사이 슬픔이나 아픔, 그리고 잔잔한 즐거움들과 재미나게 노는 것.

그는 한때 휴대전화 판매사원이었다. 11살 때부터 클래식을 들으며 오페라 가수를 꿈꾸었으나 꿈은 꿈이었을 뿐 그는 생활전선에 뛰어들어 평범한 샐러리맨이 되었다. 못다 이룬 꿈을 이루기 위해 2000년 그동안 모은 돈으로 이탈리아 서머 성악 스쿨에 참여해 파바로티 앞에서 노래를 부르기도 하였다. 그때 파바로티가 해준 칭찬은 그에게 많은 힘이 되었다.

그러나 이어지는 불운은 그의 용기를 꺾어놓기에 충분했다. 양성종양이 발견돼 오래도록 병원신세를 진데다 교통사고로 부러진 빗장뼈 때문에 노래를 다시 못 할지 모른다는 선고를 받기도 하였다. 일은 못 하고 비싼 병원비로 그는 빚더미에 올라앉았다. 다들 꿈을 접어야 할 시기라고들 말했다.

폴 포츠Paul Potts. 이미 많은 사람들이 그의 〈네순 도르마〉 동영상을 찾아보고 그 순간의 이야기가 현대 남자판 신데렐라의 이야기로 회자되고 있어 잘 아실 것이다. 평범하다 못해 운도 없고 얼굴도 그닥 잘생기지 않은 35살의 휴대전화 판매사원이 오페라 가수를 꿈꿔오다가 노래자랑 프로그램에 출연해 부른 노래로 냉정

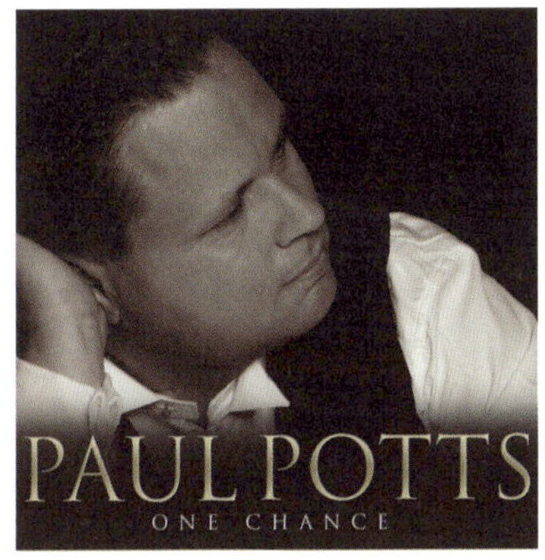

세계인의 심금을 울리는 노래로 감동을 안겨준 폴 포츠. 그는 휴대전화 판매사원이었다. 각국의 음반시장을 석권한 그의 앨범 〈One Chance〉.

하기 이를 데 없는 심사위원의 마음에 파문을 일으키고 방청객의 기립박수에 전 영국민, 나아가 전 세계인의 심금을 울린 감동 스토리.

나의 아들도 엄마 무릎에 앉아 인터넷에 뜬 이 남자가 부르는 노래와 별로 잘 전하지도 못한 엄마의 이야기를 듣다가 눈에 눈물이 고였다. 꿈을 접어야 할 시기라고 할 때 꿈을 계속 꾼 대가는 혹독하기도 하였다, 이리도 많은 사람의 눈에 눈물을 부르니.

어느 날 내가 진행하는 〈FM 가정음악〉에서 플라시도 도밍고가 부르는 〈네순 도르마〉를 내보내고 있었다. 음반을 걸어놓고 스튜디오 밖에 물을 마시기 위해 나왔는데 그때 마침 소리를 죽여놓은 TV에서 한 남자가 노래 부르는 상면이 나오고 있었다. 바로, 〈브리튼스 갓 탤런트Britain's Got Talent〉에 출연한 폴 포츠였다.

잘생기기 이를 데 없는 프로페셔널 테너가 부르는 목소리가 긴장과 열정 가득 노래하는 평범한 아마추어 성악가의 화면에 입혀지며 마치 그가 노래를 부르고 있는 듯이 느껴졌다. 그는 이제 더이상 다른 이의 목소리나 이름을 꿈꾸는 무명이 아니며 세계인에게 노래만이 아닌 그 이상을 선사했다.

그가 직접 고른 곡들로 만들어진 음반 〈One Chance〉(Sony)가 우리나라에도 나왔다. 음반 커버에는 이제는 깨끗하게 머리를 빗어 넘긴, 누가 그의 외모를 비아냥거렸나 싶게 멀끔한 얼굴 사진이 담겨 있다. 오른쪽 옆에서 각도를 잡은 그의 얼굴은 심지어 대단히 멋지기까지 하다.

그의 음반은 이미 영국 음반시장을 석권했고 아일랜드, 홍콩, 뉴질랜드 등에서 판매고 1위에 올랐으며 미국에서는 나오기도 전에 예약 주문이 쇄도했다고 한다. 우리나라의 연합뉴스와 이메일로 가진 인터뷰에서 〈브리튼스 갓 탤런트〉 출연 이후 달라진 점은 무엇이냐는 질문에 그는, 가장 하고 싶은 것을 하고 있다는 점, 인생에서 원하는 걸 할 때 느끼는 행복감을 즐기고 있다고 답하며, 휴대전화 대리점에서 일하는 것도 좋아하고 지금은 휴가를 낸 것이라 생각한다고 답했다. 관객들이 기립박수를 친 것도 느끼지 못했을 정도로 긴장했던 폴 포츠는 실은 대단히 성숙한 인간이었다. 음악계란 미래가 보장되지 않은 롤러코스터 같은 것이며 인기가 없어지면 다시 생활 전선인 세일즈에 뛰어들 준비가 되어 있다고도 밝혔다. 멀리서 '그곳'을 오래도록 지켜본 적이 있기 때문에 그 자리에 집착하지 않을 수 있는 것이다.

음반의 예약자들은 그의 노래에 딸려오는 그의 꿈과 좌절을 딛고 나온 용기를 예약한 것이 아닐까. 평범한 우리 모두의 꿈도 용기를 빌려 어느 날 세계를 석권하기를 바라는 마음으로, 그것을 대신한 폴 포츠의 노래를 듣는 것이다.

그의 첫 음반에는 마치 그의 노래인 듯한 노래가 있어 가사를 소개한다.

누구나 상처받지
낮이 너무 길고, 밤, 홀로 외로운 밤이면
지금까지 너무 지긋지긋하게 살아왔다고 생각될 때, 삶의 의지를 놓지 마
너 자신을 그냥 내버려두지 마, 누구나 울 때가 있고, 가끔은 상처받기도 하니까
어떨 땐 모든 것이 잘못되어 있지. 지금은 노래를 부를 시간이야
너의 낮이 외로운 밤과 같을 때, (견뎌야 해, 견뎌야 해)
그만 포기해버리고 싶다면,
네가 너무 지긋지긋하게 살아왔다고 생각될 때, 삶의 의지를 놓지 마

누구나 상처받으니까. 친구에게서 안식을 찾아봐.

누구나 상처받아. 포기하지 마. 안 돼! 포기하지 마

네가 혼자라고 느껴질 때, 아니야, 아니야, 아니야, 너는 혼자가
아니야.

만약 이 삶 속에서 너 혼자뿐이라면, 낮과 밤들이 너무 길어

계속 살아나가기엔 이 삶이 너무나 지긋지긋하다고 생각될 때,

그래, 누구나 가끔은 상처받아.

누구나 울고, 누구나 가끔은 상처받아

누구나 가끔은 상처받지. 그러니, 견뎌내, 견뎌내야 해

누구나 상처받지. 너는 혼자가 아니야.

문명의 충돌이 아닌
문명의 조화
─웨스트-이스턴 디반

북반구에 산다면 서늘한 가을이 시작되는 9월, 그 9월이 거의 다 가고 있다. 가을이란 계절은 사람에게 어떤 의미를 갖는가. 어디선가 불어와 목덜미를 간질이는 바람 한줄기에서 시작되는 가을은 수고와 더위에서 한숨 돌리고 오곡의 무르익음과 결실을 경건히 바라보는 계절이다. 바글거리는 시장통이나 휴가지로부터 빠져나와 세간의 한가운데 있더라도 무언가 세속과 조금 거리를 둔 채 내면과 더 오랜 무엇을 바라다보는 계절이다.

추석 즈음의 마알간 햇빛은 그 빛이 모든 걸 내려뚫듯이 그렇게 뚫어지도록 들여다보라는 의미일 것이며 정결한 바림은 혹시 들여다보다가 줍게 될, 예전에 버렸던 꿈 같은 게 있다면 툭툭 털어 그 바람에 잘 말리라는 의미일 것이다.

선한 눈으로 치열하게 바라보면, 그 치열한 열망의 힘들이 모이면 세상이 나아지리라, 많은 어처구니없는 분쟁들과 어이없는 강자들의 이기와 억지, 폭력과 오욕이 그 치열하게 바라보는 힘이 아니고선 무엇으로 무너질 수 있으랴 생각했던 적이 있었다. 그러나 가끔 힘 빠지는 밤, 아무리 선한 눈으로 치열하게 바라봐도 세상은 그대로이며, 그저 그런 것들이 끝없이 반복되는 구렁텅이 같은 곳이 내가 사는 이곳이라는 슬픈 결론에 도달하기도 한다.

7년 전 9월 11일엔 뉴욕의 무역센터가 오만에 대한 응징인 듯 공격을 받았고, 5년 전 9월 24일엔 팔레스타인 출신의 세계적인 석학으로, 서양 사회의 제국주의적 음모를 파헤쳐 세상에 충격을 주었던 에드워드 사이드가 오랜 백혈병 투병 끝에 세상을 떠났다. 그가 백혈병보다 더 오래 싸웠던 건 힘 있는 자들의 오만이었다.

에드워드 사이드Edward Said는 1935년 예루살렘 팔레스타인의 지식인 가정에서 태어났다. 당시 팔레스타인은 영국의 통치하에 있었기에 에드워드라는 영국식 이름에 사이드라는 아랍 성이 조합된 이름을 가지게 되었다. 그의 가정은 1947년 이스라엘 건국으로 이집트로 이주했다. 그는 1950년대 말 미국으로 건너가 프

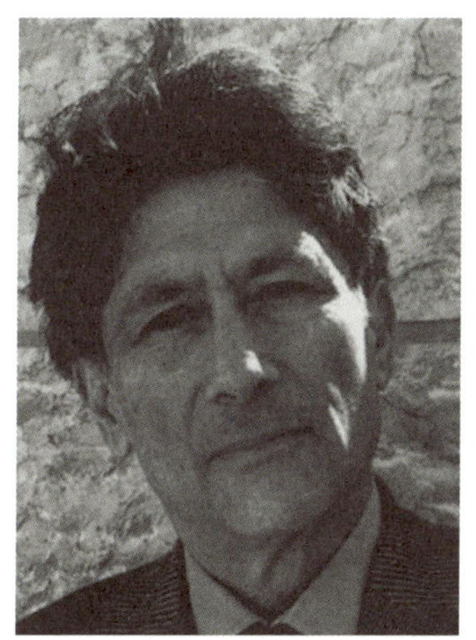

린스턴 대학을 졸업하고 하버드 대학에서 박사학위를 받았다. 이후 그는 1963년부터 컬럼비아 대학 교수를 지내며 문학, 문명 비평가로 활동했다.

사이드는 미국 학술원 회원이었지만, 미국 행정부의 중동정책과 이스라엘을 강력히 비판해왔다. 이스라엘과 팔레스타인이 통합된 민주국가에서 함께 살기를 원했던 사이드는 팔레스타인 독립을 위해 평생을 바쳤다. 1978년 펴낸 『오리엔탈리즘』은 유럽 중심적 사고의 허구와 음모를 학문적으로 제기한 첫 책으로 전 세계에 충격을 주었다.

그는 그러한 치열한 학문 탐구와 현실 참여의 학자이면서 뉴욕과 워싱턴에서 연주회를 두 번씩 가진 피아니스트이기도 했다.

그는 7살 아래의 피아니스트이자 지휘자인 다니엘 바렌보임과 오랜 우정을 나누며 공저로 책을 내기도 하였다. 그들은 이스라엘-팔레스타인 분쟁의 평화적 해결을 위한 가교 역할을 하기 위해 이스라엘, 팔레스타인, 레바논, 요르단, 이집트 출신의 젊은 음악인들로 구성된 웨스트-이스턴 디반west-eastern divan 오케스트라를 1999년에 창단했다. 팔레스타인 음악원은 그의 1주기 때 그의 이름을 기려 에드워드 사이드 국립음악원으로 공식 명칭을 바꾸었다.

다니엘 바렌보임Daniel Barenboim, 1942~은 아르헨티나에서 태어난 유대인이다. 유대인이면서 독일에서 활발한 활동을 펼치는 바렌보임은 베를린 슈타츠오퍼 음악감독을 맡고 있어 베를린에 살면서, 아르헨티나와 이스라엘, 스페인 시민권을 가지고 있다. 그는 사이드 사후 스페인 세비야에 본부를 둔 웨스트-이스턴 디반 오케스트라를 이끌면서 팔레스타인의 권리를 위한 음악운동을 활발히 펼치고 있다.

2001년엔 특히 1938년 이후 이스라엘 땅에서 한 번도 연주되지 않았던 바그너의 음악을 연주함으로써 논란의 중심에 서기도 하였고, 이스라엘 정부가 안전을 보장할 수 없다고 허가하지 않은 상태에서 웨스트뱅크에 들어가 팔레스타인과의 연대의 제스처로 피아노 연주회를 갖기도 하였다. 그는 이스라엘의 행동은 '도덕적으로도 옳지 않으며 전략적으로도 잘못된' 것으로 이스라엘 자신의 존재를 위험에 몰아넣는 것이라고 비난해 이스라엘 인사로부터 '진정한 반유대주의자'라는 호칭을 받기도 했다.

1999년 첫해는 바이마르에서, 2001년은 시카고에서 만나고 2002년부터는 매년 여름 세비야를 근거지로 활동하고 있는 웨스트-이스턴 디반 오케스트라가 2005년에는 요르단강 서안 팔레스타인 자치정부청사가 있는 라말라에서 공연을 하고 2006년에는 그라나다의 알람브라 궁전 안마당에서 참으로 아름다운 콘서트를 열었다. 알람브라 궁전은 바로 이슬람이 유럽에 남긴 아름

다운 문화유산 가운데 하나이다. 이베리아 반도를 지배하던 이슬람의 마지막 왕조인 나스르왕조의 창시자 이븐 알 아마르와 그 후계자들이 집권하던 1238년에서 1358년 사이에 건설된 궁전으로, 1984년 유네스코가 세계문화유산으로 지정하였다. 유럽 땅에 남아 있는 아름다운 이슬람 유산의 앞마당에서 유대인과 이슬람인이 함께 모여 '반유대주의자'라 낙인찍힌 베를린에 사는 유대인의 지휘로 연주를 하는 모습은 그야말로 장관이었다. 종교에, 문화에 우열이란 게 있느냐, 충돌할 구실은 대체 무어냐며 온몸으로 묻고 있는 듯했다.

　온 가족이 함께 결실을 나누며 겨울나기를 다졌던 추석 연휴도 끝나고 이젠 정말 선선한 가을 속에 오롯이 자신만의 진지한 사유의 시간이 반가운 시점이다. 이 9월에 세상을 떠난 학자 사이드의 학문적 주장과 그에 따른 그의 행동들, 지기가 충실히 해내고 있는 음악활동들을 한번 반추해보아도 좋을 가을이다.

희망과 절망의 교차가 삶 자체
―쇼스타코비치

사회주의 국가의 가난은 메마르고 자본주의 국가의 가난은 끈적끈적하다는 생각을 한 적이 있다. 가난만이 아니다. 국가의 통제 또한 사회주의 국가의 그것은 메마르게 사람을 옥죄고 자본주의 국가의 그것은 끈적끈적 사람을 조여오는 듯한 느낌, 나만의 구분일까.

냉전이 뜨겁던(!) 시절에 자신이 태어날 곳을 고를 수 있었다면 사회주의 국가와 자본주의 국가 중 어디를 선택했을까. 그것을 다르게 고를 것이 틀림없는 사람들 각각의 성향이란 어떻게 결정되는 것일까 생각해본다.

1906년 상트페테르부르크에서 태어나 1975년 모스크바에서 세상을 떠날 때까지 정부와 참으로 복잡한 관계를 가지고 있었던 쇼스타코비치. 그가 만일 다른 나라에서 태어났더라면 그가 남기고 간 작품세계는 달랐을지, 발현되었던 그의 성향 중 어떤 것이 유전자에 기인한 것이고 어떤 것이 공산당 정부의 통제에 의한 것이었을지, 그가 로스트로포비치처럼 부당한 통제에 저항하지 않았다고 그 시대 그곳에서 살아보지 않은 우리가 그를 손가락질 할 수 있는 것인지, 여러 생각을 해본다.

드미트리 쇼스타코비치Dmitri Shostakovich는 과학자 아버지와 음악인 어머니 사이의 세 아이 중 둘째로 태어났다. 누나는 피아니스트, 누이동생은 과학자로 부모의 유전자를 고루 물려받았다. 삼촌은 볼셰비키였으나 그의 가족은 정치적으로 자유주의적 극우에 가까웠다. 청소년기에 아버지가 돌아가시면서 집안이 기울었으나 어머니와 알고 지내던 글라주노프 등의 도움으로 쇼스타코비치는 페트로그라드음악원에서 공부할 수 있었다. 쇼스타코비치가 태어날 때 페테르부르크이던 지명은 공부를 시작할 무렵에는 페트로그라드로 바뀌어 있었고, 훗날 그가 교수가 될 때에는 레닌그라드로 불리게 되니, 한 인간이 살았던 길지 않은 평생이 얼마나 격변의 세월이었나를 알 수 있게 한다(페테르부르크(제정 러시아)→페트로그라드(1914)→레닌그라드(1924, 레닌 사후)→상트페테르부르크(1991)).

1926년 20살 때 졸업작품으로 처음 작곡한 교향곡으로 쇼스타코비치는 첫 성공을 거두었다. 음악원 시절 그는 정치적 열의의 부족으로 괴로워했으며 마르크시스트 방법론 시험에 떨어지기도 했다고 한다.

졸업 후 피아니스트와 작곡가로서의 '투잡' 생활을 시작했으나 그의 피아노 연주는 건조하고 감정적으로 너무 절제되어 있어 각광받지 못했다. 그후 평생에 걸쳐 피아노 연주보다는 작곡활동을 해 많은 작품을 남겼다. 생의 전반을 아울러 15곡의 교향곡과 생의 후반부에 집중적으로 작곡한 현악 4중주, 〈므첸스크의 맥베스 부인〉과 〈코〉, 미완성의 〈도박꾼들〉을 포함한 오페라와 6곡의 협주곡, 그 외 수많은 영화음악을 작곡하였다. 그의 작품들은 모더니즘적인 색채를 띠는 듯도 하다가 스트라빈스키의 영향을 받은 신고전주의와 말러의 영향을 받은 후기낭만주의에 이르기까지 잡종적 스타일을 전개해나간다.

그에게 첫번째 정치적 시련이 닥친 것은 30살이던 1936년이었다. 공산당 기관지 『프라우다』는 갑자기 대성공을 거두고 있던 〈므첸스크의 맥베스 부인〉을 포함한 그의 작품을 이념이 부족한 진흙탕 같은 작품이라며 맹공에 나섰고 무대에 올리려던 교향곡 4번은 급기야 공연이 취소되고 말았다. 그후 쇼스타코비치와 공산당의 관계는 밀월과 반목을 반복하게 되는데 그는 그에 따라 세 종류의 작곡을 이어나간다. 하나는 집세를 내기 위한 영화음악이

1942년 30대의 쇼스타코비치. 그는 강박증
에 시달린 예민한 천재였다.

요, 다른 하나는 사회주의 조국에서 인정받기 위한, 명예회복과
복권용의 공식적인 작품들, 나머지 하나는 '책상 서랍용' 진지한
작품들이었다. 그의 작품세계는 잡종적 스타일 외에 이렇게 또한
잡식성이 되었다.

그의 이미지들 중에는 30대이던 1942년에 찍은 사진과 2차대
전 당시 미국의 시사주간지 『타임』의 표지를 장식했던 그림이 대
조적으로 인상적이다. 결국 거의 같은 시기이다. 전자에서는 안
경 뒤로 비치는 섬세한 눈빛과 약간 찡그린 미간이 그의 강박증
과 상처입기 쉬운 연약함을 동시에 잘 드러내주고 있다. 그의 딸
에 의하면 그는 청결에 대해 결벽증이 있어 시도 때도 없이 손을
씻어댔으며 집에 있는 시계들은 초침까지 똑같이 맞아야 마음을

놓았고 우편 서비스가 잘 돌아가는지 확인하기 위해 자기 집 주소로 주기적으로 카드를 보내는 등 대단히 예민한 사람이었다. 어떤 전기작가는 쇼스타코비치의 강박증세를 수십 가지나 열거해놓기도 하였다. 대개의 천재가 그러하듯 깨지기 쉽고 다치기 쉬운 과민한 성격에 얼굴은 찡그림과 경련투성이였다. 전자의 사진은 그러한 예민한 천재의 모습을 그대로 보여주고 있다.

그러나 그의 기분이 좀 가벼울 때엔 스포츠가 여가를 즐기는 주요 수단이었다. 여기서 스포츠란 참여하는 스포츠가 아니라 관전하는 스포츠로 그는 축구 심판 자격증을 딸 정도였다. 또 친구들과 카드 게임을 즐겼다. 그의 성격의 밝고 어두운 양면성은 체호프나 고골 등 풍자적 작가에 대한 그의 선호로도 잘 알 수 있다. 그는 지인들에게 보낸 편지에서 공산당 당국의 관료들에 대한 패러디를 즐겼다. 그의 편지를 받았던, 그러니까 그의 내면과 외연을 잘 알았던 그의 지인들은, 엄청나게 직선적이며 순진한 아이 같고 연약하지만 독선적이고 꼬여 있으며 대단히 영리하고 강하고 전제적인 그를 '뇌로 볼 때는 좋게 태어났으나 결국 총체적으로 볼 때 선하게 태어나지는 않은 사람'이라고 평하기도 하였다.

무엇보다 쇼스타코비치의 행동양식에 결정적 영향을 미친 천성은 소심함이었다. 그는 누구에게도 '노'를 못하는 성격이었다. 이는 1973년 사하로프 탄핵을 포함한, 당에서 시키는 서명에 사인하는 데 쉽게 설득된다는 것을 의미하기도 했고, 다른 한편으로론 작곡가연합의 의장으로서 구성원들을 모두 도와주려 애쓰는 것으로 나타나기도 했다. 프로코피예프는 말하길, "쇼스타코비치는 너무 많은 사람을 도우려 해서 결국 돕겠다는 그의 맹세에 사람들이 점점 귀를 기울이지 않게 되었다"고도 하였다.

『타임』지 표지에 실린 그림은 전쟁중 예술인을 선전 선동의 일선에 세운 러시아 정부를 비꼬기 위한 사진으로, 소방수 모자가 씌워진 소방서장 쇼스타코비치는 공산당의 선동에 이용되고 있는 음악인으로 표현되고 있다. 그의 성격을 짚어보고 나면 그가 이런 복장으로 『타임』지에 실릴 만큼 당국에 대해 취약할 수 있었던 것을 이해할 수도 있을 듯하다. 한마디로 그의 성격이 그럼 직한 것이다.

그는 52살이던 1958년 이래로 손발에 마비가 오는 괴상한 병으로 고생하고 두 차례 심장발작 후 치유되기도 하다가 결국 1975년 8월 9일 폐암으로 세상을 떠났다. 신체 일부의 마비라든가 심장발작, 암세포 등 그의 건강한 삶을 앗아간 여러 고약한 것들은 그를 옥죄던 삭막한 통제를 그의 연약함이 받아들이고 남은 삶의 찌끼기들이었을 것이다.

그의 교향곡 5번은 오페라 〈므첸스크의 맥베스 부인〉에 대한 비판과 교향곡 4번의 공연 취소 등 그에게 첫번째 시련이 오고

러시아 공산당 선동에 이용되고 있는 음악
인으로 표현된 쇼스타코비치.

난 이듬해인 1937년, 3개월 만에 단숨에 작곡돼 므라빈스키의 지
휘로 초연된 작품이다. 결과는 대성공이었고 그에게 작곡가로서
의 명예를 회복시켜주었다. 이해부터 쇼스타코비치는 레닌그라
드음악원 교수로 영입되어 평생 후진 지도활동을 펼친다. 물론
그 이후에도 계속되는 이데올로기 비판을 피해가진 못했지만, 잠
시 한 인간 쇼스타코비치를 달콤한 세속적 성공에 행복해하게 만
든 교향곡 5번을 들어보며 그의 영욕을 생각해본다.

통일열차 달릴 때
손풍금 울리려나
―리남신

하나는 악기이고 하나는 교통수단이다.

커다란 그것은 기적 소리를 내면서 플랫폼에 들어와 멀리 떠나려는 사람들을 싣고는 그 이전에는 상상할 수 없었던 속도로 달려 목적지에 그들을 내려놓는다. 여행은 이것으로 인해 보다 보편화되었고 당시 사람들은 세상이 하나가 될 거라 여겼다.

별로 크지 않은 그것은 선율과 화음을 함께 낼 수 있으면서도 이동이 가능하다는 장점을 가졌다. 일본에서는 상이군인이 길에서 모금할 때 쓰는 악기라는 선입견, 우리나라에서는 유행가나 경음악 위주의 가벼운 곡을 연주하는 그다지 고급하지 않은 악기라는 편견을 뒤집어쓴 그것, 그러나 북한에서는 음악대학 정식과 목으로 채택되어 있으며 그들이 지향하는 사회주의의 밝은 미래 사회를 상징하는 악기로 각종 노래 모임의 반주와 지도를 맡은 악기.

앞의 교통수단은 기차이고 뒤의 악기는 북한 사람들이 '손풍금'이라고 부르는 아코디언이다.

2007년 7월 27일 정전협정 54주년을 맞아, 그리고 5월 17일에 있었던 남북철도 연결구간 열차 시험운행을 기념해 북한 연주자 리남신의 손풍금 독주곡집 〈통일열차 달린다〉(신나라)가 새로 발매되었다.

리남신은 1974년 강원도 문천 태생으로 어린 시절부터 북한 손풍금 독주경연대회뿐만이 아니라 세계 유수의 아코디언 콩쿠르에서 수상 경력이 화려한, 북한이 자랑하는 연주자이다. 이탈리아에서 유학하고 돌아와 현재 평양음악무용학원 손풍금 교원으로 있다.

이 음반은 22년 전인 1986년 평양학생소년예술단의 일본공연에 참가했던 12살 소년 리남신의 공연과 녹음을 편집해 만든 것이다. 총 13곡으로 구성되어 있는데 북한 사람들에게 명곡으로 알려져 있는 5곡과 세계인에게 잘 알려진 클래식 곡을 손풍금곡으로 편곡한 7곡, 그리고 손풍금을 위해 만든 국제친선의 노래 등이다. 북한의 명곡들은 음반 제목이기도 한 〈통일열차 달린다〉

〈우리 엄마 기쁘게 한번 웃으면〉〈녀성 해방가〉를 주제로 한 변주〉
〈3대 자랑가〉〈푸른 하늘 펼치고 싶어라〉 들이다.

악기가 연주하는 감정의 폭이 심하게 넓어서인지, 아코디언의
직접 들이대는 듯한 음색의 특수성 때문인지, 변사의 과장된 이
야기와 함께 들어 버릇했던 조금 전근대적이었던 기억 때문인지,
아니면, 반세기 넘게 서로 달라져오기만 한 북한 음악의 생소함
때문인지, 처음에 손풍금으로 연주하는 이 곡들을 들을 땐 웃음
이 나기까지 한다. 북한의 비장한 뉴스나 일반 시민의 말을 들을
때 나는 웃음처럼, 말은 알아듣겠으되 참 다른 정서여서 우스꽝
스럽게 다가오는 느낌이라고나 할까.

그러나, 이내, 슬퍼진다. 기차보다 더 빠른 그 어떤 교통수단
이 발명되어도 세상은 하나가 되기는커녕 같은 민족끼리 걸어서
왕래도 못 한다는 사실, 북한 사회에는 강도 높은 가난과 굶주림
이 들불처럼 번지는데 모두들 속수무책이라는 사실, 말을 들어도
음악을 들어도 웃음이 날 정도로 어떤 차이들이 해소되지 않았다
는 것, 이런저런 슬픈 이유들이 손풍금 켜는 사이사이로 떠오른
다. 근본적으로 우리는 그저 슬프면서도 힘든 인생길을 건너가는
것이다.

프랑스의 단추 아코디언, 아르헨티나의 반도네온, 러시아의
바얀 등 아코디언과 비슷한 세계의 악기들은 세계인들이 자신의
마음을 달래는, 다른 이의 마음을 구하는 악기로 연주한다. 애초

의 음악의 시발에 가장 충실한 악기가 그러고 보니 이 아코디언 종류라 하겠다. 손풍금의 음색은 우리 삶의 웃음 뒤 슬픔을 건드린다.

광장에는 바람이 불고 있었다.

새들이 낮게 날며 다가올 돌풍을 맞이할 준비를 하고 있었다. 광장에 있는 서양인들과는 몇 마디의 불어를 제외하곤 당대를 함께 살아간다는 것 외에 같이 할 것이 없었다. 그러나 그렇기에 홀로 앉아 떠오르는 생각의 유영을 즐길 수 있었다.

어디선가 광장에 어울릴 법한 아코디언 소리가 들려왔다. 몸속에 아이를 가진 여자가 탬버린을 치고 남자는 아코디언을 켰으며 아버지는 나팔을 불었다. 그 흥취 있는 소리와 전혀 상관없는 표정의 그들은 음악으로 돈을 벌고자 하였다. 그들의 피부색은 짙었다. 나는 이 세상의 주류가 아닌 그들의 색깔을 바라보았다. 주류는 아닌 채로 그들이 자신이 내는 소리들의 우주 속에서 편안하길 잠시 빌었다. 거리에서 듣는 아코디언 소리는 그 주위의 무언가와 늘 어우러져 특별한 느낌을 자아낸다. 광장은 우리 삶의 터전, 인생 자체이며 바람은 고난이자 위로이고 손풍금은 삶의 방편이자 놀이이다.

결국 상징이란 염원일 수 있을 텐데 상징이 현실이 될 날을 기다려본다. 기차가 그것으로 가로질러 세계가 하나 되는 날을 염원하는 것이라면 손풍금은 그 밝을 미래에 켜는 즐거운 악기가 되리라.

# 가난에서 예술로

세계 오케스트라의 수도라 불리는 독일 베를린에서는 지난해 8월 31일부터 9월 16일까지 교향악의 향연인 베를린 음악제가 열렸다. 한 일간지 기자는 음악제 취재를 다녀오고 나서 우리가 눈여겨볼 부분이 세 가지라고 했는데 참 맞는 이야기이다.

첫째, 여름 음악제 기간에 유럽 각지를 찾는 세계 유수의 오케스트라들이 홈그라운드로 돌아가기 직전의 틈새 기간을 노려 베를린으로 불러들임으로써 비용 절감을 꾀했다는 것이다. 최고의 오케스트라 연주회의 가장 비싼 티켓 가격이 80유로, 약 10만 원으로 절감의 혜택은 고스란히 소비자에게 돌아갔다.

둘째, 보름이 넘는 기간 동안 연주되는 작품 중 베토벤이 2곡

뿐, 하이든, 모차르트, 브람스 곡은 찾기 힘들 정도로 생존 작가나 20세기까지 살다 간 현대 작곡가들의 곡으로 채워졌다. 자주 듣는 음악이 아닌 잘 연주되지 않는 새로운 작품들을 뚜렷이 지향했다.

셋째, 베를린 슈타츠오퍼를 이끌고 있는 다니엘 바렌보임이 지휘봉을 베네수엘라 출신 청년 지휘자 구스타보 두다멜Gustavo Dudamel에게 넘겨주고 자신은 피아노 협연자로 남았다는 점이다.

그 가운데 이 세번째의 이야기 속 주인공, 오케스트라의 본고장 베를린에서 다른 단체도 아닌 베를린 슈타츠오퍼 오케스트라를 지휘한 이 생소한 이름의 주인공은 누구인가. 대체 누구이기에 바렌보임은 그에게 지휘봉을 맡긴 것일까. 두다멜은 1981년생 27살의 베네수엘라 청년이다. 이 풋풋한 청년 지휘자는 베네수엘라 사회운동의 하나인 음악교육 프로그램 '엘 시스테마'의 아들이다.

엘 시스테마는 베네수엘라의 정치가이자 경제학자인 호세 안토니오 아브레우가 33년 전인 1975년, 빈곤과 마약, 범죄 속에 뒹굴고 있는 조국의 소년들을 위해 시작한 사회운동이다. 가난한 집안의 10대 아이들이 거리로 내몰린 채 죽음을 맞기도 하고 갱이나 마약중독자로 성장하는 것을 보다 못한 아브레우는 뒷마당 주차장에 아이들을 모아놓고 악기를 손에 쥐여주었다. 그러니까 사회구제가 1차 목표, 음악은 수단이자 2차 목표였다. 엘 시스테마는 시작부터 무료로 악기를 빌려주고 레슨도 무료이다.

강도와 마약 복용으로 몇 차례나 체포되었던 소년 레나르는 처음 클라리넷을 받았을 때 농담인 줄 알았다고 회상한다. 일단 자신이 악기를 가지고 달아나지 않을 거라 믿어준 데 놀랐고 클라리넷을 잡은 손의 느낌이 총을 잡았을 때보다 좋다는 것에 놀랐다. 음악을 통해 새로운 삶을 살게 된 레나르 같은 청소년들 덕분에 베네수엘라의 거리는 깨끗해지고 베네수엘라의 음악은 풍성해졌다.

시작 때 십수 명이던 아이들은 20여 명이 되고 50명, 100여 명이 되었다. 지난 30여 년간 그 아이들이 기초를 다지면 더 나이 어린 아이들을 가르치고 이제 전국 백여 개 학교의 방과 후 음악교실로 자리잡았다. 어른들은 일터에서의 하루 일과가 끝날 때까지 오케스트라 연습을 하는 아이들을 학교에서 맡아주니 믿고 일할 수 있었다. 현재 베네수엘라 전역에는 25만 젊은 음악인들이 110여 개의 청소년 오케스트라를 구성하며 다양한 활동을 펼치고 있다(1970년 베네수엘라의 직업 오케스트라는 동유럽과 이탈리아 출신 이민자들로 구성된 단 2곳뿐이었다).

그중 베네수엘라의 독립 영웅이자 2, 3대 대통령을 지낸 역사적 인물인 시몬 볼리바르의 이름을 딴 시몬 볼리바르 청소년 오케스트라는 가장 대표적인 단체이다. 2백 명 남짓으로 구성된 젊은 단원들은 서로 말한다.

"이 친구는 여기 오지 않았다면 벌써 죽었을 거예요."

엘 시스테마를 통해 뿌리내린 음악은 베네수엘라의 사망률이나 어린이와 청소년의 매일의 삶에 있어 구세주였으리라는 것은 그 안에서 연주하는 단원이나 그 연주를 한번 들어본 사람이거나 이런저런 루트로 알게 된 이들이라면 누구나 생각하게 된다. 1994년부터 이 오케스트라에서 프렌치호른을 연주해온 라파엘은 말한다.

"어느 날 침실에서 클래식 음악이 들려오는 거였어요. 〈1812년 서곡〉의 호른 팡파르 부분을 연주하는 내 동생의 비순 연주가 참 듣기에 좋았어요. 그래서 동생이 나를 오케스트라에 데려갔고 전 호른을 받았지요. 이 오케스트라는 꼭 커다란 기차 같아요. 그 안에 올라타면 그냥 우리를 실어가죠."

그냥 이렇게 저렇게 올라타게 된 오케스트라라는 음악기차는 사회구제라는 목적지를 향해 달리도록 선택한 하나의 교통수단이었으나 이제는 그 수단이 그들도 모르는 새 너무나 멋진 하나의 구심점이 되었다.

두다멜과 엘 시스테마의 인연은 그의 아버지로부터 비롯된다. 두다멜의 아버지는 1978년부터 엘 시스테마에서 트롬본을 불었다. 기억하는 한 두다멜은 아버지의 악기인 트롬본과 사랑에 빠

엘 시스테마의 아들, 구스타보 두다
멜이 시몬 볼리바르 청소년 오케스트
라와 녹음한 말러 교향곡 5번.

졌으나 10살 소년의 팔은 트롬본을 들기에 너무 짧았다. 그래서 그의 손에 쥐어진 악기는 바이올린이었고 그는 또다시 바이올린과 사랑에 빠졌다. 그렇게 그는 엘 시스테마 안에서 바이올린을 연주하던 중 작곡 공부를 하다가 엘 시스테마의 대부 아브레우로부터 지휘를 배웠다. 젊은 지휘자라고 해서 좋은 지휘를 못할 게 없다는 게 아브레우의 생각이었다. 병이 난 지휘자를 대신해 갑작스럽게 선 지휘대에서 두다멜은 훌륭하게 지휘를 해냈다. 어떤 악기든 사랑에 빠지던 소년은 지휘를 하면서는 눈앞에 있는 그 모든 존재와의 사랑에 얼마나 황홀했을 것인가.

1999년 18살 때 두다멜은 시몬 볼리바르 청소년 오케스트라의 음악감독에 임명되었고 독일에서 말러 지휘자상을 받으며 세계에 알려지기 시작했다. 사이먼 래틀, 클라우디오 아바도 등이 그에게 주목해 이 남미의 청소년 오케스트라의 객원 지휘도 수락할 정도였다. 그가 시몬 볼리바르 청소년 오케스트라를 이끌고 런던, 베를린, 에든버러, 루체른 등을 누빌 때 그 연주를 들어본 이들은 어디서도 들은 적 없는, 무언가를 극복한 젊음과 용솟음의 소리에 전율을 느꼈다.

2009년부터 에사 페카 살로넨의 뒤를 이어 LA 필의 상임지휘자로 내정되어 있는 등 유수의 오케스트라를 지휘하며 화려한 활동을 하고 있는 두다멜이 베토벤 교향곡 5번과 7번을 녹음한 첫 음반에 이어 두번째 음반인 말러 교향곡 5번을 내놓았다. 시몬 볼리바르 청소년 오케스트라의 젊은 소리가 젊은 지휘봉의 손끝에서 참으로 빛나게 울려나온다.

'기차는 8시에 떠나네'라는 그리스 노래 제목이 갑자기 떠오른다. 베네수엘라의 기차는 이미 산 넘고 물 건너 골짜기를 지나 너른 평원에서 기적 소리를 내고 있다. 그 기차의 이름은 '엘 시스테마'이고 목적지는 이제 원래의 그곳을 넘어 더 아름답고 높은 곳이다. 그리고 연료는 바로 희망이다. 그들이 가는 길에 따라, 목적지는 또다시 달라질 수 있다.

우리의 기차는 어디쯤 지나고 있는가.

질병에서 건져올린 희망
— 파가니니, 바람이 되다

마르팡 증후군이란 병을 들어보셨는지. 유전질환의 하나로 근육이나 신경 결합조직의 결함을 말하는데, 이 질환의 외형적 특징은 키가 크고 사지와 손가락, 발가락이 비정상적으로 길고 가늘며, 폐나 눈, 심장, 혈관 등에 이상이 나타날 수 있다고 한다. 농구선수 한기범씨가 이 질병으로 어려움을 겪었으며, 한 의사는 미국의 16대 대통령 링컨이 마르팡 증후군이었을지 모른다는 추측을 내놓은 적이 있었다.

음악사에 뛰어난 족적을 남긴 음악인 가운데에도 이 마르팡 증후군을 앓았던 것으로 추정되는 이가 있다. 1840년 58세의 나이로 세상을 떠난 니콜로 파가니니Niccolò Paganini, 1782~1840가 바로 그 사람이다. 바이올린의 4현을 오가며 3옥타브를 한 손으로 넘나들던 그의 가공할 연주력은 마르팡 증후군에 기인한 긴 손가락과 유연성 덕분이었다는 설이 유력하다. 그의 만년의 초상화를 보면 다른 대륙에서 30년쯤 후에 태어난 링컨의 모습과 상당히 흡사하다.

파가니니 이전과 이후에 바이올리니스트가 없었던 건 물론 아니다. 이전의 아르칸젤로 코렐리, 비발디, 주세페 타르티니까지 바이올린 테크닉의 발전이 있었고, 안토니오 로카텔리에 이르러 이러한 기교의 폭발적 사용이 있었으나 모든 기교의 정점은 파가니니에 이르러서였다. 그러한 기교들이 보편적으로 작곡에 쓰이고 일상적으로 연주된 것은 파가니니의 존재가 아니면 불가능했던 것이다. 이후의 바이올리니스트들은 그래서 파가니니의 바이올린은 '발전'이라고 말하기엔 역부족이며 '진화'라 할 만하다고 평한다.

과학에서도, 하나의 패러다임 안에서, 어떤 현상을 설명하고 인과관계를 분석하기 위해 크고 작은 과학적 연구, 실험 들이 축적되다가 마치 빅뱅처럼 그것들이 완전히 다른 패러다임으로 폭발적 변환을 일으키게 된다고 한다. 바이올린 연주에서 로카텔리가 축적된 이전 패러다임의 종지부였다면 파가니니는 다음 패러다임을 제대로 여는 연주자였던 셈인데, 질병에 가까운 마르팡 증후군에 기인한 그의 신체적 특징이 큰 도움이 되었던 것이다.

　　파가니니는, 10대 후반을 연주자로서의 성공을 잘 다스리지 못한 채 도박과 술에 빠져 보낸 적도 있었고 평생 복용하던 수은 중독으로 고생했으며 자신에게 애정으로 바친 다른 작곡가의 곡을 평생 연주하지 않을 만큼 불친절하고 안하무인이기도 했지만, 다른 한편 무대를 사로잡는 진정한 예술가였고, 또한 타인과 다른 자신의 외양과 질병을 극복하고 그것을 자신만의 장기로 승화시킨 의지의 주인공이기도 했다. 시큼해서 그냥은 먹지 못하는 레몬으로 정말 맛 좋은 레모네이드를 만든 주인공이 파가니니가 아닐까 생각해본다.

　　바이올리니스트 김수빈이 파가니니의 24곡의 카프리스 op.1

음반(EMI)을 내놓았다. MIK 앙상블이나 요하네스 현악 4중주단 등 활발한 실내악활동 외에 첫 독주 음반으로 그는 파가니니를 택했다.

그는 1996년 파가니니의 고향 이탈리아 제노바에서 열린 파가니니 국제콩쿠르의 당당한 우승자이다. 이 대회의 우승자에게는 생전에 쓰다가 자신의 고향에 기증한 파가니니의 바이올린 '일 카노네'를 연주해보는 특전이 주어진다. 일 카노네는 대포라는 뜻으로 1743년 생산된 과르네리 델 제수의 제품인 자신의 바이올린에 파가니니가 스스로 붙인 애칭이다.

첫 음반을 내고 다음날에는 지엔 왕과 함께 정명훈 지휘 서울시향 연주로 브람스의 이중협주곡 협연을 앞두고 있던 2007년 6월 말 〈FM 가정음악〉 초대석에 출연한 김수빈에게 파가니니의 바이올린을 손에 쥐던 감회를 직접 들어볼 수 있었다.

"악기 보관창고의 열쇠 두 개를 각기 다른 두 관리인이 목에 걸고 있었죠. 기관총을 든 경찰 두 명이 눈을 부릅뜨고 있는 가운데 악기 보관창고의 문이 열리는 순간 그 안에서 불어나온 바람의 느낌이 아직도 기억에 선명합니다."

그 창고는 해마다 두 번 문이 열리리라.

1940년 파가니니 서거 100주기를 기념하여 개최하려다 2차대전으로 성사되지 못했던 파가니니 국제콩쿠르는 1954년 첫 대회를 시작했다. 매해 열리다가 2002년부터 격년제로 바뀌어 50회를 넘기면서 재능 있는 바이올리니스트들의 세계 등용문 역할을 하고 있다. 역대 1등 입상자로는 1958년 5회 대회의 살바토레 아카르도 등이 '파가니니의 재래'라는 평가를 받았다.

파가니니의 이름으로 상을 탄 이들 1등 수상자들은 파가니니가 사용했던 명기를 사용해 10월 12일 콜럼버스의 날 제노바시에서 연주회를 갖는다. 창고 안의 악기는 이들 수상자의 연주와 이를 위한 연습에 몸을 바치기 위해 꺼내졌다가 다시 고이 들어와 창고에서 잠을 자리라.

김수빈은 11년 전 그 바람의 냄새를 생생히 기억하고 있었다. 파가니니가 바로 눈앞의 이 악기를 들고 자신의 곡을 연주했을 것이라 생각하니 가슴이 뛰었고 창고에서 불어나온 그 바람에서 파가니니의 숨결을 느끼는 듯했다. 그 이야기를 듣는 나의 코끝에서도 오래된 지하창고를 통해 전해지는 '인연 깊은 자'의 냄새가 맡아지는 것 같았다.

모든 이들이 어려워하는 극도로 까다로운 기교 때문에 '악마의 곡'이라 불리는 파가니니의 곡을 15살 때 처음 연습하던 김수빈은 나날이 연습해도 나아지지 않는 그 곡들을 앞에 두고 좌절했다고 한다. '악마에게 영혼을 팔고 얻은 기교'라는 이야기가 나올 만하다는 생각을 했다. 그러나 파가니니 곡에 좌절하던 그는 세월이 흘러 다른 콩쿠르도 아닌 바로 파가니니 국제콩쿠르의 우승자가 되고 생전의 그의 악기를 손에 쥐는 영광을 맛보았으며 게다가 그의 곡들로 첫 독주 음반을 취입하였다.

사람에게는 저마다의 깊은 인연 있는 자가 따로 있다는 생각이 들었다. 기교에 대한 집착으로 다소 가벼운 작곡가로 치부되는 파가니니의 음악을 마음으로 이해하고 연주하며 그의 깊이와 무게를 항변해주는 후세의 연주자.

한때 좌절과 절망이었던 곡들을 진지하고 끊임없는 연습으로 희망의 첫 음반으로 끌어낸 전도양양한 연주자 김수빈에게, 그의 '인연 깊은 자' 파가니니는 창고의 바람이 되어 지금도 남모를 힘을 주고 있을 것이다.

파가니니 | 24곡의 카프리스 op.1 EMI
바이올린_ 김수빈

1996년 파가니니 국제콩쿠르 우승, 에버리 피셔 커리어 그랜트상 수상 등 세계적으로 주목받고 있는 바이올리니스트 김수빈이 바이올린의 온갖 기교가 총망라되어 있는 24곡의 카프리스를 신들린 듯 연주했다. 미국 발매 후 빌보드 클래식 차트 9위까지 오르는 기염을 토하기도 했다.

비범과 평범

걸출함 속에 끼어 있던 성실한 남자와 걸출함 그 자체였던 남자
—라프와 리스트

어려서부터 신동 소리를 듣거나 걸출한 재능을 가진 음악인들과 한 시대를 살아간 보통 음악인의 삶은 어떠했을까를 자주 생각해보게 된다. 우리는 대부분 그러한 보통 사람에 속하기 때문이다.

요제프 요아힘 라프Joseph Joachim Raff, 1822~1882는 1822년 취리히 연안 라헨이라는 곳에서 독일인 아버지와 스위스인 어머니에게서 태어났다. 멘델스존이 1809년, 쇼팽과 슈만이 1810년, 리스트가 1811년생이니 그들보다 10년쯤 아래 연배로 같은 시대를 살았다. 생의 말년에는 독일에서 잘 알려진 작곡가 중 한 사람이 되기는 했으나 오늘날 연주되는 곡은 많지 않다. 무엇보다 라프는

자신의 생전 자기가 천재가 아니란 걸 잘 알고 있었다. 라프는 그보다 몇 살 어린 동료였던 안톤 브루크너와 마찬가지로 늦된 이였다. 아주 평범한 배경에서 자라나 마을 학교 교사를 지냈고 1877년 아주 유명한 독일 음악학교(프랑프푸르트 고등음악원) 교장이 되었다.

독학 음악가에서 유명한 작곡가가 되기까지 그 사이의 세월을 들여다보면, 바이마르 시절 리스트의 조수, 비스바덴에서 피아노 선생 등을 지냈는데 라프 자신이 아니고선 그 시절의 고달픔, 혹은 조바심을 실감하지 못할 것이다. 아니면 아주 낙천적인 사람으로 그저 평범한 생활을 즐겁게 지냈을지도 모른다.

그의 작곡가로서의 명성은 11개의 교향곡에 기인하는데, 그 곡들은 전통 고전형식과 리스트를 중심으로 한 신독일파로 불리던 새로운 악풍과의 조화를 꾀한 것들이었다. 이는 한스 폰 뷜러로 하여금 찬사를 불러일으켜 뷜러는 라프를 차이콥스키, 라인베르거, 생상 등의 범주에 넣곤 하였다.

라프는 아주 다작가여서 실내악, 오라토리오, 심지어 오페라 작곡까지 손을 댔으나 어떤 작품들은 한 번도 연주된 적이 없거나 사후에 발견되었다. 그의 명성은 사후 오래가지 못했으나 최근 그의 교향곡들의 취입으로 그에 대한 망각이 정당한 것인지 아닌지에 대한 논란의 기회가 제공되었다.

1976년생인 젊은 첼리스트 다니엘 뮐러-쇼트는 하인리히 시프, 스티븐 이설리스 등으로부터 배우고 유수의 콩쿠르에서 인정받은 후 국제무대에서 활약하고 있는데, 그는 언제나 새롭고 잘 알려지지 않은 곡들을 발굴하는 데에 몰두한다고 한다.

2003년 그는 라프의 2곡의 첼로 협주곡을 연주, 취입하였다. 1874년 라프의 나이 52살로 그의 명성이 절정이었을 때 작곡된 D단조 op.193은 편견 없이 훌륭한 작품이다. 이 시기는 오늘날까지 연주되는 몇 곡의 첼로 협주곡이 탄생하던 시기이다.

이 곡에서 라프는 그의 교향곡에서와는 달리 전통양식을 충실히 따르고 있다. 그는 오로지 기량 있는 비르투오소를 위한 화려하고 선율적인 작품을 목적으로 하는 듯 보인다.

1876년 작곡된 두번째 첼로 협주곡은 이상한 운명을 가졌다.

그것은 당대의 비르투오소 다비드 포퍼를 위해 작곡되었다. 포퍼가 라프에게 보낸 편지를 보면 그는 인내심을 가지고 그 작품을 기다렸고 솔로 파트를 연습까지 했으나 어찌 된 일인지 포퍼에게 헌정되지 않았고 라프 생전 연주되지 않다가, 한 세기를 훌쩍 지나 지난 1997년 이브 사바리와 슈투트가르트 필하모닉 오케스트라에 의해 초연되었다.

음악가들 중에는 모차르트처럼 짧은 생을 살았거나, 긴 삶을 살았더라도 일찍이 음악활동을 접은 경우가 많다. 예술적 영감이란 어쩌면 7, 80년 되는 인간의 한평생보다는 훨씬 강하고 짧은 것이리라. 그러나 가끔씩 긴 인생을 살며 삶의 대부분을 죽기 직전까지 왕성하게 활동하다 세상을 떠난 이들이 있어, 영감은 고갈되는 것이 아니며 나이 들수록 더해지는구나 생각하게 한다.

헝가리 태생으로 122년 전 75살의 나이에 세상을 떠난 프란츠 리스트Franz Liszt, 1811~1886도 그러한 경우였다. 그의 활동 기간은 11살이던 1822년부터 생을 마감하던 1886년까지로 기록된다. 보통 예술가들의 창작활동을 아이를 낳는 것에 비유하곤 하는데 리스트는 40여 년간 작곡도, 연주도, 가르침도, 사랑도 많이 한 다산형 인간이었다.

파가니니의 연주를 보고 난 후 피아노의 파가니니가 되겠다고 결심하고 방에 틀어박혀 하루 온종일 피아노 연습을 했다거나,

요즘 말로 광팬들이 모여드는 개인 독주회로서의 리사이틀이란
단어가 리스트로부터 비롯된 점, 1847년 공개 연주회를 자제하
고 본격적인 작곡과 레슨의 시기로 들어갔던 바이마르 시절부터
는 교향시라는 장르의 확산, 주제의 변주와 바그너의 라이트모티
프로 이어지는 교량 역할, 그 외 수많은 명곡들의 피아노곡으로
의 편곡, 두 차례의 대표적인 연애, 마리 다구 백작부인과의 사이
에서 난 딸 코지마가 당대의 비르투오소 한스 폰 뷜러와 결혼했
다가 결국은 바그너와 결혼한 이야기, 사제 서품을 받고 로마와
바이마르를 오가며 지낸 이야기, 많은 무료강습과 음악을 통한
자선활동 등, 리스트의 일생은 음악사적으로나 음악 밖에서 보니
무수한 이야깃거리를 남긴다. 삶은 이야기라고 할 때 리스트의

삶은, 그가 사랑했던 비트겐슈타인 공작부인의 글을 닮아 방대한 양으로 집필했다는 리스트의 글쓰기 스타일처럼 방대하고 도처에 재미가 숨어 있다.

딸과 사위(바그너)가 사는 바이로이트로 사위의 작품 〈트리스탄과 이졸데〉를 보러 갔다가 여행 도중 걸린 감기가 폐렴으로 도져 세상을 떠나, 리스트는 자신의 주 활동무대가 아닌 바이로이트에 묻혀 있다.

리스트의 한 편의 긴 드라마 같은 인생을 오늘의 우리는 연주회 레퍼토리나 녹음된 음반으로 즐겨 들으면서 간간이 떠올려본다. 12음을 동시에 칠 수 있었다는 길고 부드러운 손과 그 손에 끼고 나왔다는 초록색 장갑, 과시적인 연주, 젊은 날부터 고전과 철학, 문학서적을 탐독하고 당대의 문인, 지식인들과 교류했다는 리스트의 정신세계를 헤아려본다. 그러나 그 사이사이 그의 문하에서 한 번이라도 레슨받기 위해 조수 일을 마다하지 않았던 라프 같은 음악인의 정신세계도 헤아려본다.

리스트의 음악들이야 허다하게 많은 연주자들이 녹음했지만, 전곡 녹음을 시도한 음악인으로는 호주 출신의 피아니스트이자 음악학자인 레슬리 하워드가 유일하다. 그는 20년의 세월 동안 백 장에 가까운 CD에 리스트의 전곡을 담았다(Hyperion). 리스트의 초기 작품을 포함해 리스트 사후 아무도 연주한 적이 없는 작품까지 모두 아우른, 방대한 작품에 대한 방대한 녹음작업으로

하워드는 기네스북 기록에 이름을 올렸으며 그라모폰 디스크상
을 포함해 많은 상을 받았고 헝가리 정부로부터도 특별상을 받
았다.

때를 만나도 때가 안 끼는 사람,
때와 상관이 없는 사람
―브루크너와 라모

사람마다 때가 있다. 한 사람의 인생에서 죽기 전 10년의 대운이 좋은 게 가장 좋은 팔자라는 말도 있지만 생에 한 번이라도 그 '때'라는 것이 온다면 행복한 사람이다. 아니, 때가 왔을 때 지금 자신의 전성기를 지나고 있다는 걸 깨닫거나 때가 아니면 아닌 대로 언젠간 오려니 느긋하게 기다릴 줄 아는 사람이 진정 행복한 사람이라 하겠다.

안톤 브루크너Anton Bruckner, 1824~1896는 평생 자신을 부족한 사람이라 여겼다고 한다. 그래서 끊임없이 배우고 무보수로 가르치고 친구들의 무지한 권유로 주관 없이 자신의 작품을 개정하기 일쑤였다. 독실한 가톨릭 신자였던 브루크너는 자신의 작품이 오직 신에 의해 정당하게 평가받으리라 여기며 초고 보존에 주의를 기울였으나 되풀이된 개정은 그의 '원전'에 대한 회의를 안기고 있다. 1891년 67살 때 빈 대학으로부터 명예박사 학위가 주어지자 주변에서는 이제야 '자기의 재능을 신에게 바쳐온 이 불쌍하고 고독한 노인'에게 크나큰 위안이 되었다며 반겼다고 한다.

브루크너는 1824년 9월 4일 오스트리아 린츠에서 가까운 안스펠덴이라는 곳에서 태어났다. 아버지는 교사이자 오르가니스트로 아들의 첫 음악교사였다. 브루크너는 오르간곡을 작곡하진 않았지만 린츠 대성당 등의 오르가니스트로 봉직하였다. 아버지를 첫 스승으로 시작된 브루크너의 배움은 지몬 제히터, 오토 키츨러 등의 스승으로 이어지며 40살까지 계속되었다. 그는 40살이 넘어서야 자신의 작곡에 실력을 발휘하기 시작했으며 60살이 넘어 명성을 얻기 시작했다.

이렇듯 뭐든지 늦은 사람, 브루크너는 참으로 순수하고 소박한 성품으로 맥주를 즐겼으며, 정말 성실하고 끈질기게 신이 자신에게 부여한 재능을 파고들었고 자신에게 주어진 명성을 참으로 겸손히 받아들였다. 한번은 자신의 교향곡 4번을 지휘하는 한스 리히터의 리허설이 끝나자 다가가더니 너무나 만족해하며 "리히터, 이 동전을 받게. 맥주 한잔 사 마시게나"라고 했다는 것이

다. 리히터는 그 동전으로 맥주를 사 마시는 대신 시곗줄을 만들어 브루크너의 순수함을 생각하며 평생 몸에 지녔다고 한다.

그러나 브루크너의 우직함은 간혹 예상치 않은 적을 만들기도 하였다. 당시 빈의 음악계에는 바그너 추종자와 브람스 추종자의 불화가 있었고, 에두아르트 한슬리크라는 브람스계 평론가의 입김이 크게 작용하고 있었다. 브루크너는 스승 키츨러로부터 소개받은 바그너를 좋아했고 그 사실을 숨기지 않았다. 이 때문에 그는 불필요한 적을 만들기도 한 것인데, 그러나 그에게는 많은 지지자들이 있었다. 그런데 이 지지자들이 브루크너가 완성해놓은 작품들의 악보를 이렇게 바꾸라, 저러면 좋을 것이다 하도 이야기를 해대는 통에 소박하고 귀 얇은 브루크너는 작품에 덧칠을 많이 하였다. 요즈음 그의 길디긴 교향곡들이 다시 각광을 받으며 유수의 연주단체들이 연주를 하고 있는데 어느 버전이냐에 따라 한 악장이 10여 분 차이가 날 정도라고 한다.

브루크너는 그 소박하고 담담한 성격답게 자연사하였다. 어떤 극적인 병이나 사고가 아니라 72살의 나이에 평온하게 눈을 감은 브루크너. 그의 음악의 '때'는 히틀러 치하의 독일에서 왔다고도 할 수 있겠으나 그 사실 때문에 오히려 뒤로 주춤하다가 사후 1세기가 지난 20세기 후반에 들어서서야 왔다고 할 정도로 이즈음 브루크너 음악의 재해석과 연주가 활발하다. 그러나, 늘 성실한 삶을 살며 자신에게 다가온 명예를 감사히 여기고 친구들의 말에 귀 기울인 브루크너는 평생이 늘 자신의 '때'이거나 때를 기다릴 줄 알던 행복한 사람이었을 것이다.

1988년 녹음된 장 필리프 라모Jean Philippe Rameau, 1683~1764의 하프시코드 작품집 음반의 설명서에 그려진 초상화는 라모의 나이 45살 때이던 1728년, 자크 앙드레 조제프 아베드가 그린 것으로, 라모의 고향인 디종의 보자르 미술관 소장품이다. 그는 그 2년 전인 1726년 40살을 넘기고서야 19살의 마리 루이즈 망고와 결혼해 네 아이를 두었다 전해진다. 초상화 속 그의 표정은 결혼이 주는 편안함과 중년의 안정감이 느껴지지만, 그는 그 나이까지도 그다지 커다란 명성과 지위를 얻지 못했던 것이 사실이다. 파리

자크 앙드레 조제프 아베드가 그린 45살
때의 라모.

에 진출해 음악이론가로, 하프시코드를 위한 작품 몇 편의 작곡
으로 유명해지기도 했지만, 안정적인 직업을 구하진 못했다.

프랑스 오페라의 주요 작곡가로서 장 바티스트 륄리라는 큰
이름을 잇고 프랑수아 쿠프랭과 함께 프랑스 바로크 시대를 이끈
주역 라모의 어린 시절은 잘 알려져 있지 않다. 그의 아내조차도
그의 결혼 전 어린 시절에 대해서는 잘 알지 못했을 만큼 라모는
과묵하고 말 없는 사람이었다고 한다.

1683년 교회 오르가니스트인 아버지와 공증인의 딸인 어머니
사이에서 11명 아이들 중 일곱번째 아이로 태어나 공부보다 음악

을 먼저 배웠다는 점, 학교에서 그다지 훌륭한 학생은 아니어서 매일 노래로 급우들의 공부를 방해했다는 이야기가 전해진다.

음악가로 장래 결심을 굳힌 18살의 아들을 아버지는 이탈리아로 보냈으나 어쩐 일인지 밀라노에 몇 달 머물다 말고 그해에 다시 고향에 돌아온(그때는 혹 음악수업 시간에 공부를 하다 잘린 건 아닌지 모르겠다) 라모는 고향과 인근 지역 교회의 오르가니스트로 활동하며 작곡을 한다.

그의 여러 작품들 가운데에서도 하프시코드를 위한 모음곡집은 아주 훌륭한 작품으로 꼽힌다. 하프시코드를 위한 첫번째 모음곡집은 그가 처음 파리에 머물던 1706년 23살 때 작곡하였다. 그는 훗날 길이 남을 명작곡을 하고 나서도 이후 이곳저곳을 떠돌며 한곳에 정착해 안정적인 음악생활을 하진 못했던 것 같다. 두번째 모음곡집은 18년 후인 1724년, 세번째는 1728년, 초상화가 그려진 해에 나왔다.

필리프 보상이라는 음악평론가는 라모에 대해 이렇게 적고 있다.

"라모가 만약 49살에 죽었더라면 그는 오늘날 하프시코드 작곡가로 알려져 있을 것이다. 그러나 그는 81살까지 장수를 누렸기에 오페라 작곡가로 남게 되었으며 그 덕에 그의 훌륭한 하프시코드 작품들은 저쪽 귀퉁이에서 빛을 보지 못하고 있다. 이는 로시니의 조명받지 못하는 만년의 비오페라 작품이 훌륭한 것과 비교할 수 있다."

그의 인생은 이렇듯 오페라를 작곡하기 시작한 50살 이후와 이전으로 대별되어 소개된다.

라모는 50살이던 1733년 10월 첫번째 오페라 〈이폴리트와 아리시〉를 파리 왕립음악아카데미에서 초연했다. 륄리 사후 최고의 오페라라는 찬사를 받았으나 독창성과 풍부한 창의라는 긍정적 평가와 그의 화음은 프랑스적 전통을 파괴하는 것이라는 기나긴 논쟁을 이끌며 라모는 평단의 관심을 받게 된다. 이 논쟁은 토론 좋아하는 프랑스인들답게 '륄리스트'와 '라모뇌르'라는 파까지 만들어가며 프랑스 예술계를 뜨겁게 달군다.

이후 철학자 볼테르와의 공동작업, 유명 가문의 살롱에서 문화계 인사들과의 교류를 통해 명성을 다지면서 라모는 다수의 오페라와 발레곡을 작곡하였다. 코믹오페라 〈플라테〉를 포함해 1740, 50년대에 활발한 작품활동을 하였다.

드디어 62살이던 1745년에는 프랑스 왕실로부터 퐁트누아 전투에서 프랑스의 승리와 황태자의 스페인 공주와의 결혼을 경축하는 음악을 포함해 한꺼번에 세 가지 계약을 하는 등 루이 15세로부터 궁정작곡가로 지정되는 전성기를 보낸다. 이 전성기 중의 1747년에 작곡된 하프시코드곡 〈황태자비〉가 특기할 만하다. 이 곡은 작센의 마리 요제프 황태자비가 프랑스 궁정에 왔을 때 즉흥곡으로 작곡한 것인데, 17년 만의 하프시코드 작품이면서도 구조적인 단단함에 기반한 자유로운 스타일로 스타일과 기교의 종합적인 작품으로 평가받는다. 이 악보는 황태자비가 독일로 가져가 드레스덴의 왕실 서재에 보관되어오다가 1895년 처음 출판되었다고 한다.

라모는 이후 루소와의 불화를 포함한 이탈리아 오페라와 프랑스 오페라 간 부퐁논쟁Bouffon's Quarrel의 중심부에 있었으나, 꽤 태평해 보이는 그의 초상화나 세월이 흘러도 변함없는 작풍에서는 열심히 살면 되지 그런 게 다 무슨 소용이냐는 말을 하고 있는 듯하다. 약관弱冠에 별 볼일 없이 유학도 떠났다 그냥 오고, 이립而立에 뜻은커녕 별 기록도 남아 있지 않고, 그럼에도 불혹不惑에 미혹됨이 없었던 듯 보이는 라모는, 그 낙천적인 성격 속에 이미 세상의 소리에 순하게 반응할 줄 아는 이순耳順의 성향과 하늘의 뜻을 아는 지천명知天命의 지혜를 갖추고 있던 사람인 모양이다.

바그너와 바그네리안

리하르트 바그너Richard Wagner, 1813~1883는 1813년 5월 22일 태어났다. 양면성을 가졌다는 쌍둥이자리를 타고난 것이 너무나 잘 어울린다.

자신이 훗날 '악극musik drama'이라 칭했던 오페라 작곡가이자 지휘자, 음악이론가, 문필가로 이름을 날렸던 바그너는 다른 작곡가들과 달리 자기 악극의 시나리오와 리브레토를 직접 쓴 것으로 유명하다.

또한 악극이란 귀로 듣는 예술인 동시에 눈으로 보는 예술이라는 자신의 정의에 걸맞게 자기가 뜻하는 가극을 상연하기 위해 새로운 이상적인 극장을 필요로 하였다. 그 꿈은 좀처럼 실현되지 않다가 당시 바그너의 예술에 깊은 관심을 가졌던 바이에른의 국왕 루트비히 2세로부터 경제적으로 원조해주겠다는 약속을 받기에 이른다. 뮌헨으로부터 북쪽으로 2백 킬로미터 떨어진 산간의 소도시 바이로이트에 부지를 정하고 1872년부터 그곳에 거주하면서 극장을 기공하였고 〈니벨룽의 반지〉 4부의 완성을 서둘렀다.

1875년 극장은 준공되었고 바이로이트 축전 극장이라 이름 지었다. 지금도 이곳에선 매년 바이로이트 페스티벌을 통해 그 길고 긴 바그너의 악극들이 무대에 올려지며 마니아들이 모여든다. 무대는 대단히 넓어서 마루 전체를 높이고 낮출 수 있으며 관람석은 단층으로 펼쳐진 부채꼴 모양으로 천5백 명을 수용한다고 한다. 어느 자리에서든 무대가 잘 보이며 오케스트라 자리는 무대보다 반쯤 낮게 박스 안에 감추어져 있어 객석에서는 지휘자나 단원들이 보이지 않는 요즈음의 극장의 형태를 처음으로 갖추었다. 관객이 노래와 동등한 오케스트라의 소리와 잘 융화하되 시각적 집중을 깨뜨리지 않는 구조로 바그너가 직접 고안하였다.

〈니벨룽의 반지〉는 기획에서 완성까지 25년이 걸린 바그너의 필생의 역작으로, 소재는 게르만 민족 전래의 극시 「니벨룽의 노래」와 북유럽 신화 '사가Saga'에 바그너 자신의 생각을 가미하여 대본을 만들었다.

클래식을 좋아하는 음악애호가 중에서도 바그너의 〈니벨룽의 반지〉 나흘간의 무대를 다 관람한 경우는 많지 않을 것이다. 게다가 그 복잡한 신과 인간 세계의 일들과 등장인물들의 심리를 숙지하고 있는 경우는 더욱 드물 것이다. 바그너를 좋아하는지, 그의 음악을 즐겨 듣는지는, 그래서 일반 음악애호가와 전문 음악애호가를 가르는 지표가 되기도 한다. 나는 바그너를 좋아하는 사람인가.

바그너라는 걸핏하면 반유대주의 작곡가로 매도되는 인물은 얼마나 복잡한 머릿속을 가진 존재였기에 후세의 청자들에게 그러한 숙제를 냈던 것일까. 한 인물을 이해하는 데에는 사실 그가 살았던 시대와 나라의 특수성을 이해할 필요가 있다.

바그너가 태어나 살았던 19세기 전반에 걸쳐 독일 주변은 변혁의 시기였다. 독립된 한 나라로 뭉치지 못한 데 대한 국민들의 억눌린 감정, 군주에 대한 불만 등이 유럽의 혁명의 물결과 맞물려 있었다. 아직 자신의 음악세계를 인정받지 못하던 한 사람의 음악가 바그너는 1840년 왕정에 항거하는 혁명 가담자로 스위스로 쫓겨가야 할 처지가 되기도 했다. 혁명 이후의 세계가 자신의 음악을 이해해줄 수 있다고 생각했는지는 모르겠다.

그러다가 세월이 흘러서는 자신이 반대했던 왕정의 한가운데에 있던 바이에른의 왕 루트비히 2세와 가까이 지내며 바이로이트 극장 건립의 도움을 받는다. 늘 빚에 쫓겼고 여성의 사랑을 갈

구했고 성공을 좇았다.

그는 생후 6개월 만에 세상을 떠난 아버지와, 어머니가 이후 재혼한 배우 루트비히 가이어 중 누가 자신의 생부인가로 자신의 정체성에 대해 고민한 적이 있었다. 독일 민족의 정체성 고민과 함께 스스로에 대한 고민 등이 겹쳐진 바그너는 섬세한 더듬이로 여러 가지를 느끼며 상처와 그것을 딛고 나오기 위한 노력이 점철된 삶을 살았을 것이다.

멀고 어렵게 느껴지는 한 작곡가의 작품에 다가가는 데에 그의 음악을 직접 실황으로 들어보는 것만한 일은 없을 것이다. 바이로이트에 직접 가서 본다면, 한국어 자막이 없는 그곳에 가기 전 가사를 숙지한다면 더할 나위 없이 좋겠지만 그럴 수 없는 처지의 애호가에게 반가운 DVD(유니버설)가 나왔다. 〈라인의 황금〉 〈발퀴레〉 〈지크프리트〉 〈신들의 황혼〉 4부작을 제임스 러바인 지휘 메트로폴리탄 오페라 오케스트라가 훌륭한 바그너 가수들과 함께 DVD 제작용으로 연주하였다. 이것은 1990년 미국의 공중파 방송을 통해 나흘간 저녁에 방송되는 기록을 남기기도 했다. 2005년 세종문화회관에서 〈니벨룽의 반지〉가 공연되었을 때 객석용 가사 번역을 맡았던 미학자 전예완씨가 이번에도 번역에 완벽을 기했다.

민족도, 시대도, 신화도 다 다르지만, 세계 창조의 역사와 인간이 태어나 자라나는 과정이 그려진 〈니벨룽의 반지〉를 편안한 마음으로 감상해본다. 하늘의 신들은 자신들의 욕망과 구제를 위해 지상에 인간을 창조하였으나, 인간이나 다름없이 타락하는 신들의 모략이 시작되고 반지를 중심으로 이야기는 계속 전개된다. 사실 속세와 신들의 세계, 영욕과 해탈, 반지라는 귀중한 인간성이나 신성의 상징 등은 동서양을 막론하고 늘 반복되는 이야기들이다.

흔히 어렵다고들 하는 바그너의 음악에 대해서는 한번 편견 없이 들어보는 것이 필요하다. 그의 허풍스럽기도 하고 난해한 악극의 스토리들은 결국 어느 나라, 어느 민족에게도 있을 수 있는 테마들을 변형한 것이며, 바그너 또한 생부에 대한 의문 등 어려운 삶의 질곡을 지나온, 그저 나와 같은 한 인간일 뿐이다. 바그너 전문 연주자로 활약하는 우리나라 음악인의 존재는 그의 음악을 우리 곁으로 가깝게 끌어오는 데에 큰 기여를 한다.

세계적인 바그너 축제 바이로이트 페스티벌의 네번째 한국인 가수인 사무엘 윤이 성남아트센터 콘서트홀에서 독창회를 가졌다. 한국이름 윤태현인 사무엘 윤은 서울 출생으로 서울대를 졸업하고 1994년 이탈리아로 유학해 베르디 국립음악원과 독일 쾰른 음대 전문연주자과정을 수석으로 졸업하였다. 여러 화려한 수상과 함께 유럽무대에서 활약하였으나 처음엔 〈라보엠〉이나 〈사랑의 묘약〉 등 아기자기한 작품들이었다. 1999년부터 독일 쾰른 오페라하우스 전속가수가 되어서도 마찬가지 작품들을 노래하다가 2년 후부터 '아무래도 당신은 바그너에 어울리는 목소리'라는 극장 측의 제안을 받았다. 그때까지의 음악세계와는 전혀 다른 세계에 첫발을 디디게 된 것이다.

음반가게로 달려가 수십 장의 〈니벨룽의 반지〉 음반을 사서 듣다가 자신이 최종 선택한 바리톤 토머스 스튜어트의 녹음을 반복해 듣고, 미학자 김문환 교수가 쓴 『바그너의 생애와 총체적 예술』이란 책을 읽고 또 읽었다 한다. 쉼 없이 읽고 듣다보니 어느 날 갑자기 귀가 뻥 뚫리면서 바그너의 음악이 들리기 시작했다고 한다.

그래서 그는 이 21세기 초반, 깊은 호흡과 대포 같은 성량, 튼

튼한 성대를 가진 바그너의 영웅적 바리톤으로 활약하는 한국인 가수로 우뚝 섰다. 강병운, 전승현, 연광철의 뒤를 이어 네번째 바이로이트 입성에 성공한 사무엘 윤. 그가 장대한 판타지로 일반인에게 난해한 바그너를 얼마나 우리 곁에 가까이 당겨와줄 수 있을지 기대가 된다.

그리고 벨칸토 오페라에서 바그너 악극으로 터억 제자리를 찾은 그를 보며 생각해본다. 어쩌면 우리도 우리 몫의 어떤 일 주변에서 아직 그 자리를 찾지는 못한 채로 서성이고 있는 것은 아닌지. 주변에서 평범하게 맴돌고 있는 내가 비로소 비범해질 수 있을 '내 몫의 바그너'는 어떤 것일지 찾아봐야 할 일이라고. 물론 주변의 도움이든 내 판단에 의해서든 그 자리를 찾게 되었을 때 '어느 날 귀가 뻥 뚫리는' 경지가 오도록 하는 것은 사무엘 윤처럼 온전히 자신의 진지한 노력이 따를 때뿐이리라.

테너의 아리아와
테너가 부른 아리아,
소프라노가 부르는 아리아

음반의 사진이 볼수록 아주 근사하다. 사진의 대부분은 회색 하늘이고 오른쪽에서 왼쪽으로 약간 경사진 영국의 초원에 멋진 남자가 그 하늘을 배경으로 심오한 표정을 지으며 서 있다. 그는 화면 왼쪽을 비운 채로 초원을 딛고 서서 오른쪽을 바라보고 있다. 비어 있는 하늘 왼쪽 부분엔 'HANDEL'이라는 큰 글씨가 씌어 있다.

영상 구성에서 사람이 왼쪽을 향해 있으면 과거로의 회귀, 오른쪽을 향해 있으면 미래 지향의 느낌을 주며, 아래에서 위로 찍으면 그 사람의 위대성을 나타내는 구성의 문법이란 게 있다. 이 음반 사진을 문법에 따라 해석해보자면, 헨델은 과거이나 이 사

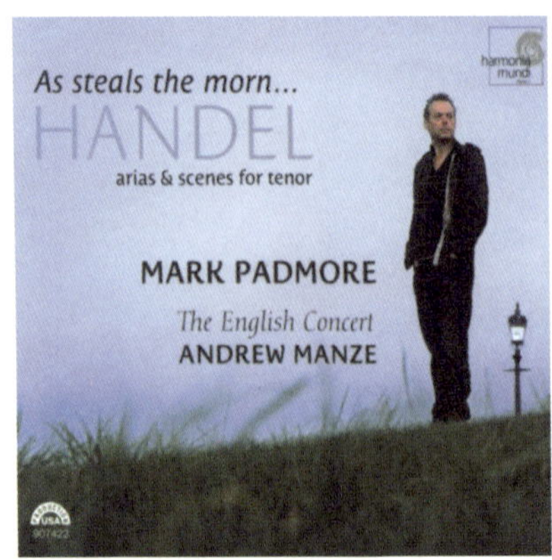

헨델의 오페라 중 테너의 아리아들
을 모은 마크 패드모어의 음반.

람은 이를 포용하며 미래까지 보고 있는 위대한 이미지이다.

젊은 날의 제러미 아이언스를 연상시키는 그 멋진 남자는 마크 패드모어Mark Padmore이다. 이 테너는 앤드루 맨지가 이끄는 잉글리시 콘서트와 헨델의 오페라 중 테너의 아리아와 신scene들을 모은 음반(〈HANDEL: arias & scenes for tenor〉, harmonia mundi)을 내놓았다.

얼마 전 우리나라에서 공연했던 〈리날도〉를 포함해 18세기 초엽 당시 영국에서 올려진 헨델 오페라의 남자 주인공 역은 대개 높은 음역을 소화하는 카스트라토의 몫이었다(오늘날엔 이 역할을 메조소프라노가 맡아 극의 감정이입을 힘들게 하기도 한다). 테너는 자연스레 주인공 여성 주변을 맴도는 극의 2인자 역할을 맡았고 심지어 〈세르세〉에는 테너 배역이 없을 정도이다. 오늘날 소프라노

나 카운터테너가 부르는 헨델의 음반은 정말 많지만 헨델의 테너 아리아집은 별로 기억이 나지 않는 이유는 바로 이 때문일 것이다.

패드모어는 바로 이 점에 주목하여, 헨델의 오페라 중 잊혀지기 쉬운 테너의 아리아들을 모았다. 헨델의 최초 오라토리오부터 반세기 후 런던에서 만든 최후의 대형 극음악을 아우르는 선곡은 심원한 고통, 깊은 신학적 숙고, 분노, 부드러움, 열렬한 즐거움 등을 오간다. 오만과 야망과 탐욕은 우연히, 혹은 이유 있게 극단적인 다른 결과들을 초래하기도 함을 이 테너의 아리아들은 보여주고 있다.

앤드루 맨지가 이끄는 잉글리시 콘서트와 작업하는 모습을 지켜본 사람들은 두 음악가가 공동지휘하는 것 같았다고 전한다.

이들은 곡에 얽힌 배경과 인물들에 대해 깊이 탐구하고 오케스트라 연주자들과 이를 나누었다. 가수가 노래를 끝낸다 해서 드라마가 끝나는 것이 아니며 오케스트라는 액션의 일부이고 작품을 해설하는 고대 그리스식의 합창단 역할이기도 하다는 것이 그들의 생각이었다.

인기 있는 카스트라토 아리아나 유명 아리아를 테너 음역에 맞게 편곡해 노래한 것이 아니라 테너를 위해 씌어진 독백과 씨름하기로 결정한 두 음악인의 진지함이 돋보인다.

좋아하는 만큼 보이는 것이고 깊이 들여다보는 만큼 좋아지는 것이리라. 그들은 작업 후, 헨델은 언제나 가보지 않은 새로운 영역을 가려는 작곡가였으며, 얼핏 듣기에 아주 간단해 보이는 그의 음악에는 미묘함과 깊이가 담겨 있다는 점을 들며 헨델에 대한 찬사를 아끼지 않고 있다. 수록된 곡들에서 헨델의 음악 자체와 그들이 작업하며 헨델에게 느낀 감동이 느껴진다.

마크 패드모어는 지난 2월 28일 계몽시대 오케스트라를 이끌고 바흐의 〈요한 수난곡〉으로 우리나라 무대를 찾았다. 다리를 다쳐 깁스를 하고 캐주얼 바지를 입은 채로 감기에도 걸린 듯 비음이 느껴지는, 거의 '마크 수난'의 상태였음에도, 고요하면서도 성스러운 무대를 보여주고 떠났다.

"독일에서 태어났으나 이탈리아에서 그가 알고 있던 대부분의 것을 배우고 어른이 되고 나서의 대부분 인생을 영국에서 보내며 부와 명성을 얻은 헨델은 코즈모폴리턴이었다"고 테너 이언 보스트리지는 말한다.

바로크 시기의 작곡가로 고전주의 시대의 문을 열었던 헨델은 평생 50여 편의 오페라와 23편의 오라토리오, 수많은 교회음악과 16편의 오르간 콘체르토를 작곡했다. 그의 사후, 헨델의 이탈리안 오페라들은 망각에 묻혀 있었다. 20세기 초반까지 헨델의 명성은 〈에스터〉(1718)로부터 시작해 그 유명한 〈메시아〉(1742)나 〈삼손〉(1743) 등 오라토리오 작곡가로서였다.

1960년대 원전악기 연주로 되살려내는 바로크 음악에 대한 관심과 카스트라토 음역을 대신할 수 있는 카운터테너의 등장으로 헨델의 이탈리아 바로크 풍의 오페라들에 대한 관심이 되살아났고 무대에 올려졌다. 50편의 오페라 중 1705년부터 1738년 사이에 작곡된 〈아그리피나〉(1709), 〈리날도〉(1711, 1731), 〈오를란도〉(1733), 〈알치나〉(1735), 〈아리오단테〉(1735), 〈세르세〉(1738) 등이 가장 자주 무대에 올려진다.

패드모어가 앤드루 맨지의 잉글리시 콘서트와 함께 녹음한 헨델의 테너 아리아 음반이 당대의 카스트라토가 노래했던 가장 유명한 주인공들의 아리아가 아닌 2인자 테너들의 숨겨진 아리아를 아름답게 노래하고 있다면, 이언 보스트리지의 음반 〈Great Handel〉(EMI)은 카스트라토가 노래했던 것도 테너의 음역으로

역사학 박사 출신의 영국이 자랑하는 테너 이언 보스트리지.

조정해 집어넣었고 오라토리오의 노래들도 함께 넣었다. 잘 조명받지 못하는 테너의 아리아만을 고집한 것도, 장르와 음역을 넘어서 주옥같은 헨델의 멜로디를 망라한 것도 어느 하나 못하다고 할 것 없이 오늘날 헨델을 추억하는 아름다운 방편일 것이다.

이언 보스트리지Ian Bostridge는 1964년 성탄절에 태어난 철학 석사, 역사학 박사 출신의 영국 테너이다. 옥스퍼드와 케임브리지를 거쳐 그가 다다른 곳은 학문의 바다가 아니라 1993년 위그모어 홀에서의 늦깎이 성악가 데뷔 무대였다. 그러나 학위를 척척 해내듯 보스트리지는 신인상을 포함한 상들도 척척 받아내며 이내 노래의 바다에서 여유로운 유영을 즐기는 듯하다. 그의 지적인 이력은 늘 노래하는 그의 곁을 맴돌면서 그를 보고 듣는 이들의 눈과 귀에 색다른 여과를 하게 한다. 그러한 백그라운드를 뒤로하고 부르는 노래이니 더 잘해야 하는가, 아니면 좀 못해도 되는가를 생각해보게 되는 것이다.

이번에 보스트리지는 해리 비켓이 지휘하는 '계몽시대 오케스트라Orchestra of the age of enlightenment'와 함께했다. 보스트리지에 대한 또하나의 편견, 역사학 박사 출신이라고 듣는 이를 가르치려 들거나 계몽하려 하면 어쩌나 하는 걱정들, 직접 그의 고운 목소리를 들으며 판단해보아도 좋을 것이다.

그가 지금껏 헤엄쳐온 성악의 바다에서 길어올린 노래늘은, 줄리어스 드레이크, 레이프 오베 안스네스, 안토니오 파파노, 미츠코 우치다, 파비오 비온디, 베르나르트 하이팅크, 찰스 매케라스, 대니얼 하딩 등 쟁쟁한 음악인들과 함께했던 슈베르트, 슈만, 바흐, 브리튼, 모차르트, 본 윌리엄스, 헨리 퍼셀, 몬테베르디, 바그너, 후고 볼프의 음악 들이다. 헨델의 음악은 2000년 Virgin Classics 레이블에서 존 넬슨과 함께 발매한 〈L'Allegro, il Pensoroso el il Moderato〉 이후 7년 만이다. 보스트리지가 가장 자주 녹음한 슈베르트나 브리튼을 제외하고 두번째로 선택한 작곡가는 헨델이 처음인데 당시의 노래와 비교해 들어보고 싶다.

1735년의 오페라 〈아리오단테〉 중 아리오단테가 부르는 〈즐겨라, 이 믿지 못할 여인아Scherza infida〉는 그의 연인 달린다가 배신하는 장면에 나오는 아리아로 이 역시 당시의 아리오단테 역인 카스트라토를 위해 씌어진 곡이다. 보스트리지는 이 노래를 아주 좋아해서 자신의 콘서트에서도 즐겨 불렀다고 한다.

헨델의 테너를 복원하려는 패드모어 같은 욕구를 넘어서서, 보스트리지는 헨델이 지닌 특질이자 장점, 즉 하나의 멜로디 라인이 다른 음역으로 전조될 때의 본질적으로 같으면서도 재창조되는 새로움의 즐거움을 보여주고 싶었는지도 모른다.

즐겨라, 이 믿지 못할 여인아. 너의 연인의 품속에서
죽음과 손잡은 배신
너로 인해 이제 나 자신을 찾았네

그러나 이 관계를 끝내기 위해
나 되돌아오리, 슬픈 그림자로,
벌거벗은 영혼으로, 너를 고문하기 위해

검고 어두운 밤 지난 후
태양은 천국에서 더 밝게 빛나고
세상은 즐거움으로 가득 차네

사나운 폭풍우를 지나
나의 배는 거의 다 이겨내었네
항구에 닿아 이제 다시 안전한 닻을 내리네

사랑의 슬픔과 고통으로 괴로움을 당해본 자들은 다 알 것이다. 분노와 복수의 노도와 같은 감정을 지나 슬픔 속에 어쩔 수 없이 닻을 내리고 닿는 나의 항구. 결국 나 혼자 가는 길이다. 그 항구엔 더 밝게 빛나는 태양과 즐거움이 가득했으면 하지만 실제 어떤 것일까.

2007년은 헨델의 오페라 아리아에 대한 재소닝이 있었던 해인 듯하다. 우리나라 무대에 〈리날도〉가 최초로 공연되기도 했고,

호주 출신의 매력적인 소프라노 다니
엘 드 니즈의 헨델 아리아집.

앞서의 두 테너 외에, 5월 파리 노트르담에서는 다니엘 드 니즈
라는 호주 출신의 신인 소프라노가 윌리엄 크리스티가 지휘하는
레자르 플로리상과 헨델의 아리아들을 취입했다. 27살의 소프라
노가 데카와 음반 계약을 맺고 데뷔 음반으로 크리스티가 이끄는
레자르 플로리상과 함께 헨델의 아리아집을 냈다는 건 그녀의 환
한 앞날을 보여주는 듯하다.

1980년 네덜란드와 스리랑카의 후손으로 호주에서 태어난 다
니엘 드 니즈Danielle de Niese는 미국 로스앤젤레스로 이주해 15살
때 로스앤젤레스 오페라에서 데뷔했다. 이후 메트로폴리탄 오페
라 영 아티스트 스튜디오에 최연소로 참여했고 19살 때 제임스
러바인 지휘로 모차르트의 〈피가로의 결혼〉에 바르바리나로 데
뷔했다. 그후 라벨 작품의 주역을 맡으면서 그녀는 바로크부터

헨델, 모차르트에서 현대에 이르기까지의 레퍼토리를 망라하며 세계 주요 오페라 극장을 누비고 있다.

그녀는 어린 시절부터 노래와 무용, 피아노를 배웠다는데 자라면서 점점 자신에게 가장 큰 즐거움을 주는 건 노래라는 걸 깨닫게 되었다. 그렇지 않아도 음반 커버의 사진을 보고는 또 그저 그렇고 그런 아름다운 외모의 소프라노가 크로스오버 음반을 하나 냈나보다 했었다. 이국적인 풍모에 길고 탐스런 머리, 발레 등으로 가다듬은 듯한 몸매와 자태, 아름다운 쇄골과 가슴선이 드러나도록 트렌디하게 차려 입은 옷차림까지, 그녀는 한마디로 헨델을 잘 노래할 것같이 생기지 않았다(쓰고 보니, 이게 언제 생겨버린 단호한 편견의 발로란 말인가!).

그런데 아무튼 그녀의 노래는 아주 훌륭하다. 기품 있으며 맑고 어린데도 도도하다. 앨범에 해설을 쓴 평론가 로저 파인스가 붙인 제목 'Sharing the Joys of Handel'처럼 젊은 그녀는 벌써 헨델 아리아의 즐거움에 푹 빠진 채 그 즐거움을 듣는 이와 나눌 줄 아는 것이다. 헨델의 많은 오페라 속 각각의 배역들, 즉 클레오파트라(《줄리오 체사레》)나 세멜레(《세멜레》), 지네브라(《아리오단테》), 잘 알려지지 않은 오페라 〈테세오〉 속의 메데아에 이르기까지, 그녀가 노래하지만 현실세계에서 만날 수 없는 인물들을 구체화해 감정이입하다보니 그들에게 빠져들었다. 그와 농시에 헨델이 그녀들을 좋아했다는 사실을 깨달을 수 있었다. 한 인물과 다른 인물을 비교하게도 되고 자신도 그녀들을 사랑하게 되었다. 또 그들에게 헨델이 불어넣은 멜로디는 부르는 사람의 목소리를 윤기나게 하고 빛을 발하게 하며 진정한 감정의 소통이 이루어지도록 한다는 것을 발견했다고 한다.

음반 안엔 2005년 영국 서섹스 글라인드본 페스티벌에서의 공연으로 관중과 평단을 매료시킨 그녀의 트레이드마크 〈줄리오 체사레〉의 클레오파트라의 아리아를 포함해 잘 알려진 곡들과 잘 알려지지 않았으나 아주 지적인 캐릭터들의 아리아가 고루 섞여 있다.

그녀는 무대에서 노래하는 삶이 참으로 행복하여 그로 인해 치르는 대가에 대해 불평하지 않는다고 말한다. 사랑하는 사람들과 함께하지 못하는 것, 늘 여행가방을 쌌다 풀었다 하는 것, 한마디로 노마드적 인간으로 사는 것.

그러나 이토록 성숙하고 다 자란 듯 보이는 드 니즈는 첫 앨범을 낸 감동을 써놓은 부분에서, 고마운 사람들을 일일이 열거하고 부모와 남동생에게 진심 어린 감사를 보내며 어린 존재로 되돌아가 있다. 한마디로 참으로 행복해 보인다. 이제 시작이다.

키신의 단조

천재 연주자와 빛나는 노력을 할 줄 아는 연주자, 만약 양자 간 선택을 할 수 있다면 연주자들은 어떤 선택을 할까. 노력은 체력과 여건과 무엇보다 마음을 가져야 쏟을 수 있는 것일 테고, 그렇다면 그것은 이미 타고난 천재보다 더 무서운 것일 테니 어려운 선택이긴 하지만 노력 쪽에 좀더 많은 연주자가 모여들지 않을까.

위대한 음악가와 천재 음악가는 다르다. 천재가 있다고 꼭 위대한 것은 아니다. 바렌보임의 연주를 들으면 참 천재구나, 라고 느끼지만 키신의 연주를 들으면 저 연주를 위해 얼마나 연습했을까를 생각한다고 한다. 연주자로서의 위대함을 느끼게 되는 감동은 후자에게서라고 한다.

피아니스트들은, 예브게니 키신Evgeny Kissin의 연주를 듣고 있노라면, 도대체 저렇게 치려면 얼마나 오랜 시간 피나는 연습을 했을 것인가, 말하며 그 노력의 흔적이 드러나는 연주에 박수를 보내게 된다고 한다. 그는 타고난 노력형 연주자이다. 사실 그게 천재가 아닐까. 자신이 좋아하는 일에 몰두할 때 그 일을 가장 잘하게 되는 것이니, 그는 어린 날부터 그 잘하는 연주로 사람들을 놀라게 해왔다. 몰입의 즐거움 또한 대단했으리라. 그 즐거움이 다음 연주의 몰입으로 이어지고 그 몰입이 또 성공적 연주를 가져오고, 그 성공적 연주의 기억이 쌓이며 한 연주자는 대가가 되어가는 것이리라.

그러나 늘 즐거울 수만 있었을까. 가끔씩 혜성처럼 나타나는 새로운 천재 연주자에게 기가 죽기도 하겠고, 아무리 연습해도 맘에 들지 않는 부분도 있을 테고, 무엇보다 삶이란 것 자체가 우리에게 주는 평균치의 고뇌를 그도 지고 있을 것이다. 그러니까 키신 같은 세계적 연주자의 삶에도 장조만이 아닌, 단조의 영역이 있을 것이다. 또 그 영역이 그를 키우는 부분이 있을 것이다.

키신이 작년 영국에서 콜린 데이비스 경이 지휘하는 런던 심포니오케스트라와 협연한 두 곡의 피아노 협주곡 음반(EMI)이 발매되었다. 모차르트의 피아노 협주곡 24번 C단조 k.491과 슈만의 피아노 협주곡 A단조 op.54. 고뇌 어린 표정을 짓고 있는 키

신의 얼굴이 재킷에 실린 음반을 보며 그의 인생에서는 언제가 단조일까를 생각해보았다.

협주곡은 대개 두 가지 기본적 양식을 가진다. 모차르트, 베토벤, 브람스가 주도했던 고전적 양식과 멘델스존에 의해 시작되어 슈만 등이 계승한 낭만적 양식이 그것이다.

모차르트의 피아노 협주곡 24번 C단조는 같은 해의 작품인 피아노 협주곡 25번 C장조 k.503과 더불어 그의 최고 걸작으로 꼽히는 작품으로, 1786년 3월 24일 작곡되어 2주 후 모차르트 자신의 지휘로 초연되었다. 고전적 협주곡이란 교향곡만큼이나, 혹은 그 이상의 섬세함과 구성적 능력을 요구하는 것으로, 교향악적 사고가 음악 창조의 가장 고차원적인 것이라며 교향곡의 협주곡에 대한 우위를 설파하는 견해는 환상일 뿐이라고 일단의 음악이론가들은 말한다. 또 단수의 협주악기와 복수의 오케스트라, 한 개인과 대중의 관계를 모색하는 것이 협주곡인바, 오페라가 인간성에 대해 드러내놓고 관심을 보이는 것이라면 협주곡은 인간에 대한 관심의 함축적 표현이라고 할 수 있다는 것이다.

쾨헬 번호상 이 피아노 협주곡 24번 C단조 바로 다음에 놓이는 것이 오페라 〈피가로의 결혼〉(k.492)인데, 그는 비극의 세계를 내포한 이 피아노 협주곡에 간간이 끼어 있는 아주 밝은 목관악기 연주 부분의 확대판과도 같은 희극적인 인간의 세상을 그리고 싶어했는지도 모르겠다. 버나드 쇼는 모차르트를 일컬어 말하기를 '음악으로 가장 심오하고 섬세한 극작가'라 하였다.

모차르트는 이 곡에서 어떤 카덴차도 작곡하지 않았는데, 키신은 생상스가 작곡한 카덴차 대신 자기 자신의 카덴차를 사용하고 있다.

슈만의 피아노 협주곡 A단조는 1841년 환상곡으로 작곡했던 1악장이 불완전하다고 느낀 후 1845년 피날레를 추가하고 이어 간주곡을 더하면서 전통적인 3악장 협주곡으로 완성되었다. 7월에 완성 후 수정작업을 거쳐 그해 12월 드레스덴에서 비공식적 연주회를 통해 발표하고 이듬해 1월 1일 새해 첫날 라이프치히에서 아내 클라라 슈만의 연주로 대중에게 선보였다.

이 작품은 모든 장르의 작품을 통틀어 슈만의 가장 유명한 작품으로 명성을 얻어왔다. 이 곡은 모차르트의 복잡한 이중제시부 양식을 거부한 멘델스존으로 대표되는 고전주의 이후의 협주곡들과 동일선상에 있다. '교향곡, 협주곡, 화려한 그랜드 소나타 사이의 어떤 것'이라 슈만 자신도 정의한 바 있다. 주제상의 세밀한 구분은 내던져지고 독주자의 멜로디를 이곳저곳에서 대신하는 가볍고 투명한 오케스트라의 반주가 딸린 피아노곡으로 슈만의 기품 있는 오케스트레이션이 돋보인다.

피아니스트 에드빈 피셔는 이 곡의 강렬한 뜨거움과 차가움을 각각 '축제의 불꽃'과 '비감의 그늘'이라 표현하기도 했다. 그처럼 슈만의 피아노 협주곡 A단조는 타오르는 듯이 뜨거우면서 동시에 얼음처럼 차가운 곡으로 슈만 자신의 삶과도 같은 곡이다. 누군가는 이 곡을 마치 '뜨거운 아이스크림' 같다고 했다. 뜨거움과 차가움이 합쳐져 미지근해지는 것이 아니라 제각각 더욱 강렬해지기에……

뜨거움과 차가움도 마찬가지겠으나, 단조 없는 장조란 밝음이 아닐 것이다. 밝음도 어두움도 아닌 희부염이겠지. 대조적인 반대의 그 무엇이 없다면 세상은 이와 같이 미지근할 것이다. 키신의 단조 협주곡 연주를 들으며 희부연 세상이 아닌 뚜렷함이 있는 세상에서 장조, 단조의 음악을 들으며 산다는 것의 기쁨을 느껴본다.

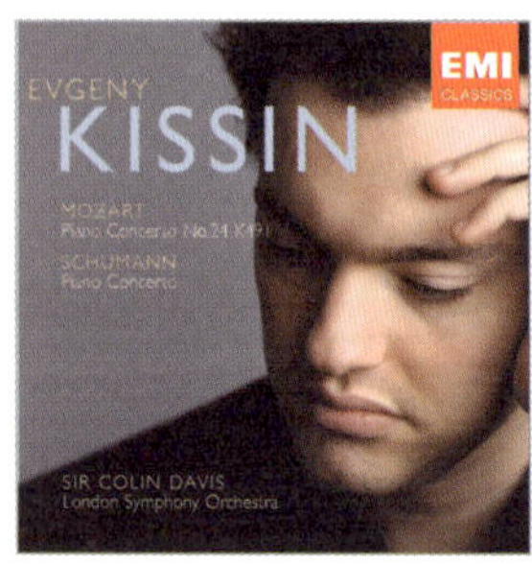

모차르트 외 | 피아노 협주곡 No.24 k.491 외 EMI
피아노_예브게니 키신
지휘_콜린 데이비스 / 런던 심포니 오케스트라

모차르트 최고 걸작 중 하나인 피아노 협주곡 24번과 모든 장르의 작품을 통틀어 슈만의 가장 유명한 작품이라 일컬어지는 피아노 협주곡 연주 음반. 어느새 거장으로 성장한 키신의 에너지 넘치는 화려한 연주가 콜린 데이비스와 런던 심포니 오케스트라와의 협연으로 강렬한 감동을 전한다.

혁명가이자 아내였던 그녀
―요하나 킨켈

여성 작곡가, 여성 철학자라는 말을 하기보다 작곡가인데 여성, 철학자인데 여성일 뿐이란 말을 하고 살면 좋겠다. 엄마와 아빠로는 성의 구분이 있되 어떤 일에서도 구분이 필요하지 않았으면 좋겠다. 한나 아렌트는 훌륭한 철학자인데 여성이었던 것처럼, 훌륭한 작곡가인데 여성이어서 자신의 이름을 후세에 널리 알리지 못한 한 여성의 이야기를 하고자 한다. 높은 지성과 끊임없는 연구, 뛰어난 음악적 재능과 유머로 여성임을 넘어선, 해방된 여성으로 존경과 동시에 경멸의 대상이 되었던 사람.

요하나 킨켈Johanna Kinkel, 1810~1858은 1810년 7월 8일 독일의 본

에서 김나지움 교사인 아버지 요제프 모켈과 어머니 마리안나 사이에서 태어났다. 그녀는 어린 시절부터 음악에 재능을 보였다. 베토벤의 스승이기도 한 프란츠 안톤 리스는 엘리트 제자들로 구성한 '음악사회'에 그녀를 가입시키기도 했다. 1829년 요하나는 사육제를 기념해 자신의 첫 작품을 작곡하여 본의 음악 애호가들에게 각광을 받았다. 당시 사람들은 급진적인 가치관과 독특한 유머감각의 소유자였던 그녀를 두고, 음악을 안 했더라면 '머리가 좀 이상한 모켈 양'이 될 뻔했는데 다행이라고 말했다 한다.

그러나 그녀가 음악을 직업으로 삼겠다고 했을 때 그녀를 뜯어말린 것은 어머니와 할머니를 포함한 집안의 여자들이었다. 그들이 딸의 야망을 접게 하는 가장 손쉬운 방법은 결혼이었다. 1832년, 결국 그녀는 가톨릭 집안 출신으로 책과 음악 딜러였던 쾰른 태생의 요한 파울 마티우스와 결혼하고 말았다. 그러나 23살에 서둘러 했던 요하나의 첫 결혼은 다행인지 불행인지 그녀의 몸과 마음을 피폐하게 했다. 그녀의 가족들은 폭력적이고 독재적인 남편에게 맞아서 거의 불구가 되어가는 딸을 데리고 집으로 돌아올 수밖에 없었다.

그녀가 상처에서 회복된 이후 음악은 그녀의 유일한 즐거움이자 괴로운 기억으로부터 회복하는 탈출구였다. 가족들은 더이상 딸이 원하는 음악을 하는 것을 말릴 수 없었다. 그녀는 안톤 리스가 가입시켜주었던 음악서클 '음악사회'에서 다시 주도적인 역할을 하기 시작했다. 본 사람들은 다시금 그녀의 작품 초연이나 기교적인 피아노 연주를 듣는 호사를 누릴 수 있었다.

1836년 여름 그녀는 멘델스존을 만났다. 프랑크푸르트에서 우연히 그의 작품을 연주하게 되었는데 멘델스존이 그녀의 재능에 깊이 감명받은 것이었다. 그녀는 프랑크푸르트에서 알게 된 게오르크 폰 브렌타노 등의 추천으로 베를린으로 거처를 옮겨 학생들을 가르치며 생활을 꾸려나갔다. 베를린의 문화 환경은 그녀의 창작열에 불을 지폈고, 스스로의 힘으로 생활할 기반이 마련된 그 시절은 그녀의 정신을 담금질하는 두번째 시기였다.

행복한 나날들이었다. 그녀는 합창단원이나 피아니스트로 파니 멘델스존의 아침음악회나 일요 콘서트 무대에 서며 베를린 문화계에 이름을 알렸다. 그 시절 그녀는 많은 작가들과 교류하며 자신이 좋아하는 친구들의 시에 곡을 붙였다. op.6부터 op.12까지가 당시에 만든 가곡들이다. 평안한 날들이었다, 남편이 이혼을 해주지 않는 것만 뺀다면.

1839년 그녀는 이혼 수속을 위해 고향 본으로 돌아갔으나 일은 순조롭게 풀리지 않았고, 그녀는 본에서 독주, 작곡 등 음악활동을 계속했다. 또한 합창단의 지휘를 맡기도 했는데 당시 독일 전역에서 여성이 지휘한 것은 요하나가 처음이었다.

베를린 시절 그녀는 에마누엘 기벨이라는 시인과 가깝게 지내며 그의 시에 곡을 붙이기도 했는데, 그는 본 대학에서 루터교 신학 강사인 고트프리트 킨켈에게 신학을 배운 적이 있었다. 그래서 요하나도 킨켈을 몇 번 본 적이 있었다.

킨켈이 장기간의 이탈리아 여행을 마치고 본에 돌아와 추위와 단조로운 일상에 지루해하고 있을 때 요하나 또한 언제 끝날지 모르는 이혼 수속에 지쳐가고 있었다. 두 사람의 지루함이 그들을 친해지게 했던 것일까. 이혼을 앞둔 가톨릭 여성과 자기 여동생의 시누이와 약혼 상태였던 남자는 지적으로 자극하고 독려할 수 있는 가장 좋은 대화 상대가 되었다. 대화가 잘된다고 다 사랑에 빠지는 것은 아닐 터인데, 두 사람은 사랑에 빠진다. 고트프리트는 하룻밤 동안 12편의 시를 지어 요하나에게 바쳤고 그녀는 거기에 곡을 붙였다. 이혼 수속중인 가톨릭 여성과 5살이나 어린 루터교 신학자의 만남은 그 자체로 커다란 스캔들이었다. 그런데 그 무렵 요하나가 사고로 라인 강에 빠진 일이 있었다. 그녀를 구한 것은 고트프리트였고, 그 뒤로 둘은 자신들의 사랑이 그 모든 것에 맞설 만한 것이라는 걸 인정한다. 그리고 고트프리트는 약혼을 파기한다.

1840년 여름, 둘은 '무당벌레 사회'라는 모임을 만들었다. 동명의 잡지를 펴내며 본과 라인 근방의 속물 부르주아들을 무당벌레라 부르며 비웃고 풍자했다. 스위스 출신의 역사학자 야코프 부르크하르트 등 많은 학생들이 이에 동조했고, 격변기의 작가들에게 그 모임은 예술을 이야기할 수 있는 통로가 되어주었다. 당

시에는 오페라 공연이 활발했는데, 고트프리트의 서사시가 성공
하여 요하나가 징슈필을 만들기도 했다.

　이혼 수속을 마친 요하나는 1842년 루터교로 개종했다. 그리
고 이듬해 봄 두 사람은 부부가 된다.

　요하나의 친구이자 훗날 신학자가 된 빌리발트 베이슐라크는
다음과 같이 말했다.

　"작곡가이자 피아니스트, 혁명가, 작가였던 그녀는 그 모든 것
에 앞서 헌신적인 아내이자 네 아이의 엄마였다. 아내와 엄마라
는 역할은 19세기 여성 작곡가로서 자리매김하는 데에 분명한 걸
림돌이었다. 킨켈에 대한 요하나의 무조건적으로 헌신적인, 질투
에 불타는 열렬한 사랑은 그녀의 예술과 삶에 새로운 변화를 가
져온 동시에 그녀의 예술가로서의 삶에 걸림돌이었다."

　결혼 후 6년에 걸쳐 네 명의 아이가 태어났다. 아이들을 키우
고 생계를 위해 레슨도 계속했지만 요하나는 작곡과 출판을 멈추
지 않았다. 그녀의 아이들은 말보다 노래를 먼저 배웠다고 한다.
그녀는 또한 시를 포함해 여러 종류의 글을 썼고, 본 시절의 재미
있는 일화들을 책으로 펴내기도 했다.

　1848년의 혁명은 전 유럽을 뒤덮었고 본도 예외일 수 없었다.
당시 본의 정치 그룹은 정부 권위 유지를 주장하는 보수파, 헌법

개정과 집회 결사의 자유를 요구하는 입헌주의파, 그리고 민주
정치 진영으로 나뉘어 있었다. '음악사회'와 '무당벌레 사회'는
구성원들의 정치적 견해의 충돌로 분열되어 끝내 해체되었다.
사회적 불평등을 타개할 수 있을 것이라는 믿음하에 그때까지
입헌군주제를 지지하던 요하나는 1848년 3월 민주정치 진영에
합류한다.

한편 고트프리트는 '장인과 노동자를 위한 교육 사회'라는 모
임을 만들었는데 이 모임은 민주정치 진영 내부에서 점차 좌경화
되었다. 그는 보수 진영과 민주주의적 정신을 가진 교수 모임 모
두와 거리를 두었다. 그러자 두 사람에 대한 안 좋은 이야기들이
다시 나돌기 시작했다. 요하나 또한 그러한 분위기를 감지했다.

음악회 초대는 줄어들었고, 요하나가 고트프리트를 정치적으로
조종한다는 소문까지 퍼졌다.

사실 민주정치 진영의 대변인으로 점차 정치적 급진주의자가
되어가면서 고트프리트는 요하나에게 고백한 적이 있었다. 만약
자신이 요하나를 만나지 않았더라면 반란을 지지할 힘이라곤 하
나도 없는 본의 불쌍한 보통 사람들이나 마찬가지로 교회 대표쯤
되어 있었을 것이라고, 그런데 그녀는 참으로 신기하게도 자신
안의 남성, 이 시기 꼭 필요한 심지를 가진 남성을 찾아내주는 사
람이라고. 요하나는 고트프리트에게 예술적 영감의 뮤즈만이 아
니라 정치적 용기의 추동력까지 되어준 여인이었다.

1848년 12월 그녀는 〈민주주의자의 노래〉(작품번호 없음)를 발
표한다. 그 가사는 이렇다. '민주주의여 일어나라, 붉은 군주에
맞서라.' 도시 수비대가 요하나의 아이들을 위해 만든 〈나 자라면
모든 것 달라지리, 깃발을 높이 흔들며, 자유를 위해서 내 생명
바치리〉(op.20~21)라는 노래를 부르자, 본 사회는 그녀를 피에
굶주린 혁명가라며 손가락질한다.

1849년 그녀는 본의 민주정치 진영의 입 역할을 하는 신문의
편집자 직을 맡으며 적극적으로 정치적 사건들에 개입하였다. 이
로써 여성은 정치 참여에 관련되지 않아야 한다는 부르주아 지배
계층의 사고를 과감히 떨쳐버렸다.

반란Palatine-Baden Rebellion에 참여했던 고트프리트가 프로이센 군

대에 붙잡혀 투옥되자, 요하나는 지독한 가난 속에서 네 아이와 함께 부모의 집으로 돌아가야 했다. 더이상 레슨도 할 수 없었고 사회적 냉대에 시달리며 남편의 사형 선고 소식을 듣는다. 그러나 민주정치 진영 지인들의 도움으로 형량을 종신형으로 낮출 수 있었다.

요하나는 남편을 살리기 위해 발 벗고 나섰고, 제자 카를 슈르츠의 도움으로 뇌물을 써서 남편을 탈옥시켰다. 베를린—스판다우에 위치한 감옥을 배경으로 요하나 킨켈 연출, 고트프리트 킨켈과 카를 슈르츠 출연의 '대담한 탈옥'은 성공적으로 촬영을 마칠 수 있었다. 고트프리트와 슈르츠는 스코틀랜드를 거쳐 파리에 도착했고, 요하나는 남편과 극적으로 재회했다.(나는 음악인의 삶에서 1848년 무렵 유럽을 휩쌌던 혁명의 기운이 이처럼 직접적으로 절절하게 아로새겨진 경우는 요하나 킨켈의 예에서 처음 보았다.)

1851년 두 사람은 네 아이와 함께 런던으로 이주해 망명자들을 도우며 새로운 삶을 시작했다. 고트프리트는 여전히 정치적 문제에 연루된 상태였고, 폴란드, 헝가리, 이탈리아, 러시아에서는 연이어 반군주제 혁명의 물결이 일었다. 두 사람은 혁명가들의 정신적 지주이자 실질적인 은신처였다.

삶은 이어가야 했고 그 책임은 '혁명가이자 남편'인 고트프리트가 감옥에서 나왔어도 여전히 '혁명가였지만 아내'였던 요하나에게 주어졌다. 그녀의 몫이었다. 사람들이 그녀의 음악가로서의 가치를 몰라주던 런던 시절의 초기에는 싼값에 많은 아이들을 가르치는 레슨에 만족해야 했다. 그 단조로움이 견딜 수 없어지면 그녀는 때때로 작곡과 집필에 몰두해야 했다. 그런 사람이 있는 것이다. 단조로운 일상, 아내로서의 역할, 매일매일의 돈 벌기가 아니라, 자신의 온 정신과 열의를 다해 몰두해야만 성취할 수 있는 일을 해야 하는 사람. 하루 걸러라도 산뜻한 성취감을 맛보지 못하면, 나날이 스스로 혁명을 하지 않으면, 삶의 의미를 이어갈 수 없는 사람. 그 사람이 여성일 때 그녀가 가족을 부양하고 있다 해도 사회는 그녀를 '유난하다'고 말한다.

고트프리트가 혁명군을 위한 기금 모금을 위해 미국으로 떠나 있던 1852년, 삶에 지친 요하나는 남편에게 이렇게 썼다.

'당신들 남자들은 영광을 이야기하며 조국을 위해 가족을 희생하지요. 그 모든 것의 결과들을 생각해본 적 있나요, 희생된 가족이 어떠할지 당신은 진정 관심이 있나요?'

고트프리트가 자유로운 몸으로 교수직을 얻자 요하나는 다시 런던 사회에 이름을 알려나갔다. 음악사를 공부하기 시작했고, 피아노 연주, 강연을 하는 틈틈이 모차르트, 베토벤, 멘델스존에 대한 논문도 발표했다. 동갑내기 작곡가 쇼팽을 영국에 소개한 것도 그녀였다. 실제로 그녀는 뛰어난 쇼팽 연주자였다고 한다.

그러나 혁명가 남편이 가정으로 돌아왔다 해도 가족의, 여성의 행복은 완성되지 않았다. 그녀의 모든 왕성한 창작과 그로 인한 만족에도 불구하고, 그녀는 자주 앓았다. 그동안의 삶의 곡절과 생계를 위해 치러온 전쟁 같은 고통들에 런던의 음울한 날씨까지 그녀의 육체를 괴롭혔다. 심장질환에다 천식, 편두통, 불면증까지 계속되었다. 그러나 몸보다 더 아픈 것은 마음이었다. 이미 그녀는 40대 후반으로 병까지 얻은 상태였지만, 40대 초반의 고트프리트는 살롱에서 늘 여인들에게 둘러싸여 있었다. 파니 멘델스존이 30대 중반에 젊음과 사랑이 사라져감을 예감하고 〈사계〉 중 〈11월〉에서 지극한 슬픔을 노래한 것처럼, 요하나 킨켈은 30대를 혁명과 생계에 투신하고 40대에 자신의 창의를 불태우고는 이제 런던의 병상에서 나이 듦을 서글퍼하고 있었다. 그녀의 서글픔은 파니의 그것보다 더 구체적이고 쓰라렸다. 남편에 대한 질투로 몹시 괴로워했던 것이다. 자신의 몸에선 이미 모든 매력이 사라졌으나, 남편은 감옥까지 다녀온 혁명 투사였으며 여전히 매력적이었다. 그녀는 남편이 집에 없을 때면 미칠 듯이 괴로워했다.

1858년 11월 15일, 그녀는 자신의 집 3층에서 떨어지고 말았다. 자살이라는 소문은 삽시간에 퍼져나갔고 고트프리트는 소문을 막기 위해 동분서주했다. 독일 이민자들과 영국의 친구들이 그녀의 죽음을 오래도록 애도했다.

요하나 킨켈은 여성도 진리와 정의를 위한 용맹한 전사가 될 수 있음을, 지적인 창의의 영역에서 끊임없이 고양된 그 무엇을 할 수 있음을 알게 해준 빛나는 여성이었다. 그러나 동시에, 아이를 키우고 생계를 유지하며 남편을 사랑하고 질투하는 보통 여인의 삶의 토대 위에서 이러한 빛남이 모두 가능함을 몸으로 말해준 여인으로, 어찌 보면 요즘의 여성들이 앓고 있는 슈퍼우먼 콤플렉스라는 억압의 원조가 되기도 했다는 생각이 든다.

이미 혁명 전에 자신의 종교적 신념을 바꾸고 신학을 포기했던 고트프리트 킨켈은 예술사를 가르쳐오다가 런던에서는 독일어와 독일문학을 가르치고 1866년, 취리히 공과대학의 고고학과 예술사 교수직을 받아들여 그곳에서 세상을 떠났다. 부인이 죽고 난 24년 후의 일이었다.

사랑과 우정, 혹은 이별

가문 A와 가문 B의
대를 이은 우정
—바흐와 아벨

고전주의 시대 독일의 비올라 다 감바 연주자로 감바 음악에 있어 중요한 작품을 남기고 있는 카를 프리드리히 아벨의 솔로 비올라 다 감바를 위한 곡을 모아놓은 음반(〈Music for Solo Viola da Gamba〉)이 Hyperion에서 새로 나왔다.

카를 프리드리히 아벨Carl Friedrich Abel은 1723년 쾨텐에서 태어났다. 아벨의 아버지 크리스티안 페르디난트 아벨은 당시 요한 제바스티안 바흐가 이끌던 쾨텐 궁정악단의 현악주자였고 그의 할아버지 또한 하노버 등지에서 활동하던 첼리스트이자 작곡가였다. 바흐는 크리스티안 페르디난트 아벨을 염누에 누고 〈브란덴부르크 협주곡〉을 포함해 비올라 다 감바 곡을 작곡했을 것으로 추측된다.

　음악적 피를 타고난 아벨은 처음엔 아버지에게 음악을 배우다가 그가 태어나던 해 라이프치히로 이주한 바흐에게 가서 플루트와 하프시코드를 배웠다. 거기서 그는 자신보다 12살 아래인 바흐의 막내아들 요한 크리스티안 바흐Johann Christian Bach를 알게 되는데 이 인연은 훗날 런던으로 이어진다.

　아벨은 1745년 바흐의 주선으로 드레스덴 궁정악단의 비올라 다 감바 주자로 채용되었다. 그러나 7년전쟁의 소요와 궁정악장이던 요한 아돌프 하세와의 불화로 이듬해 드레스덴을 떠난다. 정확한 이유야 어떻든 이후 아벨은 1758~59년 겨울쯤에 런던에 도착해 1787년 세상을 떠날 때까지 잠시 고향을 다녀온 것을 빼고는 30년 가까운 생을 런던에서 보냈다.

　런던에서 아벨은 소속 없는 프리랜서 음악인으로 활동했다. 그가 처음 한 일은 소호 광장에 있는 칼리슬 홀에서 은퇴한 오페라 가수 출신 흥행주인 테레사 코닐리스가 주최하는 자선 음악회를 구성하는 것이었다. 그가 구성한 음악회들이 점차 각광을 받자, 마치 잘나가는 감독이 제작사로부터 독립하듯 아벨은 코닐리스로부터 독립하였다. 그리고 때마침 1762년 런던으로 건너온 요한 크리스티안 바흐와 바흐가 세상을 떠날 때까지 20년간 함께 '바흐-아벨 음악회'를 주최하며 영국 자선 음악회의 전통을 세웠다. 이들 바흐-아벨 동업의 자선 콘서트는 하이든의 작품도 런던

무대 초연으로 이 무대를 선택할 만큼 지명도가 있었고 주목을 받았다.

토머스 게인즈버러가 그린 아벨의 첫 초상화(1777)는 이 시기의 작품으로, 이 무렵 아벨-바흐 두 작곡가의 이 작업을 런던 사회에 적극적으로 알리고자 제작된 것으로 보인다. 말하자면 홍보용 초상화인 것이다. 아벨이 연주하던 악기 비올라 다 감바는 당시의 영국인들에게는 잘 연주되지 않던 것으로 아벨은 치열한 런던 음악계에서 감바 덕분에 경쟁의 우위에 설 수 있었다. 아벨의 연주는 영국의 감바 부흥에 불을 지폈다. 초상화를 그린 게인즈

버러를 포함해 많은 아마추어들이 감바를 배우기 위해 아벨 곁에 몰려들었다.

아벨은 물론 연주만이 아니라 작곡활동도 하였는데, 아벨의 감바 음악은 크게 두 가지로 대별된다. 먼저 50여 곡의 감바와 베이스를 위한 소나타들은 펨브로크 공주를 위해 씌어진 교본인 듯 간단하고 우아한 곡들이다. 아벨 자신 또한 온 힘을 다해 기교와 씨름하는 것을 좋아하진 않아 대중 앞에서도 단순하고 쉬운 곡들을 주로 연주했다고 전해진다. 그러나 이 음반에 수록된 곡들은 영국 도서관과 뉴욕 공공도서관에 자필 악보로 남아 있는 30곡의 솔로 곡들로, 앞서 언급한 것들보다 훨씬 많은 기교를 요구한다. 이 곡들은 그의 친구들과 함께 벽난로 앞 같은 사적인 자리에서 연주하던 것들로 보인다. 그러니까 아벨은 영국 음악사회에서 경쟁우위에 있는 자신의 악기 비올라 다 감바를 가지고 작곡과 무대에서의 연주에 자신의 온 힘을 쏟진 않았던 모양이다. 슬렁슬렁 해도 다 좋다 하고 어렵게 해도 객석에서 알아줄 이 없으니 가끔 기교가 그리워질 때 그것을 알아주는 음악 친구들 앞에서나 자신을 시험에 들게 하였던가보다.

감바 음악 외에도 아벨은 몇몇 작품을 남기고 있다. 19세기 한 출판사에서 모차르트 자필 악보로 씌어진 한 곡을 모차르트의 교향곡 3번 E플랫 장조로 발간한 적이 있었다. 그런데 사실 이 악보는 1764년 런던에 연주여행을 왔던 8살 소년 모차르트가 음악

공부를 위해 아벨의 곡을 필사한 것으로 밝혀졌다. 그 악보는 아벨의 교향곡 6번으로 다시 발간되었다. 음악인들의 삶을 더듬다 보면, 같은 시대 나이 차이를 두고, 공간의 거리를 두고 살았다 할지라도 이렇게 저렇게 재미나게 겹치는 부분을 발견하는 즐거움이 있다.

요제프 요하임 라프의 잘 알려지지 않은 첼로 소나타를 발굴해 녹음한 바 있는 독일의 젊은 첼리스트 다니엘 밀러 쇼트는 15살 때 차이콥스키 콩쿠르 1등상을 받으며 국제적인 주목을 받기 시작해 현재 수많은 지휘자들이 가장 선호하는 첼로 주자 중 한 사람이다. 스티븐 이설리스, 하인리히 시프 등에게 배웠고 안네 조피 무터가 후원하는데다 스스로는 아주 학구적인 자세로 앞으로의 활약이 기대되는 연주자이다.

이번에 밀러 쇼트가 바흐의 대가라 할 수 있는 안젤라 휴잇과 함께 Orfeo 레이블에서 바흐의 소나타집을 냈다. 아버지 바흐의 세 곡의 소나타와 둘째 아들, 함부르크의 바흐로 불리는 카를 필리프 에마누엘 바흐Carl Philip Emanuel Bach의 소나타 한 곡이 수록되어 있다.

앞서 언급했듯이, 바흐가 기악곡을 활발히 작곡했던 것은 1716~23년 쾨텐의 궁성에서 악단을 이끌고 있던 시기였다. 무반주 첼로 모음곡을 포함해 당대 자신의 악단에 속해 있던 훌륭한 연주자를 염두에 두고 작곡해 실연을 통해 구현할 수 있었던 것이다. 이 음반에 수록된 세 곡의 소나타 BWV 1027, 1028, 1029는 이 시기 쾨텐 궁정악단의 비올라 다 감바 주자였던 크리스티안 페르디난트 아벨이 그 영감의 주인공이었고, 당시에는 비올라 다 감바와 쳄발로를 위한 소나타로 명기되어 있었다. 이중 소나타 3번 BWV 1029는 BWV 1039 2대의 플루트와 콘티누오를 위한 소나타로 멜로디가 그대로 차용되었다. 비올라 다 감바를 위한 소나타를 훗날 2대의 플루트로 작곡했다는 건 쳄발로의 오른손으로는 멜로디 라인을 연주하게 됨을 의미한다.

바흐의 둘째 아들 카를 필리프 에마누엘 바흐는 프로이센의 프리드리히 대제가 아꼈던 음악인으로 그 궁정에서 대제가 연주하던 플루트를 위한 곡들을 포함한 주옥같은 곡들을 남겼다. 이 음반에 수록된 비올라 다 감바와 바소 콘티누오를 위한 D장조 소나타는 당시 자신의 동생 요한 크리스티안 바흐와 영국에서 콘서트 기획을 하던 아벨을 위해 작곡된 것으로 알려져 있다. 그러니까 작곡을 하는 바흐 가문의 부자가 비올라 다 감바를 연주하던 아벨 가문의 부자를 위해 작곡한 곡들이 이 음반에 실려 있는 셈이다. 아벨은 아버지와의 인연 덕분에 아버지 바흐에게 음악도 배우고 일자리 소개도 받았는데 아들들은 한 사람은 동업자로, 또다른 형님은 작곡으로 관계를 이어갔다. 두 음악집안의 인연이 따뜻하게 여겨진다.

브람스의
사랑과 우정

1853년 로베르트 슈만은 『음악신보』에 20살 청년 요하네스 브람스Johannes Brahms, 1833~1897의 가곡에 초점을 맞추어 극찬한 평론을 실었다. 가사를 알지 못하더라도 전곡을 흐르는 그 심오한 보컬 라인을 이해하게 되는 노래들이라며. '심오한 보컬 라인'이란 멜로디의 창조에 의해 형성되는 브람스만의 특별함을 말하는 것이다. 그 사람만의 특별함을 형성하는 것들은 무엇이 있을까를 생각해본다.

브람스 가곡의 전반을 흐르는 주제는 가슴 아픔과 인간의 고독이다. 브람스의 삶을 이야기함에 있어 빼놓지 않고 늘 나오는 이야기이지만 평생 그는 클라라 슈만에 대한 열정과 사랑을 간직

한 채 살았다. 이루어질 수 없는 여인에 대한 사랑을 가슴에 안고 어떤 여성과도 영원한 관계를 맺지 않은 작곡가의 절대 고독감은 그의 가곡을 통해 전달되어 우리의 가슴까지 저리게 한다.

그가 피아노곡 2곡에 이어 처음으로 출판한 가곡 〈진정한 사랑Liebestreu〉 op.3/1은 불행한 사랑을 포기하라는 어머니와 자신의 감정에 충실하려는 딸 간의 대화로 사랑과 망각의 슬픔을 다루고 있으며 〈초원에서의 고독Feldeinsamkeit〉 op.86/2 등도 이런 사랑의 아픔을 다룬다.

진정한 사랑

'아이야, 너의 슬픔을 가라앉혀라
바다에, 바다 깊숙이.'
바다 아래에는 돌이 있어
내 슬픔은 항상 해면으로 솟아올라요.

'네 마음에 간직하고 있는 사랑
그걸 뽑아버려라, 뽑아버려라, 내 아이야.'
꽃은 뽑아버리면 죽을 수 있지만
진정한 사랑은 그렇게 쉬이 죽지 않아요.

'충실함, 충실함, 그것은 단어일 뿐
바람에 던져버려라.'
오 어머니, 바위가 바람에 쪼개지더라도
나의 충심은 견뎌낼 거예요.

—로베르트 라이니크

초원에서의 고독

나 고요히 푸른 풀 위에서 쉬네
끊임없이 위를 바라보네
귀뚜라미 끊임없이 나를 맴돌며 울고
나는 놀랍게도 푸른 하늘에 안기네.

사랑스런 흰 구름 지나가네
푸른 하늘 지나, 아름답고 고요한 꿈과 같이
나는 마치 아주 오래 전 죽은 것같이
영원한 공간을 통해 그 꿈들과 함께 더없이 행복하네.

—헤르만 알머스

　이 두 가곡의 가사 속에 브람스의 내면이 다 들어 있다. 어머니의 말을 통해 진정한 사랑을 부인하고, 이어지는 딸의 항변을 통해 바다 위로 늘 솟구쳐 오르는 슬픔이 있다 해도 쉬이 죽지 않고 견뎌내는 사랑의 항상심을 강변한다. 또 초원에 홀로 누우면 그 모든 걸 초월하거나 타인과 결부되지 않은 나만의 절대 고독이 있음에 행복해한다.

　그러나 브람스의 가곡이 늘 이렇듯 사랑의 진정성이나 그에

대한 고통스런 부인, 고독 같은 심각함만을 다루고 있다고 본다
면 큰 오산이다. 〈결실 없는 세레나데Vergebliches Standchen〉 op.84/4
에서는 집에 들어오려는 구애자를 쫓아버리는 위트 있는 소녀의
대꾸가 무릎을 치게 한다.

결실 없는 세레나데

안녕 내 사랑
안녕 내 아기
나 그대의 사랑을 위해 왔다네,
나를 위해 문을 열어주오.

내 문은 잠겨 있다네,
당신은 들어올 수 없다네,
엄마가 내게 좋은 충고 해주셨지
만일 그가 들어오게 된다면 나는 끝이라고.

밤이라 너무 춥소,
바람이 얼음장 같소,
내 가슴도 얼어붙어서

내 사랑은 죽을지 모르오
내 아기, 나를 위해 문을 열어주오.

만일 당신의 사랑이 죽어간다면,
죽게 내버려두시면 되겠군요;
그 사랑 영원히 죽는다면,
집으로 가 잠이나 푹 자요!
잘 자요, 젊은이!

—라인 강 하류지방의 민속음악

그의, 혹은 나의 사랑이 끝난다고 두려워할 것이나 억울할 것은 하나 없다. 그렇게 끝날, 죽을 사랑이면 지금 끝나도 상관없는 것이다. 상대를 유혹하는 가장 큰 무기는 외모의 매력이 아니라 상대에 대한 칭찬이라고 하는데, 아무리 현란한 칭송의 유혹을 한다 해도 그걸 받아주지 않으면 내 사랑 스러진다고 엄살을 떤다면 집에 가 잠이나 자라고 할 일이다. 평생을 우정인 듯, 우애인 듯 지켜줄 마음이 없으면 말이다.

브람스는 평생 3백 곡이 넘는 성악곡을 작곡했는데 그중 196곡이 피아노 반주의 솔로곡이다. 클라라 슈만의 피아노 반주를 염두에 둔 곡들인 것이다. 멜로디를 보완하는 방법으로 브람스는 피아노 반주를 적절히 사용했는데, 브람스 자신의 삶이 멜로디라면 클

라라의 피아노 반주 없이 그의 '심오한 보컬 라인'은 완성되지 않
는 것이다. 우리는 〈절망Verzagen〉op.72/4에서 으르렁거리는 바
다, 파도의 움직임, 나아가 격렬한 마음의 동요 등을 표현하는 피
아노 소리를 들을 수 있다.

절망

나 으르렁거리는 바닷가에 앉아 있네
그곳에서 휴식을 구하네
나 파도의 움직임을 바라보네
우울한 체념 속에서

파도는 해변으로 몰려왔다가
거품과 함께 멀어지네
그 위로 구름과 바람
왔다가 또 가네

터질 듯한 가슴 여전하기만 하고
쉬기를 거부하네
당신은 위안을 찾아야 하네

바람과 파도 속에서

─당신은 왜 울고 있는가?

─카를 폰 렘케

마치 시인이 브람스를 염두에 두고 지은 시 같지 않은가.

이번에 새로 나온 브람스 가곡집(〈Brahms: Lieder〉, Harmonia Mundi)에서 노래를 부른 이는 아르헨티나 출신 메조소프라노 베르나르다 핑크이다. 부에노스아이레스의 테아트로 콜론 고등예술학교에서 공부하고 1985년 콩쿠르에서 1등상을 받은 것을 시작으로 유럽에 정주하여 활동해왔다. 특히 프라하를 본거지로 활동해왔는데 그녀는 슬로베키아 가계를 가지고 있어 체코 필, 프라하 심포니 오케스트라, 수크 챔버 오케스트라 등과 언어장벽 없이 공동작업을 해왔으며 그 외 세계 굴지의 오케스트라, 지휘자와 함께 연주하며, 음악제 참여와 레코딩 작업을 해오고 있다.

동성 간에
꼭 우정이어야 하는 법 있나요

에어런 코플랜드, 벤저민 브리튼, 쇼팽, 차이콥스키, 생상스, 슈베르트, 레너드 번스타인, 새뮤얼 바버.

이 작곡가들의 공통점이 무엇인지 아시겠는지.

1995년 나온 컴필레이션 음반 〈Out Classics〉(RCA)에 수록된 작곡가들인 이들은 음악사에서 동성애자로 알려진 인물들이다. 그렇다고 알려진 차이콥스키나 번스타인을 제외하고, '아니, 조르주 상드와 살았던 쇼팽이? 생상스도? 슈베르티아데는 그럼 동성애자들의 모임?' 하며 놀라고는, 이내 그들의 음악 속에서 동성애자 득유의 미석 쥐향이 부엇이 있었던가 그들의 음악을 떠올려보게 된다. 이러한 세인들과 평단의 진부한 논의에 대해 미국 작곡가로 동성애자였던 네드 로럼은 다음과 같이 말한다.

"동성애자의 정서란 어떤 것이다 하고 정의를 내리기 무섭게, 그 일체의 정의를 뒤집어놓는 작곡가들이 나올 것이다."

'쇤베르크를 가장 잘 따르는 것은 그에게 가장 반하는 것이다'라는 아방가르드 음악의 정신이 꼭 아니더라도 어떤 고정관념에 의해 규정짓는 음악의 미학은 늘 예상을 빗나가고 말며 그것을 뒤집는 것이 예술의 정신이라는 것을 일깨워주는 말이다. 각 개인의 성적 취향이나 특수성은 예술이라는 이름과 그 이름으로 행하는 행위에 녹아들고 마는 것이리라.

최근 여러 종류의 음악을 한꺼번에 모은 컴필레이션 음반이 봇물을 이루고 있다. 새로운 교통수단의 등장으로 이동 속도가 상상을 초월하게 빨라지고 수명 또한 길어졌음에도(아니면 바로 그래서인가) 시간의 단위가 더욱 잘게 쪼개지면서 오늘날 사람들은 너 나 할 것 없이 다들 바쁘다. 음악도 오래 듣지 못한다. 그래서 이러한 기획 편집음반들이 유행을 하는 듯한데, 그 종류도 다양하다. 태교에 좋은 음악 모음, 아이들의 성장과 두뇌 개발에 좋은 음악 모음(아이에게 좋다는 음반만큼 보편적 정서에 호소하는 것은 없으니 가장 먼저 개발된 컴필레이션 음반), 사랑의 음악 모음, 식전에 들으면 좋을 아페리티프, 나아가 애완견과 함께 들으면 좋은 음반에 이르기까지.

그런데 앙드레 베커라는 기획자는 이러한 'Out classics, 클래식 바깥의 클래식'을 기획하고 1990년대 중반 동성애 작곡가들의 음악을 모아놓았다. 음반가게에 가서 "애완견과 함께 들으면 좋을 클래식 주세요" 하면 자신이 애완견을 키우는 사람임을, "태교에 좋은 클래식 주세요" 하면 배 안에 소중한 아기를 키우고 있음을, 그렇게들 자신의 정체성을 드러내는 것이라면, "동성애 작곡가들의 〈아웃 클래식〉 주세요"라고 자신 있게 말할 이 별로 없지 않을까. "나 그거거든요"까진 아니더라도 "나 그거에 관심이 좀 있어서"라고 말하는 것도 조심스러운 사회이니까.

어째서 자신의 성적 정체성이 소수자의 것이라 해서 말 못 하고 살아야 하는 걸까. 그것을 드러내는 것이 터부시되는 걸까. 사회는 그렇게 오랜 세월 진화해왔으면서도 대중문화의 코드로는 활발히 등장할지언정, 아직껏 타인의 다양성을 온전히 받아들이지 못한다.

30년 동안 결혼생활을 지속해온 번스타인은 그의 후견인이자 드러내놓고 살지 않은 동성애자 에어런 코플랜드에게 '성에 대해 솔직한 태도를 취하고 밀실에서 벗어나자'고 권유했다가 냉담하기 그지없는 대꾸를 대면했다. "그 문제는 자네가 알아서 하게나."

차이콥스키는 짧고 끔찍했던 결혼생활 후 자신의 성적 취향을 그대로 받아들이기로 했으나 동성애 혐오증을 가진 평론가들에 의해 비웃음을 당하고 그의 음악은 동성애자적인 흔적을 색출당하기 일쑤였다.

차이콥스키의 사인은 냉수를 마시고 콜레라에 감염된 것으로 알려져 있지만, 당시 모스크바에 콜레라가 창궐하고 있는 것을 모르지 않았던 그가 균이 가득할 것이 틀림없는 끓이지 않은 물을 들이켰다는 점에서 볼 때 자발적 죽음이라는 분석이 지배적이다. 동성애적 성향이 평생 그를 괴롭혔다.

차이콥스키는 광산부 고급 공무원과 프랑스 혈통인 그의 두번째 부인 사이의 아들로 태어났다. 양친이 모두 음악을 사랑하여 어릴 때부터 음악공부를 하였으나 처음엔 뚜렷한 재능을 드러내지 않아 다른 공부를 하고 법무성 공무원으로 사회에 진출한다. 사촌과의 경쟁심으로 니콜라이 차렘바에게 배우며 음악공부를 다시 시작하게 되었고, 차렘바가 당시 창립된 상트페테르부르크 음악원의 교수가 되자 차이콥스키도 자연스레 그곳에서 공부하게 된다. 창립자인 안톤 루빈시타인에게 작곡을 배우고 인정받으면서 그는 본격적인 음악의 길로 접어들게 된다. 그러나 당시 러시아 5인조와는 친하게 지내긴 했으되 완전한 동질감으로 함께 하진 않는데, 여기에도 그의 정체성 고민이 개입되지 않을까 생각된다.

자신이 대다수의 사람들과 성적 취향이 다르다는 인식은 두 가지 심리적 기제를 드러내는데, 이를 충족시키기 위한 성적 방종과 방어기제로서 자신에게 매력 있는 존재를 일부러 무시하거나 우상화하는 극단적 모습이라고 한다. 차이콥스키도 바로 그러했다.

그런 삶에 지쳐 있던 차이콥스키는 어느 날 자포자기의 심정으로 자신을 받아줄 것 같은 열렬한 제자 안토니아 밀류코바와 결혼하지만 곧 후회로 끝을 맺고 모스크바 강에 몸을 던지는 자살 시도를 한다. 이후 정신적 파탄에서 어느 정도 벗어나고 난 후 그는 그의 형제 아나톨리에게 보낸 편지에서, '타고난 자신을 넘어선 어떤 존재이기를 바라는 것보다 더 소모적인 것은 없다'고 썼다. 결혼은 자기도 부정하고 싶었던 자신의 진실을 마주하게 하였던 것이다.

이러한 개인적 비극은 늘 그렇듯이 예술가의 창조력을 고갈시키는 것이 아니라 고양시키는 것이었다. 그는 바로 이 무렵 그의 명작인 교향곡 4번과 오페라 〈예브게니 오네긴〉을 작곡하였다. 한 평론가는 차이콥스키를 문학에 있어 도스토옙스키에 비유하며 이렇게 말했다.

"이 두 예술가는 모두 열정을 숨긴 채 공포의 순간, 전적으로 피폐해진 정신 앞에 멈춰 서서, 심연 앞의 차가운 불안 속에서 절실하게 달콤함을 찾는다. 한 사람은 음악으로, 한 사람은 문학으로, 청자나 독자늘이 이러한 감정을 경험하도록 몰고 간다."

슈베르트에 대해서는 음악학자 메이너드 솔로몬이 1988년 그에게 동성애적 취향이 있었음을 폭로하고 나서 떠들썩한 논쟁이 이어졌다. 반대 진영에서는 그런 무자비한 비난으로부터 슈베르트는 보호받아야 한다고 주장했으나 슈베르트가 동성애자들로 이루어진 빈의 반문화집단에 속해 있었다는 증거는 부정할 수 없었다. 동시에 슈베르트가 동성애자였다는 것이 '무자비한 비난'이라 말하는 것이 오히려 그에 대한 무자비한 비난일 수 있음을 알아야 한다. 그 화자는 아마도 그토록 아름다운 음악을 만들어낸 슈베르트가 동성애자였던 게 너무나 싫어서 방어 아닌 방어를 하고 있을 뿐이다. 그것이 더이상 비난이 아니고 '그저 사실'이어야 하는 것이 슈베르트 보호의 본질적 해결이 아니겠는가.

바버는 자신이 동성애자라는 사실을 드러내지 않았으나 굳이 숨기려 하지도 않았다. 그는 1928년 작곡가 지안 카를로 메노티와 관계를 맺기 시작해 거의 평생 관계를 유지했던 행복한 사람이었다. 두 사람은 공동작업도 추진해 바버의 오페라 〈바네사〉(1958)의 대본을 메노티가 쓰기도 하였다.

영국의 작곡가 벤저민 브리튼과 테너 피터 피어스 간의 37년간 유지된 관계는 정서적 교류와 예술적 협력을 동시에 성취했던 또다른 예이다. 브리튼은 자신의 사랑을 위해 〈피터 그라임스〉(1944)의 주인공 역, 〈베니스에서의 죽음〉(1973)의 아셴바흐 역 등 훌륭한 배역을 많이 창조해냈다. 그들은 만년(1974)의 연애편

테너 피터 피어스(왼쪽)와 작곡가 벤저민 브리튼(오른쪽)은 37년간 연애관계를 유지하며 뛰어난 예술을 성취했다.

지에서 이렇게 주고받고 있다.

브리튼: 내가 지금까지 작곡해온 것들이 예술가로서나 한 인간 으로서나 당신처럼 훌륭한 사람에게 어울릴 만한 것일까요?

피어스: 나는 당신의 곡을 노래하기 위해 존재하는 사람이며 당 신의 음악 속에 살고 있는 사람이라오. 어떻게 당신에게, 그리고 35년 동안 우리가 함께 천상의 기쁨을 누릴 수 있도록 마련된 운명

에 대한 고마움을 다 표현할 수가 있겠소.

그들의 행복에, 성이 어떠하든 그 아름다운 사랑에 눈 흘길 자격 같은 건 애초에 우리에게 없다. 게다가 한 예술가의 행복한 사귐, 사랑 덕분에 아름다운 음악을 한 편 더 감상하기까지 할 수 있지 않은가.

번스타인의
반경 넓은 사랑

프랑스 파리에 독일군의 폭탄이 투척되는 사이 드뷔시가 세상을 떠나던 바로 그해 대서양 건너 미국 대륙에서는 매사추세츠 주에 정착한 우크라이나 출신 유대인 이민 가정에서 한 아이가 태어났으니, 그는 훗날 미국 최고의 지휘자로 이름을 날릴 레너드 번스타인Leonard Bernstein, 1918~1990이었다. 그는 드뷔시와 같은 처녀자리로 1918년 8월 25일 매사추세츠 주 로런스에서 태어났다. 그의 할머니는 손자의 이름을 '루이스'로 하자고 주장했으나 부모는 그를 '레너드'라 불렀고 그의 나이 15살 때 정식으로 레너드로 개명하였다. '꽃이라 부르니 그는 내게 와 꽃이 된' 것처럼 레너드라 부르니 그는 레너드가 되었다. 번스타인은 꽃처럼, 그의 이름 레너드처럼, 그는 생애 내내 부르는 대로 되고, 부르는 대로 얻었던 행복한 사람이었다.

그는 먼저 하버드를 불렀다. 1934년 하버드에 입학해 월터 피스턴에게 배우고 하버드 합창단에서도 잠시 활동했다.

다음으로 커티스라 부르니 필라델피아 커티스음악원에 들어가 프리츠 라이너의 지휘 클래스에서 유일하게 A학점을 받았다.

이어 뉴욕에서 생기 가득한 사교생활을 하던 그는 이성애자가 아니었기에 결혼할 준비가 되어 있지 않았으나 주변에서 권유했다. 이 사회에서 출세하려면 정상적인 가정생활이 뒷받침되어야 한다고. 동성애자인 그가 급기야 '정상적 결혼'이라 부르니 칠레 출신 여배우 펠리시아 몬테알레그레 콘이 나타나 그와 결혼했다. 1951년 9월 그의 나이 33살의 일이었다. 그 결혼으로 보수적인 이사진을 만족시킨 번스타인은 보스턴 심포니 오케스트라의 상임 지휘자 직을 얻었다. 세 아이도 얻었다.

이후 그는 지휘자로, 작곡가로, 교육자로, 뉴욕 필의 종신 음악감독으로, 세계 유수의 오케스트라를 지휘하고 3편의 교향곡, 2편의 오페라, 〈웨스트사이드 스토리〉를 포함한 5편의 뮤지컬, 그 외 수많은 작품들을 쓰면서, 세계적으로 이름을 떨친 최초의 미국 지휘자로 음악계를 휘어잡았다.

지휘에 있어 그의 경력은 뉴욕 필의 부지휘자로 있던 1944년 상임 지휘자 브루노 발터가 독감으로 내려온 카네기홀의 지휘대를 너무나 성공적으로 메우면서 빛을 발하기 시작했다. 당시 리하르트 슈트라우스의 〈돈키호테〉 연주는 전국적으로 방송되었고, 그 전에 한 번도 이 곡을 지휘해본 적이 없었던 번스타인은 공연 직전 발터의 짧은 코치만으로 리허설 없이 지휘봉을 잡고 성공해내 일약 국가적 스타가 되었다. 2차대전 후 번스타인의 지휘자로서의 경력은 국제무대로 뻗어나갔다.

1951년엔 미국 작곡가 찰스 아이브스의 교향곡 2번을 뉴욕 필지휘로 초연하였다. 반세기 전에 그 곡을 쓴 노 작곡가와 부인은 너무 연로해 콘서트에 직접 참석은 못 하고 라디오로 그 감격적인 초연을 듣고는 열광했다고 한다. 자신의 악보가 어떻게 음악이 되는지를 비로소 들을 수 있었던 아이브스는 3년 후 세상을 떠난다. 미국의 음악을 사랑하고 아끼는 미국 출신의 지휘자와 매스미디어의 결합이 조국의 한 작곡가를 행복하게 할 수 있었다.

매스미디어는 번스타인과 뗄 수 없는 관계였다. 1950년대 초반 시작한 청소년을 위한 콘서트 시리즈는 CBS 방송을 타고 53회에 걸쳐 방송되면서 뉴욕 필의 종신 음악감독이 된 교육자로서의 면모까지 합쳐져 그는 미국의 일류 명사 대열에 올랐다.

유대인의 뿌리를 가졌던 번스타인은 이스라엘이 아직 약소국이던 반세기 전 그 나라에 클래식 음악을 심는 것부터 시작해 평생에 걸친 관계를 유지한다. 1947년 텔아비브에서 조연, 1957년 맨 오디토리움 취임 연주, 1967년 예루살렘에서의 통일 축하 지

브루노 발터를 대신해 뉴욕 필을 지휘했던
1944년 청년 시절의 번스타인.

휘, 1970년대에는 이스라엘 필과 여러 녹음을 남겼다.

그는 또 여러 기록을 남겼다. 1959년 뉴욕 필을 이끌고 전 유럽 투어를 함으로써 미국 오케스트라의 유럽 진출의 교두보를 마련했고, 1960년대에 말러 교향곡 전곡 녹음을 처음으로 완성하였으니, 지휘의 반경을 넓히는 것에서나 깊이 파고듦에서나 견줄 데 없이 훌륭한 지휘자였던 것이다.

그의 마지막 지휘는 72살 생일을 일주일 앞둔 1990년 8월 19일 탱글우드에서 보스턴 심포니와 함께 한 브리튼의 〈네 개의 바다 간주곡〉과 베토벤의 교향곡 7번이었다. 베토벤 연주 도중 번스타인은 기침 발작으로 몹시 괴로워했으며 결과적으로 연주는 엉망이 되고 말았다. 그는 헤비 스모커로 20대부터 폐기종과 싸워왔는데 결국 그해 10월 은퇴 닷새 후 세상을 떠났다. 번스타인은 뉴욕 브루클린의 그린우드 묘지에 안장되었다.

이제 우리는 그를 불러도 대답이 없으나 그의 지휘와 교육, 대담 모습을 담은 수많은 기록과 영상물은 시대 변화를 거쳐 LP로, CD로, DVD로 우리 곁에 남아 있으니, 그는 갔어도 간 게 아니다.

그는 지금 세상의 잣대로 볼 때 무척 행복한 삶을 살다 간 인물이었으나, 그가 불러도 눈앞에 나타나지 않은 것이 있지 않았을까.

동성애자이면서도 결혼해 아이까지 낳은 번스타인을 두고 사람들은 양성애자로서 행복한 양쪽 생활을 다 한 것이 아니냐는 말들을 했지만(자신은 음식이나 섹스나 음악 장르나 어떤 하나를 특별히 선호하지 않는다는, 가족에 대한 헌신과 게이 욕망 사이에서 갈등하는 것을 암시하는 듯한 그의 이야기), 〈웨스트사이드 스토리〉의 공동제작자인 아서 로런츠는 이에 대해 명확히 정리했다.

"그는 단순히 결혼한 게이일 뿐이다. 그는 한 번도 자신의 성적 정체성에 대해 갈등하지 않았다. 그는 명확한 게이이다."

그의 또다른 친구도 이야기했다.

"번스타인은 성적으로 남자였고 감정적으로 여자였다."

그는 결혼 후 나이 들면서 동성애자의 인권에 대한 사회의 관심이 너그러워지는 듯하자 그 무렵 아예 그의 파트너인 톰 코스랜과 살림을 차리기도 했다. 부인과 세 아이를 떠나 지냈던 것이다. 그러나 부인이 폐암에 걸렸다는 소식을 듣고는 부인 곁으로 돌아와 그녀가 죽을 때까지 그녀를 돌봤다고 한다.

자신의 의사대로 이름이 지어지는 것이 아니라 누군가 불러줄 때 자신의 이름이 되는 것처럼 성적 정체성도 자기 마음대로 할 수 있는 건 아닐 것이다. 그가 스스로 불러 만들어나갈 수 있었던 자신의 업적과는 다른 것이었을 성 정체성에 대해 그는 그저 담담히 받아들였던 듯하다.

20세기의 새로운 음악의 선구자 격인 드뷔시가 세상을 떠나던 해 번스타인이 태어난 우연처럼, 번스타인에 대해 생각해보는 지금 이 시간에도 세상 어디에선가는 무엇으로 이름을 날릴 아기가 탄생하고 있겠다. 그 아이는 이름과 유전자는 타인에 의해 결정된 채 이 세상에서 살아가겠으나, 그 스스로 목 놓아 불러 만들어가야 할 한 세상을 마주하고 있을 터이다.

디토
—동감과 환기의 음악

'디토ditto'는 영어에서 '맞아', '동감이야'라는 뜻의 일상용어로 쓰인다. 내가 무어라 애써 말했을 때 묵직하거나 발랄한 목소리로 "디토"라 말해주면 아주 기분이 좋을 것이고 그것이 몇 번 반복되면 그와 나는 친구가 될 것이다. 내 생각에 대한 동의는 그런 것이다.

어쩌면 음악이란, 애초에 이 디토와 같은 것이었을 것이다. 힘든 노동을 하다가, 흥에 겨워 춤추다가, 혹은 슬픔에 젖은 가슴을 달래다가 시작되었을 테니까. 그저 그렇게 흘러나오는 음악들 중에서 오늘 내 감정과 내 상황에 맞는 음악이 들릴 때 그건 친구의 디토라는 말과 같지 않을까. 그래, 너 오늘 힘들지, 너 참 화가 나 겠구나, 기분 최고이니 신나는 이 음악과 함께 뚜껑 열고 하늘로 같이 한번 솟구치자, 맞아, 동감이야…… 어떤 구체적 말보다 많 은 내포를 할 수 있는 음악은 디토와 참 많이 닮았다.

이 '디토'라는 이름으로 네 젊음이 뭉쳤다. 세계를 무대로 활 동하고 있는 한국 출신의 젊고 매력 있는 연주자들, 이 프로젝트 를 처음 제안한 비올리스트 리처드 용재 오닐, 하버드에서 경제 학까지 공부한 학구파 바이올리니스트 자니 리, 온화함과 카리스 마를 동시에 갖춘 피아니스트 이윤수, 중후함과 낭만을 고루 갖 춘 첼리스트 패트릭 지.

이들의 이름 디토는 또한 '디베르티멘토'의 줄임말이라고도 한다. 디베르티멘토는 우리말로 '희유곡嬉遊曲'이라 번역된다. '기 분 전환'이란 뜻이 말해주듯이 귀족들의 고상한 오락을 위해 작 곡된 것으로, 소나타나 교향곡 등에 비해 내용이 가볍고 쉬운 편 이다. 악기 편성은 적은 인원의 실내악에서부터 오케스트라까지 다양하며, 악장도 비교적 짧게 이루어져 있다. 그야말로 자신을 재정적으로 후원해준 귀족들에게 기분을 맞춰주는 디토의 역할 을 톡톡히 하던 음악양식이라 할 수 있겠다.

그러나 오늘날 음악을 포함한 예술에 대해 사람들이 바라는 것은 단순히 동감만은 아니다. 새로운 것에 대한 환기, 각성, 미 래의 것을 내다보는 지표, 그런 음악은 그저 디토처럼 마냥 듣기 좋은 것일 수만은 없다. 때로 우리를 불편하게도 한다.

　새롭게 뭉친 이 젊은 연주자들은 지난해 6월 20일 예술의 전당에서 첫 음악회를 열고 본격적인 활동을 시작했다. 젊음이란 언제나 싱그럽다. 싱그러워서 눈길을 끌며 싱그러움에 겨워 즐거이 논다. 그러나 젊음의 뒤에는 고민이 있으며 그것은 젊음의 특권이자 의무이다. 이들의 진정한 성공의 관건은, 다양한 관객들에게 '디토, 동감'이란 즐거운 희유곡의 느낌을 주면서도, 음악에 대한 진지한 고민이 묻어나는 환기와 각성까지 안겨줄 수 있을 것인가가 아닐는지. 누구의 아이디어였는지, 아무튼 이름 하난 참 잘 지었다.

두 현악기의 우정

다리 사이에 끼워 세우고 활로 켜는 커다란 현악기와 품 안에 껴안고 손으로 뜯는 현악기, 첼로와 기타의 어울림은 어떠했었던 가? 꽤 들어봤을 텐데도 그 어울림의 색채가 잘 기억나지 않는 다. 두 악기는 같은 음역을 연주하기 때문에 사실 아주 조심스러 운 듀오인데다가 첼로는 기타를 완전히 압도할 풍성한 비브라토 를 구사할 수 있기 때문에 두 연주자의 서로에 대한 배려의 정도 에 따라 어울림의 색깔이 다 달랐던 것 같다.

중국의 첼리스트 지엔 왕이 기타리스트 외란 쇨셔와 함께 〈Reverie〉(DG)라는 듀엣 앨범을 내놓았다.

'백일몽', '헛된 망상'이라는 뜻의 'Reverie', 프랑스 작곡가들이 한 번쯤은 자신의 작품에 제목으로 붙이는 Reverie는 멜랑콜리라는 뜻도 가지고 있다. 한여름 길어진 낮잠 끝에 일어나 바라본 저녁 황혼이 해뜰 녘 새벽 같은데 남들은 다들 저녁이라 하고, 아무리 눈 비비고 다시 보아도 느껴지긴 아침 같아 세상이 날 속이는 것 같기도 했던 어린 시절 한켠의 기억이 있다. 낮잠 끝의 신경질만도 허무감만도 아닌 그 기분을 멜랑콜리라고 할 수 있을까. 세상살이의 허망함에 대한 예감과 동시에 그러나 살아내야 한다는 인간적인 의지가 존재하는 말랑하면서도 단단한 느낌.

낮잠을 자다 깨어나 아침인 것 같은 저녁을 또 만나게 되면 내가 세상에 지는 것만 같아 나는 그날 이후 '단단하게' 낮잠을 자지 않았다. 그 기묘한 고집은 중학교 때까지 이어지다 어느 날 어이없이 끝났다. 학교에서 친구들과 낮잠에 대한 이야기를 주고받다가 마치 준비된 왕따처럼 "너흰 어떻게 낮잠이 오니? 난 낮엔 잠이 안 와"라고 발설한 바로 그날, 난 집에 돌아와 지금의 기억에도 너무나 달콤한 낮잠에 빠져 들었다. 거의 10년 만의 첫 낮잠에서 깨어나고 나서, 기가 막혀 슬핏 웃었던 것 같다. 인간의 말과 의지의 아이러니, 나아가 인간과 삶 자체가 아이러니임을 극명하게 느끼게 되는 순간, 한 인간이 슬핏 웃는 것 외에 무슨 방도가 있었겠는가. 삶이란 이기고 지는 것이 아니며, 아닌 게 아니기도 하고, 아무렇지도 않게 헛된 공상이나 하면서 보내는 하루도 삶의 소중한 일부일 수 있다는 깨달음. 인간이 애초에

이 말랑한 백일몽을 꾸지 않았다면 문학도 예술도 존재하지 못했을 것이다.

지엔 왕은 자기 안의 이런 묘한 감정 따위를 내비치기보다는 숨기는 것이 미덕인 중국에서 첼리스트의 아들로 태어났다. 1968년생인 그는 문화혁명기가 막 끝나가던 1978년 중국을 방문한 보스턴 심포니 오케스트라 앞에서 류 롱파의 중국민요를 연주했다. 소년의 연주를 훌륭히 여긴 보스턴 심포니 첼로 주자 중 한 단원이 10살의 지엔 왕에게 브람스의 소나타 악보를 건네주고 떠났다. 지엔 왕은 아직도 그 악보를 소중히 간직하고 있다고 한다.

몇 년 전 대관령 음악제에서 그의 연주를 코앞에서 들었다. 코앞에서 듣다보니 소리도 소리지만 눈도 가까이 있는지라 그 남자의 외모를 자세히 보게 되었다. 주윤발보다 더 잘생긴 건 아니지만 그처럼 댄디한 스타일에 열정적으로 연주하는 표정이 아주 매력적이었다. 소년 지엔 왕이 소중히 간직했다는 악보 이야기를 접하면서 괜히 주윤발이 출연했음 직한 불쌍한 중국 소년의 성공기가 눈앞에 그려진다. 그의 성공적 연주 인생을 가장 기뻐할 사람은 자신은 세계무대에 서보지 못한 그의 아버지가 아닐까.

외란 쉴서와 함께 엄선한 이 음반의 레퍼토리는 아주 다양하다. 어린 날 중국의 기억을 대변하는 류 롱파의 민요, 미국 유학 시절 뉴욕에서 처음 듣고 마냥 좋았던 〈메모리〉, 아버지의 사랑이

첼리스트 지엔 왕과 기타리스트 외란
쇨셔가 우정 어린 마음으로 내놓은
듀엣 앨범 〈Reverie〉.

었다가 스승 알도 파라소의 사랑이 된 마리아 폰 파라디스의 〈시
칠리엔〉, 가브리엘 포레, 시벨리우스, 빌라로보스, 엘가, 카를 다
비도프, 차이콥스키 등. 두 연주자의 마음에 와 닿은 곡들을 쇨셔
가 대부분 편곡했다. 지엔은 비브라토를 자제하고 기타의 순수함
과 단순함에 맞추기 위한 완전히 다른 소리를 첼로로부터 끌어내
기 위해 몇 달간 주의 깊게 연습했다고 한다.

재미있는 것은 피아졸라에 대한 지엔 왕의 솔직한 고백이다.
이 음반에 수록된 피아노와 반도네온을 위한 밀롱가를 듣기 전까
지 그는 대체 왜 사람들이 피아졸라에 열광하는지 도통 모르겠었
다는 것이다. 앞서 말했듯 중국 땅에서 태어나 자란 그는 슬픔을
내놓고 다니는 사람들, 나아가 감정을 여과 없이 드러내는 음악
에 대해 문화적으로 거부감이 있었으리라. 그러나 이 밀롱가의

심장부에 있는 듯한, 그러나 결코 감상으로 치닫지 않는 멜랑콜리에 매료되었다는 것이다.

지엔 왕과 외란 쉴셔의 서로 배려하는 우정 어린 두 악기의 연주로, 류 룽파의 중국민요 〈목가〉와 피아졸라의 〈천사의 밀롱가〉, 그리고 파라디스의 〈시칠리엔〉을 들으며 어린 중국 소년의 마음이 되어본다.

지엔 왕과 외란 쉴셔의 우정을 시샘하듯 한 해가 끝나갈 무렵질세라 다른 이들의 첼로와 기타 2중주 음반이 새로 나왔다. 바로 우리나라의 첼리스트 송영훈과 미국 클리블랜드음악원의 교수로 있는 기타리스트 제이슨 뷰의 〈Song of Brazil〉(스톰프뮤직)이다.

친구인 김수빈의 결혼식을 통해 그들은 처음 만났다. 축가로 피아졸라의 곡을 연주해달라는 신부의 부탁으로 뜬금없이 축가 연습을 위해 만난 첼리스트와 기타리스트는 그러나 이내 서로의 음악성에 깊이 동감하게 되었다고 한다. 결혼식이 끝나고 김수빈과 그의 신부는 부부가 되고 송영훈과 제이슨 뷰는 친구가 되었다.

이후 미국과 한국을 오가며 연주 우정을 쌓아가던 그들은 피아졸라를 포함해 빌라-로보스, 안토니오 카를로스 조빔, 치크 부아르케 등 브라질을 대표하는 음악인들의 곡들로 첫 합작품을 냈

우연히 만나 우정을 쌓게 된 첼리스트 송영훈과 기타리스트 제이슨 뷰가 함께한 〈Song of Brazil〉.

다. 음반 출시 기념 음악회를 앞둔 어느 날 〈FM 가정음악〉 초대석에 나왔던 두 젊은 연주자는 자신들의 우정을 가감 없이 드러냈다. 한국 음식이나 노래방 등 한국의 밤 문화에 대해서도 함께한 추억이 많은 듯 제이슨 뷰는 친구의 고국에 대한 애정을 표현했다.

그는 기타의 현을 뜯는 오른손 엄지손가락에 재미난 것을 달고 있었는데, 탁구공을 잘라 만든 기타 픽pick을 아예 손톱 안에 붙여놓은 것이었다. 악기상가에서 해줬을까 네일 아트 숍에서 해줬을까 싶게 동그란 그것은 세상에 처음 보는 것이라 눈길을 끌었다. 그들은 쉬는 시간엔 함께 탁구도 친다기에 제이슨 뷰는 그럼 그 탁구공으로 만든 넓적한 엄지손톱으로 탁구공을 치느냐 능청댔더니 두 현악기가 깔깔 웃어댔다. 기타와 첼로, 첼로와 기타,

그들의 우정이 깊구나 느껴졌다.

우정의 빛깔이야 그 어울림의 색깔처럼 다 다르겠으나, 음악을 통해, 음악으로써, 우리 모두도 그들처럼 누군가와 깊은 우정을 나누기를 바랐다.

바람과 바람

　우리나라 사람들이 미국으로 이민 가서 가게를 차리게 되는 경우가 많다. 얼마 전 어이없는 '바지 주장'을 하던 미국 판사와의 재판에서 승소한 정씨 부부의 세탁소에는 직접 '정's 세탁소'라는 상호가 붙어 있진 않았지만, 김씨네 세탁소, 이씨네 야채 가게 하는 식으로 자신의 성씨를 내건 가게를 흔히 보게 된다.

　한 사회과학자는 최근, 나라마다, 민족마다, 혹은 성별에 따라, 자신이 하는 가게나 회사 이름에 자신의 성과 이름을 따는 경우가 어떻게 다른가라는 주제를 관심 있게 연구하고 있다. 아일랜드계나 일본인처럼 자신의 국적에 자부심을 가질수록, 민족적 정체성의 뿌리가 깊거나 힘겹게 쟁취했을수록 성을 내건 상호가 많다고 한다. 또 재미난 것은, 여성의 경우, 성을 내걸지 않고 자신의 이름을 내거는 경우가 많다는 것이다. '제시카's 네일 아트' 식으로.

음악가 부부로 가장 유명한 슈만의 경우도, 그냥 슈만 하면 남편 로베르트를 가리키며 클라라 슈만이라고 해야 그녀, 클라라 비크의 딸에서 로베르트의 사랑으로 결혼한 여성 음악인 클라라를 정확히 일컫게 된다. 어찌 보면 서양에선 당연한 일일지도 모르겠다. 여성의 성이란 이루는 가족에 따라 아버지에서 남편으로, 또 다른 남편으로 바뀌게 되니, 여성이 정확히 자신이다라고 생각하게 되는 부분은 이름first name에 있게 되리라.

말러라고 했을 때에도 알마 말러Alma Mahler, 1879~1964를 떠올리는 사람은 많지 않을 것이다.

살아 있을 때에는 빈 오페라 극장을 포함한 유수의 오케스트라를 맡았던 훌륭한 지휘자로, 사후엔 후기낭만파 작곡가로 더욱 널리 이름을 얻은 구스타프 말러Gustav Mahler, 1860~1911. 우리가 말러라는 성에서 떠올리는 그 남자는 1860년 7월 7일 보헤미아의 칼리슈트라는 곳의 유대인 가정에서 태어났다. 말러의 부모인 말러 부부는 곧 오스트리아-헝가리 제국 내 모라비아의 이글라우라는 곳으로 이주해 말러는 그곳에서 자라났다. 그는 말하자면 보헤미안계 오스트리아 국적의 유대인이었다.

알마 말러는 생전 그 누구보다 열정적인 삶을 살았던 예술가로서 뛰어난 가곡들을 남겼다.

1897년 37살의 말러에게 황실의 지위를 보장하는 빈 오페라 극장의 감독직 제안이 들어왔을 때 독실한 유대교인이 아니었던 그는 가톨릭으로 쉽게 개종하며 그 자리를 얻었다. 그러나 그는 평생 주변인이라는 피해의식을 가지고 있었다. "오스트리아 안에서는 보헤미아인으로, 독일인들 속에서는 오스트리아인으로, 세계에서는 유대인으로, 나는 어디에서도 이방인으로, 환영받지 못했다"고 훗날 말러는 토로하였다.

말러를 힘들게 했던 것은 자신의 국가적, 민족적 정체성만은 아니었다. 빈 오페라 극장 감독으로 각광받던 최고의 시절인 1902년, 19살 어린 빈 최고의 미인 알마 신들러와의 결혼은 빈 전체의 관심을 끌기에 충분했다. 구스타프 클림트를 가르치기도 했던 화가 에밀 야코프 신들러의 딸 알마는 음악에 재능이 있었다. 그러나 자신을 압도하는 나이 많은 남편은 결혼의 조건으로 음악을 그만두고 내조에 충실할 것을 내걸었고 알마는 결혼 초이를 충실히 따랐다고 한다. 그러나 애지중지하던 그들의 첫딸 마리아 안나를 다섯 살에 디프테리아로 잃은 후(1907) 남편은 실의에 빠졌고 자유분방한 아내는 가정 바깥에서 위안을 찾고자 하였다. 건축가 발터 그로피우스와 연애에 빠진 것이다. 훗날 말러는 프로이트를 찾아가 한 차례 자신이 여전히 사랑하는 젊은 아내의 바람에 대해 상담을 했다고 전해진다.

그때의 상담에서 말러는 알마라는 여인의 바람에 대해 무엇을 이야기하였을까. 공교롭게도 두 가지 다른 의미를 갖는 바람이라는 단어. '기압의 변화나 기계나 사람에 의해 일어나는 공기의 움직임'이란 뜻에서 파생한 '남녀관계로 생기는 들뜬 마음이나 행동'으로서의 바람과, '어떤 일이 이루어지기를 기다리는 간절한 마음'으로서의 바람. 전자의 들뜬 바람은 후자의 간절했던 바람이 꺾여 마음에 스산한 바람 한줄기 불어오다가 생겨나는 것일지도 모른다. 알마의 간절한 바람은 남편과의 행복한 가정생활 외에도 남편의 음악과는 별개로 자신의 음악세계를 구축해나가는 것이었을지도 모른다.

그러나 구스타프가 알마의 진정한 바람에 대해, 그것을 못하게 막은 자신의 잘못에 대해 숙고한 흔적이 있었는가. 자신의 정체성에 많은 상처를 받은 사람으로서, 여성이라는 성적 정체성에 대해 한 번쯤 더 동감적으로 생각해줄 수 있지 않았을까 바라보는 것이다. 아니, 그러기엔 그의 남성으로서의 상처가 너무 컸을지도 모르겠다. 프로이트는 어쩌면 알마의 두 '바람'을 연관지어 해석해주었는지도 모르겠다. 말러는 아내의 재능을 막았던 초기의 태도를 뉘우치고 1910년 알마 말러의 5곡의 노래를 직접 출판해주었다.

말러가 뉴욕 필과 지휘 계약을 맺고 미국으로 이주하여 콘서트를 하다가 얻은 병에서 회복되지 못한 채 세상을 떠나고 난

후, 알마는 그녀를 사모하던 화가 오스카어 코코슈카와 요란한
연애를 하였다. 코코슈카의 소유욕과 열정은 너무나 대단해서
그가 알마를 꼭 닮은 실물 크기의 인형을 주문하여 빈의 한 극장
에 그 인형을 동반해온 것을 봤다는 등의 루머들이 그치지 않았
다. 이전에도 이후에도 알마는 예술가들에게 영감을 지피는 뮤
즈의 전형인 듯 코코슈카의 작품들은 그녀와의 관계에서 꽃을
피운다. 가장 대표적인 그림이 그들이 사랑의 한복판에 있던
1913년의 〈템페스트―바람의 신부〉이다. 아마 알마에게선 정말
여러 가지로 바람의 냄새가 났나보다.

　그가 군에 징집되어 떠나고 나자 알마는 그와의 만남을 접고
이전의 연인 그로피우스와 결혼하여(1915) 알마 말러에서 알마

그로피우스가 되었다. 그로피우스는 기능과 미감을 결합한 예술로 향후 현대 건축과 디자인에 지대한 영향을 주게 된 바우하우스 학파의 창시자이다. 코코슈카에게 남긴 그녀의 이별의 변은 그의 열정을 감당하기 힘들다는 것이었다. 쇤베르크의 아내 마틸데를 사랑하다가 그녀가 떠난 후 자살했던 동년배의 빈의 화가 리하르트 게르스틀과 달리 코코슈카는 죽지 않았다. 다만 전 생애에 걸쳐 알마에 대한 열정을 유지하며 작품활동을 이어갔다.

그로피우스와의 사이에선 1916년 딸 마농을 얻었는데 이 딸 또한 18살이던 1935년 소아마비로 일찍 곁을 떠난다(알반 베르크는 이 어린 죽음을 추모하기 위해 바이올린 협주곡을 작곡해주었다). 딸이 부모를 영원히 떠난 것보다 훨씬 이전에 알마는 그로피우스를 떠난다. 그로피우스가 군복무를 위해 집을 떠나 있는 동안 빈에서 군복무를 하던 프라하 태생의 유대인 시인이자 작가인 프란츠

베르펠과 1917년 사랑에 빠지게 된다. 이듬해 아들을 낳았을 때 그로피우스는 자신의 아들이라 여겨 이름도 지었건만 후에 베르펠과의 만남을 알게 된 그로피우스는 충격을 받고 둘은 이혼에 합의한다. 미숙아로 세상에 나온 아들은 10개월 만에 뇌수종으로 세상을 떠났다. 1920년 공식 이혼 후 11살 연하의 베르펠과 알마는 동거를 이어가다가 1929년에 이르러 정식 결혼하였다. 알마는 알마 베르펠로 성을 바꿔갔으나, 그녀는 자신의 이름을 알마 말러 베르펠로 표기하였고, 말러 사후 50여 년을 더 살면서 음악가 말러의 사적인 면모를 포함한 많은 기록과 자료를 제공하였다. 그러나 말러의 가치와 일상생활 등을 알게 해주는 그녀의 자료와 말들은 많이 각색되어 음악사가나 학자들은 이를 'Alma Problem'이라고까지 부른다.

세기를 넘어 빈 사교계와 예술계를 풍미했던 알마는 마지막 남편인 베르펠과 나치의 유대인 박해를 피해 건너간 미국에서도 마지막까지 문화적 존재로 각광받다가 1964년 뉴욕에서 85살의 나이로 세상을 떠났다.

그녀는 작곡가, 건축가, 작가, 이렇게 세 남자와 결혼했었고 그 세 남자와의 사이에 태어난 각각의 세 아이를 모두 잃는 슬픔을 겪었다. 그녀가 세상을 떠날 때까지 살아남은 유일한 자식은 말러와의 사이에서 태어나 조각가로 성장한 둘째딸 안나였다.

커다란 푸른 눈을 가져서 '들여다본다'는 뜻의 '구키'라는 애칭으로 불리던 안나 말러가 그 유명한 아버지를 잃은 건 불과 7살 때였다. 빈에 있던 그녀의 집은 곧 결혼으로 억눌려 충족되지 못한 엄마 알마의 예술과 사교와 감정을 충족시키기 위한 회합의 장소가 되었다. 엄마의 억눌린 것들을 분출하는 데에 또 딸은 억눌려 16살 때 도피하듯 결혼하여 집을 떠났다. 1920년 딸 안나가 결혼한 이 해는 알마가 두번째 남편 그로피우스와 이혼한 해이기도 하다.

음악가였던 첫 남편과의 결혼은 몇 달 만에 끝나고, 이후 안나는 작곡가, 출판업자, 지휘자, 극작가 등과 평생에 걸쳐 66살 때

까지 다섯 번의 결혼을 하였다. 엄마보다 두 번 더 한 셈이고 나
이 들어서까지 자신에게 다가든 사랑을 비켜 가지 않은 셈이다.
더욱이 자신이 비로소 진정한 사랑을 찾았다고 했던 마지막 남편
으로부터 떠나면서는 "우리는 둘 다 서로를 돌보는 데 너무 많은
시간을 보냈다. 각자의 발전을 위해 나는 그를 떠난다"는 말을 하
였다. 그때 그 남편의 나이는 80살에 가까웠다.

그녀는 20세기의 대표적 음악가, 쇤베르크, 알반 베르크, 아르
투르 슈나벨, 오토 클렘페러, 브루노 발터 등의 브론즈 두상을 남
기고 있다.

나 세상에서 홀로 되어

나 세상에서 홀로 되었네
많은 시간을 허비했던 그곳에서
오랫동안 나에 관해 아무것도 듣지 못했으니
아마 내가 죽었다고 생각하겠지!
세상이 나를 죽은 것으로 여겨도 난 아무런 상관이 없네
나 또한 그걸 부인할 수 없다네
정말로 나는 세상에서 죽은 몸이니
나 번잡한 세상사에 죽은 바 되어 고요한 곳에서 안식하네
나 외로이 나의 천국에서 사네
나의 사랑 속에, 나의 노래 속에

　말러의 이 가곡은 말러 자신의 노래 같다는 생각이 든다. 그는 천수를 누리지 못해 이 세상을 그렇게 떠나고, 살아남은 부인과 딸은 살아오던 대로, 혹은 피를 이어받아, 열정을 다해 살았다. 그렇게 여러 번 사랑하고 여러 번 결혼한 사람은 죽고 난 사후 세계에서 누구의 옆에 살까. 아마 그들 아닌 또다른 사랑 옆에 살지도 모르겠다.

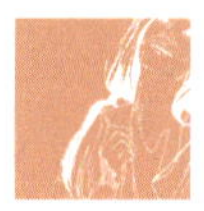

잊지 못할
목소리에 담은 사랑

잘생긴 얼굴과 호감을 주는 얼굴은 다르다. 고운 목소리와 잊을 수 없는 목소리도 별개이다. 잘생겼으나 매부리코에 도도하기 이를 데 없는 마리아 칼라스Maria Callas, 1923~1977에게 호감을 갖기는 쉽지 않지만, 곱진 않아도 특유의 비음인 그녀의 목소리를 잊기는 더 쉽지 않다. 오페라보다 더 극적인 삶을 살다 간 우리의 정결한 여신 마리아 칼라스. 그녀가 세상을 떠난 지 30년이 지났다.

소피아 세실리아 칼로스는 1923년 12월 2일 뉴욕 맨해튼의 플라워 병원에서 태어났다. 칼로스는 그리스인이었던 아버지가 칼로게로폴로라는 긴 성을 줄인 것이었다. 이 칼로스를 후에 더 손쉽게 칼라스로 바꾼데다 그 아기는 마리아 안나 소피아 세실리아로 세례를 받아 비로소 '마리아 칼라스'가 되었다. 꽃 병원에서 태어난 그 아기는, 꽃이 되기까지 부모의 핏줄과 모국어, 이국 땅에의 서툰 적응, 더 능숙하게 적응하고자 한 열망, 종교 따위가 뒤섞여 있었다. 한 송이 꽃을 피우는 데(하나의 이름을 갖는 데에도) 용광로와도 같은 들끓음이 있었던 듯 보이는 이 장면은 그녀 삶 자체의 들끓음을 예고한다.

그리스에서 맏딸(1917년생 야킨티, 훗날 재키로 개명)을 얻고 이어 낳은 아들을 수막염으로 잃은 젊은 부부는 셋째를 임신하자 미국으로 이주할 것을 결심한다. 애초부터 남편은 예술에 문외한이었으며 아무런 야심 없이 유유자적 사는 성격이었고 아내는 야심만만하고 예술에 대한 꿈이 가득해 그들은 잘못 만난 부부였다. 그런데다 남편의 바람기가 더해 아이를 낳고 나서도 부부의 관계는 좋아지지 않았다고 한다. 사사건건 남편에게 시비를 걸고 히스테리를 부리는 부인은 미국행에 대해서도 처음엔 마찬가지였다.

뉴욕 퀸스에 정착 후 낳은 셋째에 대해 엄마는 당연히 아들일 것이라는 기대에 어긋나게 딸이 태어나자 너무 실망해 들여다보지도 않았다고 한다. 그러다가 3살 무렵 어린 둘째에게 음악적 재능이 나타나자 끊임없이 노래 연습을 하도록 닦달하였다. 아예 예술을 이해 못 하는 남편 곁을 떠나 두 딸을 데리고 그리스 아테네로 돌아와 좋은 선생에게 사정을 이야기하며 '싼 가격'에 레슨을 시킨다. 태어날 때부터 엄마에게 환영받지 못했던 둘째딸은 재능을 닦아 소리를 연마하는 데는 최선을 다해 엄마의 뜻을 받들었지만, 아테네에서도 모녀간의 관계는 더욱 나빠져만 갔다.

훗날 칼라스의 인기 절정의 시절에도 이들 모녀의 안 좋은 관계는 대중의 관심거리였고 칼라스는 그녀의 불우했던 어린 시절의 기억에 대해, 좋았을 수도 있었던 그 시절을 앗아간 지독한 어머니를 용서하지 못했다. 언니에 비해 못생기고 뚱뚱한데다 지독한 근시로 뱅뱅 돌아가는 안경을 낀 그녀는 노래 연습만 하는, 미래의 돈이 될 밑천만으로 대해졌을 뿐 원치 않는 미운 오리 새끼처럼 하찮은 존재였다고 그녀는 어린 시절을 추억했다.

어머니란 존재도 실은 아이의 연장선에 있기에 어린아이 같은 내면을 가질 수 있고 때론 다 큰 자식이 그 내면의 싸움을 관용을 가지고 지켜봐줄 수도 있는 것이겠지만, 또한 성격 강한 칼라스로서는 이것이 쉽지 않았던 것 같다. 모녀간의 관계 회복을 위해 떠났던 1950년의 멕시코 여행 이후 모녀는 다시는 보지도 연락하지도 않았다고 한다. 실망도 있을 수 있고 야망도, 어긋난 만남에 대한 히스테리도, 못다 이룬 꿈에 대해 아이로 대신 충족하고자 하는 대리만족도 다 이해할 수 있다. 그러나 그 어머니 또한 노력했어야 했는데.

그러나 이 모진 어머니가 칼라스에게 긍정적인 영향을 준 부분 역시 있었다. 어떤 목적에서든 재능 있는 딸에게 좋은 성악 레

슨을 시키기 위해 끊임없이 여기저기 찾아다닌 것이다. 그렇게
찾아든 아테네에서 받던 음악수업 중 그녀는 하루에 8~9시간씩
최선의 노력을 쏟았고 자신의 그 드라마틱한 목소리를 갈고닦아
어떤 교사에게나 경탄의 대상이 되는 학생이었다. 그런 학생에게
무대에 설 기회가 빠르게 다가온 것은 당연했으며, 그리스를 감
탄케 한 후 미국으로, 이탈리아 라 스칼라로, 런던 오페라 극장으
로, 그녀의 그 특유의 비음 섞인 목소리는 퍼져나갔다. 도니제티,
로시니, 벨리니에서 베르디, 푸치니까지 그녀의 레퍼토리의 범위
는 폭넓었으며 어떤 역이든 완벽하게 소화했다.

전형적인 아름다운 목소리가 아니면서 우리의 마음을 잡아끄는 마력에 대해, 체중 감량을 통해 외모까지 완벽하게 다듬은 그녀의 연기력에 대해 이의를 제기하는 사람은 많지 않았다. 다만 체중 감량과 관련해 소리가 안 좋아졌다는 뒷말들과 어머니와의 관계, 애정 문제, 도도함과 관련된 스캔들이 늘 칼라스의 뒤를 따라다녔다. 또 호사가들은 레나타 테발디와의 경쟁 관계를 부추기며, 둘 사이에 있었던 인정과 존중은 보려 하지 않고 유치한 질투 따위만 부각시키곤 하였다. 한 인터뷰에서 테발디와 비교하는 질문에 대해 칼라스가 했던 명답변처럼, "하나가 샴페인이라면 하나는 코냑"인, 각자 다르게 매력적인 소리를 가지고 다른 창법을 구사하며 다른 시대를 전문으로 노래한 두 소프라노였을 뿐인데, 세상은, 대중은, 다른 재미를 찾고자 했던 것인지도 모르겠다. 실제 테발디와 칼라스의 경쟁 관계는, 소리의 고전적 아름다움 대 소리의 표현적 사용, 20세기 사실주의 오페라 전문가 대 19세기 벨칸토 창법에 뿌리를 둔 성악가, 리릭 소프라노 대 드라마틱 소프라노라는 대조적인 영역으로, 겹치는 레퍼토리는 〈토스카〉 정도가 다였을 뿐이었다.

그러나 이 모든 것을 뒤로하고, 마리아 칼라스의 삶을 이야기하면서 빠지지 않는 존재가 있다. 바로 그리스의 선박왕 아리스토틀 오나시스이다.

어머니와 사이 안 좋은 딸들은 무엇을 통해서든 빨리 그로부터 독립하려 하고 그 방편은 결혼이 되기 쉽다. 칼라스는 1949년 무대에서 각광받기 시작하던 물오른 26살의 나이에 돈 많고 나이 많은 이탈리아 귀족 집안 출신 조반니 바티스타 메네기니와 결혼했다. 1946년 시카고에서 칼라스가 출연하기로 되어 있던 〈투란도트〉가 사정상 취소되었다. 그러던 중 한 오페라계 인사가 이탈리아의 유명 오페라 지휘자 툴리오 세라핀이 베로나의 아레나 극장에 올릴 〈라 조콘다〉의 소프라노를 찾고 있다는 소식을 듣고는 칼라스의 강한 소리가 야외극장에 적역일 것이란 생각을 하고 그녀를 추천한다. 칼라스를 오디션한 전직 테너 출신의 흥행주는 그녀의 노래에 너무 흥분해 무대로 뛰어올라 함께 듀엣으로 오디션을 마쳤다고 한다. 바로 이 〈라 조콘다〉는 칼라스의 이탈리아 데뷔 무대가 되었다.

그녀의 아레나 극장에서의 공연을 보고 팬이 된 수많은 이탈리아 사람 가운데 한 사람이 바로 메네기니였다. 그들은 만난 지 3년이 지난 1949년 결혼하여, 그녀는 이어진 자신의 커리어의 최전성기에 마리아 메네기니 칼라스로 불렸다. 남편 메네기니는 이후 그들의 결혼생활의 종지부를 찍었던 1959년까지 10년간 그녀의 경력 관리를 도맡았다. 칼라스에게는 이탈리아 정착에 그만한 사람이 없겠다는 판단도 개입했던 것이겠지만, 사정은 꼭 그렇지만은 않았다. 메네기니 집안은 혈통은 유서 깊은 귀족 가문이었다고 하나 몰락한 이후였고, 그녀가 무대에서 벌어들인 성공의

세기의 소프라노, 영원한 프리마 돈나 마리아 칼라스.

어마어마한 대가로 먹고 살았다는 후문이 전해진다. 칼라스의 정착에 메네기니가 도움을 주었다기보다는 몰락한 메네기니 집안의 살림에 그리스 출신 아내이자 며느리가 막대한 도움을 주었던 것이다.

마리아 메네기니 칼라스와 고국의 선박왕 오나시스의 첫 만남은 1957년, 결혼 후 8년이 지났을 무렵이었다. 역시 팬으로서 한 파티에서 만난 것이 곧이어 언론과 대중의 관심을 끄는 은밀한 만남으로 이어졌다. 그 만남이 한 여자에게는 진정한 사랑이었고 한 남자에게는 그렇지 않은 것이었는지 그건 그 둘만이 알 일이다. 아무튼 그녀는 1959년 남편 곁을 떠나 마리아 칼라스로 돌아왔지만 마리아 오나시스 칼라스가 되진 못했다. 그녀는 남편과의 관계만이 아니라 그가 관리하던 자신의 노래 경력도 접었다. 혹자는 그녀가 경력을 포기한 것은 꼭 오나시스 때문이 아니라 자신의 소리가 상해간다는 문제를 그녀 자신도 인식하고 있었기 때문이라고 말하지만, 프랑코 제피렐리가 1963년 그녀에게 왜 더 이상 노래를 하지 않는 거냐고 물었을 때 돌아온 그녀의 대답은, "이제 여성으로서의 내 삶에 충실하고 싶다"는 것이었다고 한다. 그 '여성으로서의 삶'의 동반자로 그녀가 오나시스를 염두에 두었음은 자명한 일이다.

전 남편 메네기니가 칼라스에 대해 남긴 글에서는 그녀가 아이를 가질 수 없었다고 밝히고 있지만, 오나시스와 칼라스 사이에는 태어나자마자 세상을 뜬 아이가 있었다는 주장도 제기된 바 있었다. 이 또한 이제 이미 이 세상에 없는 당사자들만이 진실을 밝힐 수 있을 뿐이다. 둘 사이의 모든 것이 비밀스러운 뒷이야기로만 남겨진 이유는 다들 잘 알다시피, 오나시스가 그녀, 칼라스가 아닌, 암살당한 케네디 대통령의 미망인 재클린과 결혼했기 때문이다. 1968년의 일이었다.

세기의 소프라노와 세기의 선박왕의 관계는 9년 만에 끝이 났다. '잊지 못할 목소리'는 자신의 목소리를 잊고 여성으로 살아가고 싶어했지만 선박왕은 자신의 배를 더 넓은 바다에 더 가득 띄우고 싶어 그녀를 떠났다. 오나시스는 더이상 무대에서 멋진 노래를 부르지 않고 자신의 옆에서 여자가 될 준비만을 하는 칼라스에게 싫증이 났다고도 하고, 실제 칼라스에게 재클린과의 결혼은 사업상의 필요 때문이지 마음은 당신에게 있다고 했다는 말도 전해진다. 그의 비서의 글에 의하면 오나시스가 재키와의 결혼 이후에도 파리에 와서 칼라스와 비밀스런 만남을 가졌다고 한다. 그러나 그 어떤 이유를 댄다 해도, 그 어떤 절실한 만남을 가졌대도, 그녀의 가슴에 아로새겨졌을 아픔은 사라질 수 없었을 것이란 걸 우리는 알 수 있다. 어느 누가 사랑하는 사람을 결혼시키고 자신은 은밀한 만남의 상대로 남는 것을 반길 수 있으랴.

누군가 그랬다. 남성은 늘 세상의 주류이자 질서, 진리였고, 그래서 그런 남성의 혼을 쏙 빼놓는 여성에겐 '팜므 파탈'이란 치명적인 이름까지 주어진다고. 하지만 비주류인데다 질서와 진리 바깥의 존재인 여성의 혼을 쏙 빼놓은 남성에겐 '옴므 파탈'이란 이름이 붙지 않는다고. 그냥 그녀에게 '나쁜 자식'일 뿐이지 세상 은 그를 탓하지 않는다.

인생에서 여성이면 누구나 한 번쯤 옴므 파탈을 만난다. 그것 이 치명적일수록 더 아플 것임엔 틀림이 없다. 칼라스는 그후 그 잊지 못할 목소리에 자신의 잊지 못할 사랑을 담았을까. 파리의 아파트에서 고립생활을 하던 마리아 칼라스의 마지막 콘서트 무 대는 1974년 11월 11일 우리나라 방문 공연 후 일본 삿포로에서 가진 주세페 디 스테파노와의 무대였다. 젊은 날 한 무대에서 청 중들을 압도했던 두 성악가의 목소리는 이미 한창때를 한참 지난 후였으나 공연은 성공적이었다.

그녀는 생각했을지 모른다. 아픈 사랑보다는 한창때를 함께 했던 동료와의 따뜻한 우정이 인생에서 더 귀한 것이라고.

이듬해 오나시스는 세상을 떠났고 칼라스는 그 2년 후인 1977년 파리의 아파트에서 심장마비로 그를 따랐다. 그리스정 교회에서 장례식이 치러지고 그녀의 재는 페르라셰즈 묘지에 묻 혔다. 한 차례의 도난 이후 다시 찾은 그녀의 재는 그녀의 유언 대로 조국 그리스 연안 에게 해에 뿌려졌다. 잠시 머물렀던 고국 이지만 그 곁에 가고 싶었던 선시노, 아니면 자신의 사랑이 만든 배와 죽어서라도 옷깃이 스치고 싶었던 건지도 모르겠다.

칼라스의 좋은 친구 주세페 디 스테파노도 지난 3월 3일 세상을 떠났다. 86살이었고 지난 2004년 케냐에서 휴가를 즐기던 중 강도에게 입은 부상으로 식물인간이 되어 누워 있다가 마침내 죽음을 맞았다. 저세상에서 칼라스가 반갑게 맞아주었을 것이다.

시대를 초월한
두 성악가의 만남
─마리아와 체칠리아

전자 미디어가 발달하기 이전에 살다 간 예술가의 인생을 재구성한다는 건 쉽지 않은 일이다. 남아 있는 초상화들로 그의 외모를 그려보고, 그의 탄생과 죽음, 이주의 기록을 들춰 어떤 역정을 지났을지 더듬어보고, 직접 남긴 글이나 오간 편지 글들 속의 성정을 짐작해보며, 그를 다룬 매체들이 전하는 글 속에서 그의 중요도와 세간의 느낌들을 유추해본다. 그가 작곡가나 화가가 아닌 연주자였을 때, 그가 남긴 악보도 그림도 손에 쥐어진 채 전해지지 않을 때, 우리는 그가 연주한 악기, 그의 목소리를 그의 레퍼토리로 짐작해본다.

마리아 말리브란Maria Malibran, 1808~1836은 19세기 초반 전 유럽을 통틀어 가장 유명했던 오페라 가수 중 한 명이었다. 그녀는 아름다운 얼굴과 목소리, 인기 스타가 갖출 만한 온갖 전형성을 다 갖춘 채 폭풍우 같은 성격과 극적인 인생으로 28년이라는 짧은 인생을 살고 가 전설이 되었다.

마리아 펠리시아 가르시아는 1808년 3월 24일 파리에서 태어났다. 그녀는 스페인의 유서 깊은 음악가문인 가르시아 가의 후손이었다. 아버지 마누엘 델 포폴로 비센테 가르시아는 안달루시아의 유명한 테너이자 작곡가였으며 (마리아의 첫) 음악교사이기도 했다. 어머니 호아키나 시트케는 소프라노였고, 오빠와 여동생 또한 유명한 음악가였다.

마리아의 아버지는 가족들을 데리고 새로운 음악의 중심지를 찾아 늘 이곳저곳을 옮겨 다녔다. 마리아가 4살 때부터 프랑스, 이탈리아, 영국 등지를 오가며 지낸 것은 그 때문이었다. 마리아가 오페라에 처음 출연한 것은 8살 때인 1816년 나폴리에서였다. 아버지가 출연했던 오페라 무대에 섰던 것이다. 그녀는 같은 해에 아버지가 알마비바 백작으로 출연한 로시니의 〈세비야의 이발사〉 초연을 위해 로마에 동행했다. 공연은 생각만큼 성공적이지 못했고 로시니는 크게 실망했다. 그때 예쁘장한 여자아이가 그를 위로했다. 1년 뒤 로시니가 회고하기를 그때 그 여자아이가 다가와 깜찍하게도 불어로 이렇게 말했다는 것이다.

"너무 슬퍼하지 마세요. 좀 기다려보세요. 내가 크면 온갖 곳에서 〈이발사〉를 노래할 거예요. 하지만 이곳 로마에선 절대로, 절대로 안 부를 거예요. 교황이 내 앞에서 무릎 꿇고 애걸해도 부르지 않겠어요."

로시니는 그뒤로도 소녀를 '황홀한 존재'라 부르며 귀하게 여겼다. 그 황홀한 존재와 로시니의 만남은 그녀와 아버지의 만남만큼이나 운명적인 것이었다. 로시나, 체네렌톨라, 탄크레디, 니네타, 세미라미데, 아르사체, 무엇보다 〈오텔로〉의 데스데모나 등이 그녀의 이름을 널리 알릴 것이었다. 그 일을 계기로 로시니는 가르시아 가에는 늘 개방적이었고 너그러웠다고 한다.

마리아가 정식으로 오페라에 데뷔한 것은 1825년 6월 11일 런던에서였다. 〈세비야의 이발사〉의 로시나 역이었다. 사실 그날 로시나는 당대 최고의 이탈리아 소프라노 주디타 파스타가 연기하기로 되어 있었으나 갑자기 몸이 아파 마리아가 대역으로 공연 직전에 무대에 오른 것이었다. 그녀는 곧 장안의 화제가 되었다.

그러나 마리아의 아버지는 이번에도 새로운 대륙에서의 성공을 위해 온 가족과 함께 미국으로 떠났다. 흥행사는 뉴욕 파크 극장 무대에 가르시아 가족이 주연하는 로시니의 오페라들을 올렸다. 마리아는 여주인공으로 활발히 활동했다. 이탈리아의 극작가로 모차르트의 〈피가로의 결혼〉 〈돈 조반니〉 〈코지 판 투테〉 등의 대본을 쓴 로렌조 다 폰테의 지원으로 가르시아 가족은 〈돈 조반니〉를 무대에 올리기도 했다. 마리아의 배역은 체를리나였다. 그녀는 곧 미국 초기 오페라 무대의 최고 스타로 떠올랐다.

그렇다면 그녀는 늘 자신의 인생을 이끌고 맘대로 떠나고 이주시키는 완고하고 독재적인 아버지를 그냥 따르기만 했던 것일까. 부녀의 관계는 문제가 좀 있었다고 전해진다. 성마른 아버지와 성인이 되어가는 딸 사이의 충돌에 대한 일화가 수없이 많다. 잘 참지 못하는 성미는 피에 섞여 그녀에게도 흐르고 있었던 것이다. 그 성미의 절정은 아버지로부터의 완벽한 도피, 결혼이었다. 뉴욕 정착 반년 후, 17살의 마리아는 28년 연상인 남자와 결혼해버렸다. 스페인 가계의 프랑스인인 외젠 말리브란은 그렇게 갑작스럽게 이 세기의 여인과 자신의 성姓과 성性을 나누게 되었다(이 결혼에 대해서는 결혼의 대가로 은행가인 돈 많은 말리브란이 마리아의 아버지에게 큰돈을 주기로 되어 있었다는 뒷말도 있다). 가르시아 흥행사의 일원으로 뉴욕에 머물고 있던 주디타 파스타의 남편 주세페는 아내에게 보낸 편지에 이렇게 쓰고 있다.

"마리아가 며칠 전 40살이 넘은 한 사업가와 결혼했소. 나이는 많지만 아직은 꽤 잘생겼고 무엇보다 부자라오. 마리아는 곧 가르시아와 계약을 해지하고 무대를 떠날 거라고 하는군. 그게 사실이라면, 뉴욕의 이탈리아 오페라는 끝이오."(1826. 3. 14)

도피였든 사랑의 결혼이었든, 아니면 정략결혼이었든, 마리아와 외젠의 관계는 시작부터 삐걱거렸다. 외젠이 무리한 사업으로 파산 직전까지 내몰린 것도 그 이유 가운데 하나였다. 마리아는 생계를 위해 다시 노래를 시작해야 했다. 필라델피아에서는 콘서트를 기획했고, 뉴욕에서도 다시 무대에 올랐다. 그녀가 가난과 불행한 결혼생활에서 벗어날 수 있는 단 하나의 방법은 유럽으로 돌아가는 것뿐이었다. 1827년이 저물어갈 무렵, 채 스무 살도 안 되었지만 여전히 자신만만했던 마리아는 가택 연금에 처한 남편을 뒤로하고 프랑스로 떠나는 배에 몸을 실었다. 그때부터였다. 그녀의 그 범상치 않은 성악 경력을 제대로 쌓게 된 것은.

로시니의 너그러운 후원으로 그녀는 이내 파리인들의 우상이 되었다. 오페라 흥행주들은 너 나 할 것 없이 매력적인 조건을 제시하며 그녀를 모셔가려 했으며, 그녀의 팬과 안티 팬들 사이의 언쟁은 언론을 전쟁터로 만들어버렸다. 쇼팽과 리스트, 멘델스존 등이 그녀를 떠받들었지만, 들라크루아 같은 화가는 그녀의 목소리는 예술을 모르는 무지한 대중들에게 호소할 뿐인 싸구려라고 혹평하기도 했다. 그러나 그녀는 상류 계층의 호화로운 저녁식사 자리에 초대되었고 조르주 상드, 라마르틴, 뮈세 등은 그녀를 '불멸의 여인'이라 불렀다. 그녀와 같이 20대였던 탈베르크, 모셸레스, 파가니니가 각각의 기교로 그녀와 경쟁했다. 미국 독립전쟁의 전설적 영웅 라파예트 장군은 마치 아버지처럼 그녀와 우정을 나누며 후원자가 되었다. 그녀는 종종 런던 무대에도 섰는데 코번트 가든과 드루리 레인, 킹스 등의 극장을 사로잡으며 영국 음악 애호가들의 찬사 또한 얻어냈다.

남편 외젠과의 관계는 사실상 정리된 상태였다. 파리에서 마리아는 벨기에 출신의 바이올리니스트 샤를 드 베리오를 만나 사랑에 빠졌다. 마리아가 아직 말리브란이라는 성을 가진 채로 공공연히 다른 남자와의 관계를 공개하자 그녀의 상황은 조금 달라졌다. 여성 예술가는 어떤 특정 상황에서만 사회적으로 용인받는다는 사실을 마리아는 알았을까. 훌륭한 예술가인 그녀는 멋들어진 상류사회의 행사에 엔터테이너로 초대받을지언정 게스트로 초대받진 않았다는 것을.

파리는 이 두 남녀의 관계에 대한 의견에 따라 둘로 갈라졌다. 열정적인 프랑스의 젊음들은 아예 마리아를 진정한 낭만주의 아이콘으로까지 여기게 되었으며, 파리의 상류사회는 자신들끼리의 스캔들만으로도 벅차서였는지 냉대로 마리아를 벌했다. 아마 이 아름다운 존재를, 두고 보기엔, 듣기엔 좋았으나, 그 치명적 존재가 자신들의 삶에 결부될 수도 있으리란 생각에 아찔했을지도 모른다. 자신의 명예와 명성이 그대로 남아 있는 프랑스였지만 마리아는 결국 사회적 압력을 이기지 못하고 떠나고 만다. 그리고 그때부터 죽을 때까지 그녀는 파리에서는 노래하지 않았다.

마리아가 프랑스를 떠난 뒤에도 열풍은 사그라지지 않았다.

그것은 들불과 같이 이탈리아와 벨기에, 영국으로 퍼져나갔다. 로마, 나폴리, 볼로냐, 밀라노, 베네치아, 그 외 수많은 도시들에서 그녀의 이름은 드높았다. 여기에서 그녀는 처음으로 벨리니의 오페라를 노래했다. 그것은 이전에 불렀던 그 어떤 노래보다 그녀의 목소리와 천성에 잘 맞았다. 〈몽유병의 여인〉의 아미나로, 노르마와 로메오로, 그녀는 전 이탈리아를 사로잡았다.

프랑스에서 그녀가 낭만주의의 여신이었다면 이탈리아에서 그녀는 곧 시민의 한 명이었다. 어디서나 그녀는 사람들에게 둘러싸였고, 노래를 하지 않고는 지나갈 수 없을 정도였다. 나폴리에서는 왕에게까지 도전했다. 산 카를로 극장에 내려진 박수갈채 금지령을 풀지 않으면 대면하지 않겠다는 것이었다. 밀라노에서는 도니체티의 〈마리아 스투아르다〉의 타이틀롤을 검열 없이 공연하게 해줄 것을 요구하며 관리에게 맞섰다. 오스트리아 지배하의 포 계곡과 볼로냐에서 그녀는 이탈리아 독립운동의 화신이 되었고, 베네치아에서 그녀는 자선공연으로 폐관 위기의 극장을 살려냈다. 바로 오늘날까지 남아 있는 '말리브란 극장'이다.

마치 성공가도의 여주인공의 궤적을 빠르게 좇는 옛날 영화의 장면을 연상시키듯 이탈리아 각지를 누비는 마리아의 모습은 대서양을 넘나드는 피곤한 여정에 비하면 아무것도 아니었다. 속도에 대한 사랑과 자신의 목표 성취를 위한 열성이 이 젊은 여인을 움직이는 추동력이었는데, 대개 남자 옷을 입고 마부는 안에 태운 채 자신이 직접 말에게 채찍을 휘둘러가며 마차를 달리는 것이었다.

상상해보라. 남장을 한 아름다운 얼굴로 다음 공연장을 향해 직접 말달리는 1830년대의 그녀. 그녀를 내쳤던 파리는 혁명중이었고, 그녀를 반겨준 이탈리아는 오스트리아 압제에 독립운동 중이었고, 그녀는 말달리는 중이었다. 휘날리는 갈기를 가진 건 말만이 아니다. 모든 달리는 것들은 몸 어딘가에 갈기를 가진다. 그 갈기가 바람에 휘날리지 않으면 안 되도록, 그래서 달리도록 되어 있는 것이다. 사람이든, 사회이든.

오늘날로 치자면 로드매니저를 뒷자리에서 쉬라 하고 자신이 시속 150킬로미터쯤의 운전대를 잡은 격인 마리아는 그럼에도 슈퍼스타가 가질 만한 것을 다 가진 여성이었다. 그녀는 17, 18세기 오페라의 영웅이었던 카스트라토에 견줄 만한 명성을 누린 첫 번째 여성이었다. 대륙 간 경계를 허물어뜨리며 이름을 드날린 것도 그녀가 처음이었다. 그녀를 둘러싼 논쟁은 식을 줄 몰랐고, 그녀의 개런티는 천문학적으로 치솟았다. 멘델스존은 그녀와 드베리오를 위해 바이올린 독주가 포함된 솔로 성악곡을 만들어주었으며, 벨리니는 마리아를 위해 자신의 대표작 〈청교도〉를 메조소프라노 버전으로 개작할 정도였다. 그 밖에도 수많은 작곡가들이 그녀에게 곡을 헌정했고, 그녀는 계속 예술가들에게 영감을 주었다. 극적 표현력, 여리고 섬세한 외모, 감성적 연기력, 굴곡진 삶과 육체적 연약함(승마를 즐겼으면서도 병치레가 끊이지 않았고 자주 기절했다고 한다), 이 모든 것이 그녀를 낭만적 여성의 원형으로 만들어놓았다. 그러나 이 모든 진부한 것들 때문에 잊혀지기 쉬운 것들이 있으니, 바로 그녀의 강한 의지와 독립심과 진취적 현대성이며, 그녀 또한 어렵고 외로우며 자주 절망에 빠지는, 육체적으로 지치고 아픈 한 인간이었다는 사실이다.

앞서 말했듯 우리는 주관적인 당대의 언론이 전하는 것들을 제대로 해석해냄으로써, 그녀가 불렀던 노래, 맡았던 역할로 그녀의 메조소프라노 음색의 독특함을 유추해봄으로써, 그녀가 직접 작곡한 곡들로 그녀의 음악성을 짚음으로써 그녀에게 다가갈 수 있을 뿐이다. 대단히 다양했던 그녀의 레퍼토리는 감정적, 극적 표현이 대단했음을 알 수 있게 하며 그녀의 탁월한 재능을 증명해준다. 여러 언어가 뒤섞인 기발하고 정열적인 편지들은 그녀의 남다른 개성을 보여준다.

1836년 무렵 마리아의 커리어는 절정을 이루었고 사생활도 순탄해졌다. 몇 년을 질질 끌었던 외젠과의 이혼 수속도 라파예트 장군의 도움으로 그해 봄쯤 원만하게 해결할 수 있었다. 샤를과 결혼 후, 함께 여행할 때를 제외하고는 파리를 벗어나 브뤼셀 인근에서 살았다. 1832년 아버지가 세상을 떠난 후에는 어머니와 여동생도 그곳으로 와 있었다. 바야흐로 그해 봄부터 그녀는 인생의 여름을 향해 가며 꽃을 피울 듯했다. 8살부터 무대에 올라 경력 20년이지, 사실 그녀의 나이는 28살. 이제 시작해도 될 만한 꽃다운 나이라면 꽃다운 나이가 아닌가.

그러나 그 행복한 삶은 정말 오래가지 않았다. 그해 가을 모든 것이 갑작스럽게 끝났다. 샤를의 아이를 임신중이던 그녀는 몇 달 전 런던에서의 승마 사고 후유증으로 맨체스터에서 세상을 떠나고 말았다. 너무나 갑작스러운 죽음이었다. 의사에게 보일 필요도 없다며 털고 일어났고 무대에도 변함없이 올랐었는데, 그녀의 너무 자신 있어 한 강단이 이른 죽음을 불러왔을지도.

봄이 길디길어서였을까, 아니면 이른 나이에 인생 역정을 다 겪어서였을까. 다른 이들이 여름을 맞을 만한 나이에 인생 사계를 순환한 듯 그녀는 생을 마감했다. 그녀는 탄생과 생만큼이나 죽음도 남다르게, 이르게, 극적으로 맞았다. 그렇게, 낭만주의의 화신은 화려한 삶을 마감했다.

이렇듯 19세기 초반에 코즈모폴리턴적인 삶을 살았던 여인의 삶과 예술의 족적을 좇는다 해도 일반인의 입장에서는 그 가치를 다 알기가 쉽지 않을 듯하다. 그녀가 세 옥타브를 넘나드는 음역을 가졌었다는 것을, 어쩌면 그 배역을 하는 소리로 어떻게 저 배역까지 했을지 예외적인 유연함과 완벽한 호흡 통제를 찬탄할 수 있는 일반인은 그리 많지 않을 테니까.

사실 생의 대부분을 노래했다지만 28년의 짧은 마리아 말리브

우리 시대를 대표하는 메조소프라노 체칠리아 바르톨리가 마리아 말리브란의 불꽃같은 삶과 음악을 담아낸 앨범 〈Maria〉.

란의 삶에서 제대로 된 무대 경력은 10년 안팎이었다. 10년이라는 기간에 바로크부터 모차르트를 거쳐 로시니, 도니체티, 벨리니까지 섭렵한 이는 그녀가 처음이었고 오늘날까지도 거의 찾아보기 힘들다. 그녀를 위해 작곡된 곡을 보면 기교적인 콜로라투라에 중간 음역 없이 대단한 도약이 난무한다. 그녀의 음색에 대한 힌트를 제공하는 기록을 보면, 그녀의 목소리는 고음에 올라갔을 때에도 상당히 안정적이면서 어둡고 부드러우며 고왔다고 한다. 사실 프리마 돈나라고 하기엔 콘트랄토에 가까웠으며, 오늘날로 치자면 분명히 메조의 음색이었을 것이라고 한다.

우리 시대를 대표하는 메조소프라노 체칠리아 바르톨리가 그 마리아의 흔적을 좇았다. 이만한 적역이 있을까. 바르톨리는 데뷔하면서부터 마리아 말리브란을 떠올린다는 말을 많이 들어왔

다. 음악가정에서 태어나 어두우면서도 부드러운 음색을 지닌
점, 아름다운 외모 등이 두 여성 성악가를 비교하게 했을 것이다.

〈FM 가정음악〉 인터뷰에서 마주했던 바르톨리의 눈빛은 매우
밝으면서도 명민하였다. 시끌벅적한 맥줏집에서 신나게 함께 놀
다가 바로 진지한 대화도 나눌 수 있을 것 같은, 친구가 되고 싶
은 사람이었다. 대단히 탐구적이며 지적인, 그러면서도 겸손하고
성숙한 사람이라는 느낌을 받았는데, 그렇지 않아도 그녀의 바로
크와 고전 시대 음악에 대한 깊이 있는 지식과 각별한 느낌이 마
리아의 벨칸토 레퍼토리에 대한 접근을 더욱 끌어당기게 했다.

바르톨리는 마리아 말리브란이 불렀던 노래의 악보들이 보관
되어 있는 곳을 비롯해 그녀의 족적이 남아 있는 곳을 찾아다니
며 그녀의 숨결을 느꼈다. 벨리니 외에 우리에게 조금은 생소한
조반니 파치니, 주세페 페르시아니의 곡 등 마리아의 레퍼토리를
2백 년 후의 메조소프라노가 다시 불렀다. 또 멘델스존이 마리아
와 남편 드 베리오를 위해 작곡해준 곡은 바이올리니스트 막심
벤게로프와 녹음하였고, 이국적인 요들이 삽입된 아버지 가르시
아의 곡들, 그리고 마리아 자신이 직접 쓴 곡들을 발굴해 음반
(〈Maria〉, Decca)에 담았다.

21세기의 바르톨리는 오페라 속 가상의 주인공이 되는 것을 넘
어서, 시대를 거슬러 오페라가 작곡된 당대에 살았던 여인, 19세
기의 마리아 말리브란이 되었다. 바르톨리는 마리아의 노래들을

부르며, 노래하며 살아간다는 것, 아니 어느 시대 어느 곳에 태어나 사람으로 살아간다는 것만으로도 우리는 친구가 될 수 있다는 것을 깨닫지 않았을까. 바르톨리가 전하는 마리아의 노래를 들으며 우리 모두도 2백 년 전 말달려 국경을 넘으며 거침없이 사랑하고 거침없이 노래했던 마리아와 친구가 되어본다.

백건우와의
이별여행

"당신은 이 사람 피고를 알고 있습니까?"

한 영화에서 증인석에 앉은 우디 앨런이 검사로부터 받은 질문이다. 그는 답변하지 않은 채 예의 그 막막한 표정으로 머뭇거리며 한참을 앉아 있었다. 여러 차례 다그침을 당하자 그제야,

"내가 이 사람을 안다고 해야 할지 모른다고 해야 할지, 사람이 '어떤 사람을 안다'는 게, 그러니까 어디까지 알아야 안다고 할 수 있는 겁니까?"

라고 되묻는다. 되묻는 그가 참 '올바르다'고, 안다고 답해야 할지 모른다고 답해야 할지 모르겠는 그가 참 잘 '알고 있는' 사람이라고 느꼈다.

　나는 베토벤을 알고 있는가? 그의 피아노 소나타 전곡 32작품에 대해 알고 있는가? 사람이든, 사물이든, 음악이든, 우리는 그 대상에 대해 어느 정도를 알아야 안다고 할 수 있을까.

　베토벤의 출생 연도를 알고 대표작들을 알고 초상화를 통해 그의 얼굴 모습을 분간할 수 있고 그가 청각을 잃었다는 걸 들어 알고 고전에서 낭만으로 넘어가는 시대의 이정표가 되었음을 알고 있다고 해서 베토벤을 안다고 할 수 있을지. 초기 소나타는 1~15번, 중기는 16~26번, 후기는 27~32번으로 분류되며 모든 피아니스트들에게 '신약성서'라 불리며 중히 여겨진다는 것을 안다고, 8번엔 '비창', 14번엔 '월광', 26번엔 '고별' 등의 표제가 붙어 있다는 것을 알고 〈고별〉은 그와 절친한 사이였던 루돌프 대공이 나폴레옹의 빈 침공으로 피신해야 했을 때(1809) 그를 위해 작곡한 곡이라는 걸 알고 악장별로 '고별' '부재' '재회'의 부제가 붙어 있다는 것을 안다고 내가 베토벤의 〈고별〉을 포함한 피아노 소나타들을 안다고 할 수 있을지.

　허다한 정보들의 바다를 뒤져 베토벤과 그의 피아노 소나타의 앎을 위한 분류체계를 입력하고 각 소나타에 대한 지식들을 빡빡하게 머리에 넣은 채 백건우를 만나러 갔다. 인터뷰 녹음을 하러 가는 길 머리가 흔들리지 않도록 유의했다. 급입력은 급낙하하기 마련이니까. 날 너무 믿어주어 원고도 없이 스튜디오로 밀어넣는 선배 임주빈 프로듀서를 살짝 원망도 하였다.

최근 베토벤 피아노 소나타 전곡 연주를 마친 피아니스트 백건우.

백건우와 부인 윤정희는 2006년 12월엔 베토벤 피아노 소나타 전곡 녹음 두번째 작업을 끝내고 생방송에 함께 출연해 가정 이야기, 베토벤 이야기를 나누었다. 지난해 우리 〈FM 가정음악〉에서는 아예 11월 26일부터 28일까지 사흘간의 일정으로, 음반을 완간하고 7일간의 전곡 연주 대장정을 앞둔 '백건우와 함께하는 베토벤 피아노 소나타 감상' 특집을 마련했다. 진행자인 덕분에 나는 인터뷰를 앞두고 백건우 연주 베토벤 피아노 소나타 전곡을 귀 기울여 들어보는 호사를 누렸다. 준비를 위해서이긴 했지만, 그 며칠 나는 가감 없이 행복했다. 그 투박한 타건으로 전하는 베토벤의 소리는 마음을 울렸다.

인터뷰는, 첫날 '베토벤의 피아노 소나타, 어떤 음악인가', 둘째 날 '베토벤의 유명 소나타, 그 인기의 이유는', 셋째 날 '잘 알려지지 않은 베토벤 소나타의 숨겨진 보석들'의 순으로 진행되었다. 7일 연속 8회 연주만큼의 대장정에 비할 바는 물론 아니지만 우리의 인터뷰도 사흘 치 3시간의 대장정이었는데 백건우는 단 한 번도 자리를 뜨지 않았고, 스튜디오 바깥의 윤정희도 의자에서 일어나지 않았다. 그래서 나도 일어날 수 없었다. 베토벤을 이야기함에 있어서는 이 정도의 인내가 필요함을 몸소 이야기해주는 듯하였다.

아는 사람들은 다 아는 사실이지만 백건우는 소위 '말을 잘하는 사람'이 아니다. 말을 잘하는 데에 어떤 표준화된 틀이 있는 것이 아니건만 아무튼 백건우는 말을 잘하는 축에 분류되지 않는다. 여기서 분류의 기준은 아마도 유창함일 것이다. 유창함이란 말의 요체를 파악하는 것이 귀찮아 귀 기울여 듣지 않아도 분간할 수 있는 손쉬운 분류 기준이다. 그러나 유창함 속에 얼마나 무진정과 무감동과 심지어 무질서가 스며 있을 수 있는지 또 아는 사람들은 다 안다. 그런 말을 들을 땐 한마디의 진정이, 백건우의 타건 같은 한마디가 그리워진다.

인디언 부족 라코타는 말 앞뒤의 침묵을 참으로 소중하게 여겼다고 한다. 말하는 자의 말에 앞선 생각하는 시간, 말 뒤에 오는 듣는 자의 듣는 데에 필요한 시간을 '침묵의 공간a space of silence'이라 표현하며 기다릴 줄 아는 마음을 귀히 여겼다. 백건우는 음악 사이사이의 침묵에 대해 말문을 열었다. 그림을 그림이게 하는 여백처럼 음악을 음악이게 하는 침묵에 대해서.

그의 말도 음악 앞의 침묵처럼 기다림의 미덕이 필요했다. 그러나 그 기다림은 늘 헛되지 않았다. 침을 꾸울꺽(꿀꺽이 아니다. 그렇게 삼키고 나면 또 기다려야 하니까 반드시 '꾸울꺽' 삼켜야 박자가 맞는다) 삼키고 기다리면 꿀처럼 첫입에 달진 않지만 오래도록 입안에 향내를 남기는 말을 들을 수 있었다. 백건우는 라코타 부족 마을에 가면 추장으로 추대될 것이다! 인터뷰어인 나의 말도 인터뷰이의 말처럼 선문답이 되어갔고 그의 어눌한 말투에 담긴 진

정에 취해 함께 잦아들었다. 잦아들어 질문의 끝을 흐려도 그는
내 질문의 본심을 파악해 그에 맞는 자신의 진심을 내비쳤다.

그는 베토벤에 대해 알 것은 알고 모를 것은 모르고 있었다.

베토벤의 생가와 족적을 훑으면서 그가 소나타를 쓰던 시기
방 한 칸의 궁핍을 알고 있었다. 궁핍과 상관없는 그의 정신의 고
양을 알고 있었다. 베토벤이 뛰어난 피아니스트였음을 알고 있었
다. 유명 소나타의 표제들이 대부분 베토벤과 상관없이 당대의
출판인들이나 지인들이 붙인 것임을 알고 있었다. 어떤 곡은 표
제를 누가 붙였는지 모르고 있었다. 〈고별〉이 루돌프 대공과의 별
리를 슬퍼하며 작곡한 곡이란 걸 말하지 않았다.

사실 모든 헤어짐은 그 모습을 무엇이라 부르든, 이별이든 별
리이든 고별이든 석별이든 가슴 아리는 일이다. 양자의 자발적
이별이라 할지라도, 싫어진 애인과의 헤어짐이더라도 아픔이 남
는다. 루돌프 대공(1788~1831)은 오스트리아 황제 프란츠 1세의
막내 동생으로 베토벤을 후원했던 황실의 일가였다. 베토벤보다
18살 아래로 1803년 15살 때부터 베토벤에게 음악을 배우면서
우정이 깊어졌다. 그는 음악에 조예가 깊어 직접 작곡한 작품도
남아 있으며 빈 악우협회도 후원하였고 베토벤에게 연금을 주어
경제적 지원을 아끼지 않았다.

1809년 나폴레옹 군대가 빈을 침공하자 황실 사람인 루돌프

대공은 빈을 떠나야 했는데, 베토벤은 제자이자 후원자인 루돌프 대공과의 석별의 정을 금치 못해 1악장을 써 '고별: 1809년 5월 4일 빈에서'란 제목을 붙여놓았다. 건반 위의 두 손은 서로 부르고 응답만 하면서 절대로 만나지 않으며 쓸쓸한 분위기를 자아낸다. 이듬해 1월 그가 다시 돌아오자, 부재중의 감정을 담아 2악장 부재, 천천히 표정을 짙게andante espressivo와, 재회의 기쁨을 나누는 3악장 재회, 매우 생기 있는 속도로vivacissimamente를 덧붙여 대공에게 바쳤다.

모른다고 솔직히 말할 줄 아는 사람은 이후 알기 위한 노력과 자세가 되어 있는 사람이고 모른다고 말하지 않는 사람은 영원히 알 준비가 되어 있지 않은 사람인 법이다. 그런데 백건우가 "그건 몰랐네요" 할 때에는, "그게 뭐 꼭 알아야 하는 건가요?"로 들렸다. 그리고 그 되물음은 너무나 적절했다. 그가 알고 있는 것은 베토벤 자신과 그의 음악 자체에 대한 것이고, 그가 모르거나 언급하지 않은 것은 베토벤과 그의 음악 바깥의 것이었다.

그 사람과 그의 음악에 대해 아는 것과 느끼는 것에 대해 생각해보았다. 백건우는 베토벤 피아노 소나타 전곡 연주에 매달린 몇 년 동안 베토벤에 천착했으나 그것은 앎이라기보다는 느낌으로였다. 진정 느껴야 알 수 있는 것임을 백건우의 연주가 말해주고 있었다. 하긴 내가 행복했던 건 그의 연주를 들으며 느낄 때였

〈FM 가정음악〉 스튜디오에서
베토벤 피아노 소나타 악보를
보고 있는 백건우.

지, 베토벤의 피아노 소나타에 대해 공부하고 있던 때가 아니었다. 아는 만큼 보이는 것이기도 하지만 느끼면 알 수 있는 것이 더 많은 법이다.

이별해본 사람은 안다. 헤어지는 마음의 쓸쓸함이 시간이 흐르며 어떻게 짙어지는지, 그 이별의 그림자를 밟으며 얼마나 실재를 그리워하는지, 그리고 만약 다시 만날 기회가 왔을 때 두 볼은 얼마나 달아오르고 가슴은 또 얼마나 빠르게 뛰는지. 그러나 대개의 이별은 베토벤과 루돌프 대공의 이별처럼 재회의 시간을 갖지 못한다. 이별은 그저 이별이다. 사랑처럼 이별 또한 불현듯 찾아와, 올 때마다 처음인 듯, 언제 내가 그것을 알았었냐는 듯, 불처럼 뜨겁고 얼음처럼 시리게 느낌을 남기고 떠난다. 거듭해 느낀다고 알 수 없는 것들도 세상엔 있는 법이다.

그의 여덟 차례의 전곡 연주회 중 두 번의 연주를 볼 수 있었다. 매일 밤 연주야 그렇다 치고 매일 밤 관람을 어찌 할 수 있으랴 생각했으나, 한 차례의 연주를 보고 나니 '부질없는 약속들을 취소하고 12월의 한 주일 밤을 베토벤 소나타 전곡 감상에 바칠 것을' 하고 후회가 되었다.

파리에서 연주회가 끝나고 한 여성 관객이 이런 말을 했다고 했다. 어디 머언 곳에 다녀온 것 같다고. 그곳에 데려다준 백건우에게 감사한다고.

백건우는 매일 밤 그렇게 서울의 우리도 어딘가로 데리고 가주었다. 자신이 어느 시골의 전원 풍경을 보는 것 같다던 10번으로, 〈비창〉의 비감함으로, 단조의 구애로, 〈함머클라비어〉의 현란한 기교로, 다 다르게 다른 곳으로. 파리의 그녀의 표현은 너무도 적확했다. 관객들은 숨죽이고 그 떠남에 동참했던 것 같다.

다만 그 떠났다 돌아오는 길, 후드득 정신이 깨어남에 있어 난 좀더 그곳에 있고 싶었건만 일부 관객들은 빨리 현실세계로 돌아오고 싶었던 건지, 백건우가 피아노 건반에서 채 손을 떼기도 전에 박수를 치는 것이었다. 아무도 없는 나만의 적막한 유적지에서 새들이 푸드득 나는 것 같았다. 유적지의 고요가 깨지는 것이 싫었다.

어눌하기 짝이 없는 그가 어찌 그리 피아노를 치는가. 지시 않음으로 해서 영롱해지고 침으로 해서 충만해지는 베토벤의 영혼

의 소리를 들으며 우리를 이토록 아름다운 여행으로 이끌어주는
우리 시대의 피아니스트 백건우에게 깊이 감사했다.

그 스스로 기교적으로 가장 어렵다고 했던 29번 〈함머클라비
어〉를 들으면서는 '저런 곡은 한 번 칠 때마다 한 10년씩 늙겠다'
고 생각하고 있었는데, 연주를 끝내고 객석을 향해 얼굴을 돌린
백건우의 얼굴은 오히려 한 10년은 젊어 보였다. 욕심껏 마셔 끝
내 갓난아기가 되었다는, 한 모금을 마시면 일 년씩 젊어진다는
옛날이야기 속 샘물이 떠올랐다. 베토벤이라는 샘물을 거침없이
들이켜며 합일의 경지를 이루고 난 개운함으로 백건우는 나이와
세월마저 털어내고 있는 듯했다.

우리까지 데리고 먼 곳으로 떠났다 갓난아기의 얼굴로 돌아와
있을 그의 격정과 고요의 여행을 축하한다. 그와 함께 떠났던 머
언 곳으로의 여행은, 일상에서 스스로를 부재하게 함으로써 정신
을 고양시키고 다시금 소중한 일상과의 재회를 붉은 볼로 기뻐할
수 있었던 우리의 이별여행이었다.

혼히 지루하다거나 어렵다고 치부되기 일쑤인 고전음악의 미덕은 크게 세 가지이다. 첫째는, 심신의 휴식을 도와준다는 것이다. 기호에 따라 차이가 있겠지만 아주 난해한 작품을 제외하고는 언제 어디에서 듣더라도 거슬림 없이 편안함을 느낄 수 있다. 위안받을 수 있다. 둘째는, 음악이 음악인의 삶의 목표라고 할 때, 작곡자와 수많은 훌륭한 연주자를 접함으로써 목표를 향해 나아가는 사람의 자세를 깊이 생각해보는 기회를 준다는 것이다. 셋째는, 유행이나 추세라는 단어들 사이에서 부유하는 듯 보이는 요즘의 삶에서도 시대와 공간을 관통하는 어떤 것이 있다는 믿음을 갖게 한다는 점이다. 그래서 고전음악을 듣는 것은 이 세 가지 미덕을 통해 삶과 세상에 대한 진지하면서도 여유 있는 자세를 견지할 수 있게 해준다.

내가 즐겨 듣는 클래식 음반 20장을 선별해보았다.

바흐 | 무반주 첼로 모음곡 Mercury
첼로_야노스 슈타커

음악은 누구의 것인가. 바흐의 무반주 첼로 모음곡은 어느 날 우연히 헌책방에서 파블로 카잘스에게 발견되어 오늘날 우리가 들을 수 있게 되었다. 6곡의 귀중한 그 모음곡은 처음에는 작곡자 바흐의 것이었다가, 2백 년 후 찾아낸 카잘스의 것이었다가, 그 누구보다도 그 음악답게 연주한 슈타커의 것이었다가, 이를 듣는 순간 내 것이 되었다. 슈타커는 그 강렬한 눈빛만큼이나 강한 카리스마로 자신의 악기와 음악과 듣는 이를 다룬다. 그 모든 건 좋아하는 이의 것이 될 수 있다. 음악은 우리 모두의 것이다.

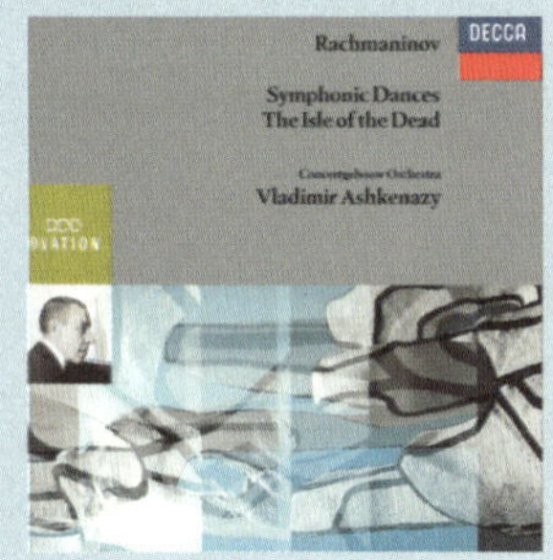

라흐마니노프 | 사자의 섬 & 교향적 무곡 Decca
지휘_블라디미르 아쉬케나지/콘서트헤보우 오케스트라

라흐마니노프의 교향시 〈사자의 섬〉과 〈교향적 무곡〉을 처음 들은 건 1999년 겨울이었다. 눈이 내리는 세기말의 겨울 밤, 사위가 조용할 때 난 가보지도 않은 러시아의 고풍스런 무대를 앞에 두고 있는 듯한 착각에 빠졌다. 악기 하나하나가 내게 다가와 연주하는 듯했다. 색소폰, 피아노, 이어서 현악기들이 줄을 지어 내게 다가와 함께 넘실댔다. 잘 듣는다는 것은 잘 보는 것만큼이나 중요한 일이다. 인생에서 귀 기울여 잘 들어보려 얼마만큼 애써보았는가. 청년 작곡가가 먼 미래에 다가올 죽음을 주제로 만든 교향시와 만년에 삶의 기쁨을 상징하는 춤곡 형식으로 만든 교향적 무곡에는 각각 어떤 패러독스가 녹아 있는지. 삶과 죽음이 교차하는 이 세상을 잘 보고 잘 듣고, 그럼으로써 잘 느끼며 살아볼 일이다.

쇼팽 | 발라드 1번 & 4번 외 EMI
피아노_피터 도노호

필 도나휴도, 도노반도 아닌 '도노호'. 클래식 음악 방송을 10년쯤 진행하면서 한 번도 들어본 적이 없는 연주자이다. 부클릿을 보니 영국 맨체스터 태생이라는 것과 출신 학교, 수상 경력 등이 씌어 있다. 이런 건 다 과연 '껍데기'일 뿐이다. 그가 연주하는 쇼팽의 발라드나 왈츠들(알맹이!)은 그의 이름만큼이나 생소하다. 템포와 강약이 다른 그만의 쇼팽을 듣는 건 아주 신선한 일이다. 쇼팽의 긴장에 영국 농가의 평화로움이 깃든 것 같다고 해야 할까. 그의 이름이 마음에 들듯 그의 연주가 나는 좋다.

Thirty Two Short Films About Glenn Gould Sony
감독_프랑수아 지라르

1932년 토론토에서 태어나 1982년 토론토에서 세상을 떠난 캐나다의 음악가, 글렌 굴드. 혹자는 그를 피아니스트라 하지 않고 전위 예술가라 부른다. 그가 피아노 연주뿐만 아니라 좋은 음향을 만들어내기 위한 녹음 작업에 심취한데다 방송, 글쓰기 등을 병행했기 때문이다. 청중을 싫어해 무대에 서는 걸 기피했으며 한여름에 코트를 뒤집어쓰고 나타나거나 수많은 알약을 집어삼키는 등 기행의 일생을 살다 간 굴드. 32개의 매력적인 조각들로 이루어진 영화는 우아하기 이를 데 없다. 위엄 있고 이지적인 기인의 모습과 그의 음악들이 어우러진 영화는 인간의 드넓은 스펙트럼을 보여준다. 그의 다양한 연주를 들을 수 있는, 영화의 오리지널 사운드 트랙.

Gulda Non-Stop Sony
피아노_프리드리히 굴다

언제 외국에 나갈 일이 있으면 프리드리히 굴다 작곡의 아리아와 몇몇 곡의 악보를 사다가 열심히 연습을 해보고 싶다. 어눌하게, 나만의 방식으로, 재지jazzy하게 연주하면 기분이 그만일 것 같다. 1990년 11월 뮌헨에서 있었던 굴다의 연주회 실황 음반이다. 바깥은 '독일적'으로 피를 차갑게 만들듯 추웠을 것이고 안은 열기가 가득했다. 어떻게 아느냐면 박수 소리 때문이다. 굴다 자신의 곡으로 시작해 모차르트, 드뷔시, 쇼팽, 슈베르트로 이어지는 연주들 사이의 박수는 음량을 급격히 줄이지 않으면 견디기 힘들 정도로 이 음반의 유일한 단점이다. 굴드와 달리, 굴다는 라이브의 분위기를 한껏 살리기 위해 어떤 기술적 합성도 가하지 않았다.

모차르트 | 교향곡 40번 & 41번 DG
지휘_카를 뵘/빈 필하모닉 오케스트라

전위에 전위를 거듭하는 이 시대에도 가끔은 전형적인 것이 아름답다. 우리에게 모차르트 교향곡의 전형은 아직까지 카를 뵘이다. 작곡자의 시대로 거슬러올라가 그 시대의 악기 편성으로 연주하는 정격 연주 단체들이 있음에도, 모차르트 음악의 전형이라면 그러한 연주가 되어야 할 것임에도 불구하고. 왜일까, 타이틀이 써 있는 노란 바탕의 도이치 그라모폰 레이블까지 가장 익숙한 이유는. 단지 익숙함일 뿐이라고? 그러나 들을 때마다 다시 깨닫게 된다. 애초에 아름다운 것이 전형이 되었다는 것을. 뵘의 모차르트는 교조적 익숙함을 던지는 것이 아니라는 것을.

베토벤 | 교향곡 5번 & 6번 DG
지휘_헤르베르트 폰 카라얀/베를린 필하모닉 오케스트라

모차르트 교향곡이 카를 뵘이라면 베토벤은 카라얀이라는 생각은 나만의 편견일까. 베토벤의 삶, 인간됨과 카라얀의 그것들은 상당히 차이가 있음에도 두 사람의 이미지조차 비슷하게 다가온다. 아마도 음악사에서 각각 차지하고 있는 비중, 무게감 때문일 것이다. 한 세기 반을 사이에 둔 작곡가와 지휘자는 교향곡 5번에서 '운명'적으로 만났다. 운명이었을 것이다. 비운의 작곡가에게 청력의 이상이 온 것도, 억세게 운 좋은 지휘자가 나치에 가입할 수밖에 없는 역사적 시련의 때를 만난 것도. 아무튼 완벽주의자 카라얀 덕에 우리는 거의 완벽한 〈운명〉을 듣게 되었으니, 행적상 도저히 좋아지지 않는 그에게도 고마운 건 고맙다고 할밖에.

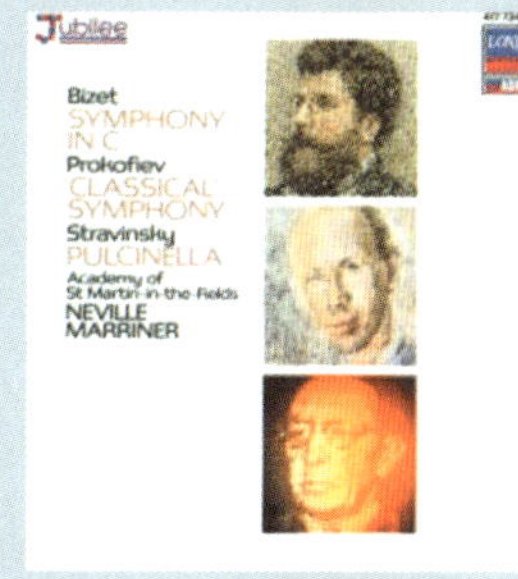

프로코피예프 | '고전' 교향곡 외 London
지휘_네빌 마리너/아카데미 오브 세인트 마틴 인 더 필즈

비제의 교향곡 C장조와 프로코피예프의 '고전' 교향곡, 그리고 스트라빈스키의 풀치넬라 모음곡 사이에는 분명한 공통점이 있다고 해설에 씌어 있다. 세 작곡자 모두 의도적으로 앞선 시대 작곡자의 양식을 차용했다는 점. 비제는 구노를, 프로코피예프는 하이든을, 스트라빈스키는 디아길레프와 페르골레지를. 정격 연주의 선두 지휘자인 네빌 마리너가 이 세 곡을 묶어 연주한 이유를 알겠다. 이렇게도 곡들이 줄설 수 있는 것이로군.

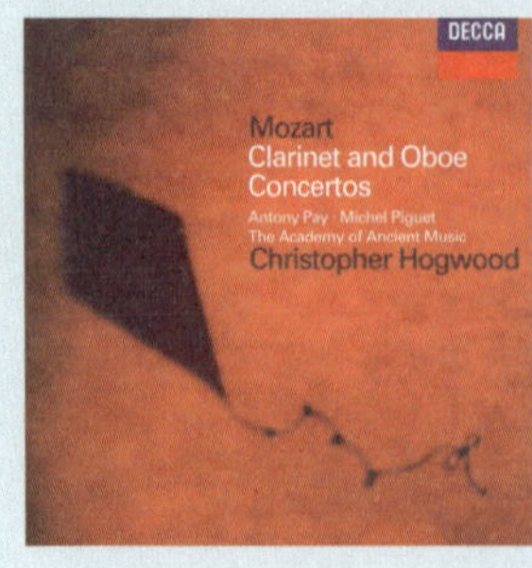

모차르트 | 오보에 협주곡/클라리넷 협주곡 Decca
오보에_미셸 피게/클라리넷_앤서니 페이
지휘_크리스토퍼 호그우드/아카데미 오브 에인션트 뮤직

예술의 전당에서 있었던 아카데미 오브 에인션트 뮤직의 연주는 색채와 함께 기억된다. 단원들이 입었던 옷 때문이다. 한 톤 죽은 보라, 청록, 코발트 등의 침착한 색. 그들의 연주는 그렇듯 과장됨 없이 자연스러웠다. 세인트 마틴 인 더 필즈와 더불어 대표적인 정격 연주 단체인 그들은 한국에서의 연주를 잊지 못할 것이다. 바이올린과 비올라의 줄이 연주 도중 무려 세 번이나 끊어졌기 때문이다. 악기도 진짜 옛날 옛적 것이라 그런가? 끊어질 줄이 없는 관악기들은 무사했다. 1783년 드레스덴에서 만들어진 오보에 등 고악기로 연주하는 모차르트의 오보에 협주곡과 클라리넷 협주곡을 아주 반듯하게, 얌전히 들어볼 수 있는 음반이다.

막스 브루흐 | 바이올린 협주곡 1번 DG
바이올린_김영욱
지휘_오코 카무/밤베르크 심포니 오케스트라

누구에게나 처음이란 참 특별하다. 막스 브루흐의 바이올린 협주곡을 처음 접한 건 25년 전쯤 비가 쏟아지던 여름이었다. 막히는 차 안에서 온몸으로 비를 맞으며 들었던 김영욱의 연주를 잊지 못한다. 마음에 쏟아지던 소나기였다. 그후 수많은 거장들이 연주하는 이 곡을 들었지만 처음의 감동을 깨진 못했다. 모든 게 이렇게 처음만 같다면…… 누군가 김영욱의 천재성을 이렇게 이야기하는 걸 들었다. 전날 밤 늦게까지 놀다 온 듯 부스스한 모습으로 무대에 서서는 이미 다 외운 악보로 곡에 몰입하는 그를 미워할 수 없었노라고. 천재가 진정한 예술가로 변신하기란 누에가 고치를 뚫고 나오듯 쉽지 않을 터인데, 예순이 넘은 바이올리니스트가 초심을 잃지 않고 여지껏 연주자의 길을 가고 있음이 반갑다.

Popular Music From TV, Film and Opera EMI
마리아 칼라스

잘생긴 얼굴과 호감을 주는 얼굴은 다르다. 고운 목소리와 잊을 수 없는 목소리도 별개이다. 특유의 비음에 도도하기 이를 데 없는 칼라스에게 호감을 갖기는 쉽지 않지만 그의 목소리를 잊기는 더 쉽지 않다. 그 자신 어느 드라마나 영화, 오페라보다 더 극적인 삶을 살다 간 우리의 '정결한 여신'이 17곡의 아리아에서 각각 또다른 주인공이 된다. 영화 〈필라델피아〉의 톰 행크스와 오버랩되었다가, 〈전망 좋은 방〉의 배경 도시 피렌체가 아른거렸다가…… 그녀의 아름다움은 비극의 비장미이다.

마스카니 | 카발레리아 루스티카나 & 레온카발로 | 팔리아치 하이라이트 London
루치아노 파바로티, 미렐라 프레니 외

파바로티가 부른 오페라 아리아 중 가장 좋아하는 것이 로시니의 〈빌헬름 텔〉 4막의 아르놀트의 아리아, 〈빨리 뛰자, 서둘러라〉와 레온카발로의 〈팔리아치〉 중 카니오의 아리아, 〈의상을 입어라〉이다. 전자는 어릴 적 아버지가 늘 듣곤 하셨던 LP로 듣던 것인데 더이상 음반이 나오지 않는 것 같다. 후자의 〈팔리아치〉는 파바로티의 외모가 배역과 가장 잘 어울렸던 오페라라고 생각된다. 자신의 아내와 극단원 간의 사랑을 눈치채고도 관객 앞에서 "자, 시작이다. 의상을 입어라"라고 노래하는 파바로티. 공연이 끝나면 아내와 아내의 남자는 떠날 것이다. 노래 끝의 흐느낌까지, 파바로티는 우리의 심금을 울린다. 이 음반에서는 그의 동향 친구인 리리코 스핀토 소프라노 미렐라 프레니와 호흡을 맞췄다.

Nikolayeva Plays Bach Vol. 1 ALESCD
피아노_타티아나 니콜라예바

공간을 채우는 소리와 공간을 가로지르는 소리가
있다. 여기에 하나 더, 공간을 수놓는 소리. 육중
한 아주머니의 손가락이 건반 위를 누비며 공간
을 수놓는다. '영롱하다'는 형용사를 청각적으로
쓸 수 있다는 걸 비로소 실감한다. 바흐의 어머니
가 환생한 건 아닐까 하는 생각을 한다. 1924년
러시아 남부 브랸스크 태생인 니콜라예바는 음악
적인 가정에서 아주 어린 나이에 피아노를 시작
했지만 1990년 즈음에야 서방세계에 알려졌다.
66살의 나이에도 연주여행에 열중했던 그녀는 샌
프란시스코에서 쇼스타코비치의 곡을 연주하다
쓰러져 세상을 떠났다. 저세상에서는 그녀를 위
한 작은 환영 파티가 열리고, 말 대신 인간성에 닿
아 있는 아름다운 음악들이 대화처럼 오갔을 것
이다.

무소륵스키 | 〈죽음의 노래와 춤〉 외 PHILIPS
드미트리 호보로스토프스키
지휘_발레리 게르기예프/상트페테르부르크 키로프오
케스트라

잘생긴 러시아의 바리톤이 림스키코르사코프와
보로딘, 루빈시타인, 라흐마니노프, 무소륵스키
등 러시아 작곡가들의 가곡을 부른다. 진지한 노
래들이다. 러시아 사람들은 그의 노래를 들으며
우리가 한국의 바리톤이 부르는 〈명태〉를 들을
때와 비슷한 느낌을 가질까?

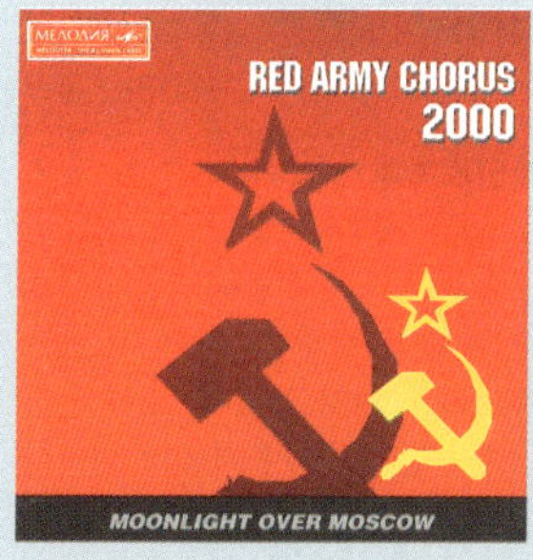

레드 아미 코러스 2000 **BMG**
레드 아미 코러스

삶이 너무 느슨한 듯하여 정신이 황폐하다 느껴
질 때 레드 아미 코러스가 부르는 〈스텐카 라진〉
이나 〈칼린카〉가 듣고 싶어졌다. 춥고 음울한 그
곳에서 조화롭고 힘차게 차고 올라오는 역동의
선율이 그리웠나보다. 그것이 한이든, 지루함이
든, 지친 기다림이든, 어떤 것을 딛고 일어서지
않으면 안 되는 것이다. 〈볼가 강의 뱃노래〉를 포
함한 이 러시아 민요들은 무엇이든 딛고 살아내
는 우리의 삶과 많이 닮았다.

에마 커크비 컬렉션 **Hyperion**
에마 커크비

여성의 가장 높은 음역을 노래하는 소프라노에도
음색에 따라 여러 이름이 붙여진다. 맑고 경쾌한
리리코 레지에로 소프라노, 힘이 요구되는 아리
아를 부르는 스핀토 소프라노 등등. 영국 출신의
에마 커크비에게는 'religious soprano without
vibrato'쯤이 어떨까. 선원의 딸로 태어나 어릴 때
부터 프랑스어, 이탈리아어, 라틴어를 접했고 음
악교육이라곤 피아노와 플루트 레슨을 받은 게
전부인 옥스퍼드 여대생에게 노래의 기회가 온
것은 우연이었지만 필연이기도 했다. 노래의 매
력에 빠져 마드리갈 그룹에서 활동하던 그녀는
어느 날 중세 음악 오디션에서 발탁되어 무대에
서게 된다. 그래서 오늘날 우리는 천사 같은 음성
의 성가와 고음악들을 들을 수 있게 되었다.

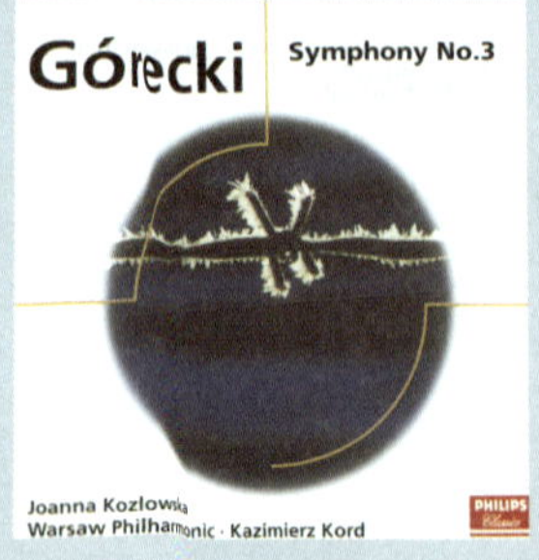

고레츠키 | 교향곡 3번 PHILIPS
지휘_코르드 카지미에르츠 / 바르샤바 필하모닉 오케스트라

예술은 전쟁이나 이데올로기적 억압, 가난, 해방, 사랑 등을 먹고 꽃핀다. 세계문학전집에서 읽었던 폴란드 작가의 단편에는 그 시대 폴란드 젊은이들의 정신적 혼돈과 방황, 사랑하는 이들이 함께할 방 한 칸 없는 가난이 그려져 있었다. 소설은 딱 그 모습만큼 건조했지만, 20세기 격동의 현장이었던 폴란드는 걸출한 예술인들을 많이 배출했다. '먹을' 게 많았던 것이다. 조국의 영욕을 양식 삼아 자라난 음악인으로는 펜데레츠키나 고레츠키 등이 있다. 고레츠키의 교향곡 3번, 〈슬픔의 노래〉는 몇 년 전 미국 빌보드 차트 18주 연속 1위에 올랐던 희귀한 클래식 음반이다. 놀라웠지만 듣다 보면 이 곡의 대중성을 짚어낼 수도 있다. 그러고 보니 이 곡에서는 키에슬롭스키의 〈베로니카의 이중생활〉에 삽입된 음악이 연상되기도 한다.

아르보 페르트 | ALINA ECM

1935년 구소련 에스토니아에서 태어나 깊이 있고 진지한 음악작업을 해오고 있는 작곡가 아르보 페르트는 말한다. "내 음악은 모든 색을 품고 있는 흰 빛과 같다. 프리즘만이 그 색깔들을 분리해서 드러낼 수 있다. 이 프리즘은 바로 듣는 이의 영혼이다." 이 음반은 그가 90년대 초 5년에 걸쳐 심혈을 기울여 완성한 것으로, 바이올린과 피아노, 첼로와 피아노, 혹은 피아노만으로 거울처럼 투명한 음들을 짚어냈다. 그가 흰 빛을 정성스레 제시했으니 프리즘이여, 작동하라. 내 영혼이 잡동사니로 가득 차 작동하지 않거든 그냥 빛만 쬐어도 족하다. 충분히 아름답다.

Cinema Serenade Sony
바이올린_ 이츠하크 펄먼
지휘_ 존 윌리엄스/피츠버그 심포니 오케스트라

이츠하크 펄먼의 바이올린 연주로 〈셸부르의 우산〉이나 〈흑인 오르페〉, 〈아웃 오브 아프리카〉의 주옥같은 영화 음악들이 다시 태어난다. 어떤 곡이든 그 곡의 정곡을 찌르지 못하면 듣는 이에게 감동을 줄 수 없다. 펄먼은 그 영화들과 음악들을 깊이 이해했고 자신의 악기를 울려 우리를 감동시켰다. 영화음악의 고전이 될 만하다.
스피치 실습 강의중에 학생들에게 이 음반을 들려주며 말했다. 스피치의 핵심은 진실에 대한 이해라고, 그 다음엔 여러분이 가진 목소리라는 악기를 이렇게 아름답게 울리면 되는 것이라고. 그때 비로소 여러분의 마음속 진실은 날개를 달고 생명력을 갖게 되는 것이라고.

마리아 DECCA
체칠리아 바르톨리

최근 가장 마음을 사로잡았던 음반이다. 가벼운 것, 쉬운 것이 각광받는 시대에도 끊임없이 진지한 작업, 쉽지 않은 작업에 몰두해 몇 년에 한 번씩 묵직한 음반을 내놓는 체칠리아 바르톨리가 참 든든하다. 본문에 썼던바, 19세기 초반 유럽을 풍미했던 소프라노 마리아 말리브란의 족적을 21세기의 그녀가 좇았다. 마리아의 음색을 연구한 바르톨리는 마리아가 되어 노래한 듯하다. 마리아의 아버지 마누엘 가르시아와 마리아 자신이 작곡한 곡들을 포함한 아리아들이 참으로 신선하다. 귀와 마음을 두드린다. 마리아의 곡 〈북소리 Rataplan〉를 통해서……

아나운서 유정아의 클래식 에세이

마주침

ⓒ 유정아 2008

1판 1쇄	2008년 4월 1일
1판 5쇄	2009년 8월 25일

지은이	유정아
펴낸이	강병선
책임편집	오경철
펴낸곳	(주)문학동네
출판등록	1993년 10월 22일 제406-2003-000045호

주 소	413-756 경기도 파주시 교하읍 문발리 파주출판도시 513-8
전자우편	editor@munhak.com
전화번호	031) 955-8888
팩 스	031) 955-8855

ISBN 978-89-546-0532-8 03810

* 이 책의 판권은 지은이와 문학동네에 있습니다.
  이 책 내용의 전부 또는 일부를 재사용하려면 반드시 양측의 서면 동의를 받아야 합니다.
* 이 도서의 국립중앙도서관 출판시도서목록(CIP)은 e-CIP 홈페이지(http://www.nl.go.kr/cip.php)에서
  이용하실 수 있습니다.(CIP제어번호: CIP2008000830)
* 이 책에 사용한 사진은 (주)유니버설 뮤직, EMI, 소니, 크레디아, 성남아트센터, 아울로스뮤직, KBS,
  스톤 재즈, 도서출판 마티에서 사용허가를 받은 것으로 무단전재와 복제를 금합니다. 일부 사진은 저
  작권자를 찾지 못했습니다. 저작권자가 확인되는 대로 정식 사용허가 절차를 밟겠습니다.

www.munhak.com